novum pro

AF151748

DOMINIQUE HARING

Der Anfang vom Rest des Lebens

novum pro

Dieses Buch ist auch als
e-book
erhältlich.

www.novumverlag.com

Bibliografische Information
der Deutschen Nationalbibliothek:

Die Deutsche Nationalbibliothek
verzeichnet diese Publikation in
der Deutschen Nationalbibliografie.
Detaillierte bibliografische Daten
sind im Internet über
http://www.d-nb.de abrufbar.

© 2022 novum Verlag

ISBN 978-3-99131-153-9
Lektorat: Leon Haußmann
Umschlagfoto:
Nmint | Dreamstime.com
Umschlaggestaltung, Layout & Satz:
novum Verlag

Gedruckt in der Europäischen Union
auf umweltfreundlichem, chlor- und
säurefrei gebleichtem Papier.

www.novumverlag.com

Inhaltsverzeichnis

VORWORT

Egal was man sich vom Leben erhofft hat, egal wie sehr man sein Leben durchgeplant hat, kommt es doch immer anders als gedacht. Das Leben hält immer wieder Überraschungen für einen parat. Manchmal sind es gute, aber leider sind es auch oft viel zu schlechte Überraschungen, die einen fast zerbrechen lassen … Dann stellt man sich diese eine Frage!

Warum ich? Aber weiß man nicht nur, was man gewonnen hat, wenn man zuvor auch schon vieles verlieren musste?

KAPITEL 1

Isabell trat mit aller Kraft auf die Bremse. Sie merkte aber sofort, dass die Bremse nicht reagierte und sie keine Gewalt mehr über ihren Wagen hatte. Die Straße war einfach zu nass. Der Wagen zog auf die Gegenspur, begann sich dann nach links zu drehen und rutschte immer weiter quer in Richtung Baum. Isabell wusste, was unausweichlich war und gleich passieren würde. Ohne das Lenkrad loszulassen oder von der Bremse zu gehen schloss sie die Augen. Mit voller Wucht prallte Isabell mit ihrem Wagen seitlich mit der Fahrerseite gegen den umgestürzten Baum. Durch den starken Aufprall wurde Isabell mit einer solchen Kraft an die Innenseite der Fahrertür geschleudert, dass sie dabei heftig mit dem Kopf gegen die Fensterscheibe schlug und das Fensterglas zersprang. Isabell verlor sofort das Bewusstsein …

Der Wecker hatte bereits zweimal geschellt, aber Isabell machte keine Anstalten, aus dem Bett aufzustehen. Sie hatte die letzte Nacht kaum geschlafen und wollte, so lange es ging, im Bett liegen bleiben. Nick, ihr Mann, war schon vor knapp zwei Stunden aufgestanden und zur Arbeit gefahren.

Isabell grinste und brummelte vor sich hin: »Einen Vorteil hat es, sein eigener Chef zu sein. Ich kann zur Arbeit kommen und gehen, wann ich es will!«

Isabell schaute auf den kleinen silberfarbenen Wecker auf ihrem Nachttisch und verdrehte die Augen dabei, als sie sah, dass es bereits kurz nach neun war. Um halb elf musste sie spätestens im Büro sein, da sich ein wichtiger Kunde zum Abschlussmeeting angemeldet hatte.

Also zog Isabell ihre kuschlige Bettdecke über ihre Beine, quälte sich langsam aus ihrem schönen, warmen Bett und ging ins Bad.

Isabell schaute in den Badezimmerspiegel und war erschrocken über ihr eigenes Spiegelbild.

»Oh mein Gott, wie sehe ich denn aus?«, platzte es aus ihr heraus. Ihre langen, rotbraun gelockten Haare standen in alle Richtungen ab, als wenn sie die letzte Woche komplett im Bett verbracht hätte. Ihre sonst so schön strahlenden blaugrauen Augen traten wegen den großen Augenringen in den Hintergrund. Nachdem sie sich einen Moment lang im Spiegel gemustert hatte, entschloss sich Isabell doch für eine ausgiebige Dusche inklusive Haare waschen, um zu retten, was zu retten ist. Schließlich musste sie vorzeigbar aussehen im Büro, vor allem, wenn Geschäftstermine anstanden.

Isabells Leben spielte sich seit ihrer Kindheit im Umkreis von zweiunddreißig Kilometern im Nordwesten Englands ab. Bis zum Tod ihres Vaters mit zwanzig Jahren lebte sie alleine mit ihm in Kendal, einer kleinen Stadt kurz vor dem National Park Lake District. Wie bereits ihre Mutter verlor Isabell ihren Vater viel zu früh. Er starb an einer Krebserkrankung. Nach seinem Tod war Isabell auf sich alleine gestellt. Sie verkaufte schweren Herzens ihr Elternhaus und zog nach Blackpool, einer mittelgroßen Stadt an der Küste, um dort aufs College zugehen. Die Kosten für das Haus und gleichzeitig das College zu finanzieren, schien für Isabell unmöglich.

Seit nun mehr als acht Jahren befand sich ihr Arbeitsmittelpunkt in Preston. Hier gründete sie, Isabell Busch, zusammen mit ihrem besten Freund Peter Hall und Alex Cooper die Werbeagentur *HBC-Promotion*. Auch wenn die Agentur inzwischen wirklich gut lief, war der Anfang des Agenturaufbaus sehr kräftezehrend für Isabell und ihre beiden Partner. Überstunden in der Woche und am Wochenende bestimmten lange Zeit ihr Leben. Adäquate Kunden finden und sie dann auch zu einer Vertragsunterzeichnung zu bewegen war nicht immer ganz einfach. Wie oft haben sich Kunden nach all der wochenlangen Arbeit doch noch im letzten Moment für eine andere Agentur entschieden. Aber nach zwei Jahren voller Kosten und Mühen bekam ihre Agentur einen bombastischen Auftrag von einem namhaften Sportartikelhersteller. Dieses Geschäft war ihr Durchbruch. Danach hatten sie und ihre Partner keine Probleme mehr, Aufträge zu bekommen. Man kann sagen, dieses Geschäft hatte sie wirklich gerettet und dem Ziel, sich in der Branche einen Namen zu machen, sehr viel nähergebracht. Aber nicht nur geschäftlich war es ein großer Erfolg, sondern auch für Isabells Privatleben. Denn wen lernte sie kennen, als das Geschäft bei dem Sportartikelhersteller abgeschlossen wurde? Keinen anderen als ihren Ehemann Nick. Sie lernten sich kennen und auch sofort lieben. Nur ein Jahr später heirateten beide.

Das warme Wasser tat gut auf der Haut und Isabell streckte abwechselnd ihre beiden Nackenseiten in den angenehm festen Wasserstrahl. So lösten sich ein wenig ihre Verspannungen aus der letzten Nacht. Dabei ging Isabell im Kopf noch einmal ihre Präsentation durch, die sie gleich halten würde. Auch wenn sie jetzt schon einige Jahre voll im Geschäftsleben stand, war sie doch immer noch ein bisschen nervös, kurz bevor sie eine Präsentation hielt. Das hatte sie wohl von ihrer Mutter, die immer ein Nervenbündel gewesen war, wenn sie irgendwo vor Publikum sprach. Isabells Vater hatte ihr jeden Tag vor dem Schlafengehen von ihrer Mutter erzählt. Isabell hatte ihn immer sehr stark an seine verstorbene Frau Alice erinnert. Nicht nur die schönen, langen, gelockten Haare und ihr schmales Gesicht, sondern auch ihre gesamte Gestik und Mimik waren fast identisch.

Isabells Mutter starb bei ihrer Geburt im Kindsbett. Es war eine Spontangeburt zu Hause. Isabell kam fast vier Wochen zu früh und in der Nacht ihrer Geburt zog ein starkes Unwetter über die ganze Westküste Englands. Durch die starken Regenfälle und den tobenden Sturm brauchte der Krankenwagen in jener Nacht einfach viel zu lang. Ihre Mutter Alice verblutete, noch bevor der Krankenwagen eingetroffen war. Isabell konnte sich an diese Nacht natürlich nicht erinnern. Trotzdem hatte sie mit den Jahren, wahrscheinlich durch die Erzählungen ihres Vaters über den Todestag ihrer Mutter und dem damit verbundenen Wunder ihrer Geburt, fest eingebrannte Bilder in ihrem Kopf. Obwohl Isabell nur mit einem Elternteil aufwuchs, hatte sie nie etwas vermisst in ihrer Kindheit. Ihr Vater schenkte ihr all die Liebe, die sie brauchte, auch wenn für ihn die Zeit nach Alice' Tod mehr als schwer war. Er hatte seine Liebe und somit die Hälfte seines Herzens verloren. Den Lebensunterhalt musste er alleine verdienen, den Haushalt alleine führen und immer für Isabell da sein. Ihr war es immer noch ein Rätsel, woher ihr Vater die Kraft damals hernahm.

Fertig frisiert, geschminkt und angezogen stand Isabell in der Küche und wartete darauf, dass der Kaffee fertig durchlief. Ihr Blick fiel auf die große Wanduhr in der Küche.

»Scheiße, schon kurz nach zehn«, rutschte es Isabell über die Lippen.

Schnell schnappte sich Isabell den silbernen Thermobecher, ihre Handtasche, ihren Mantel und ihre Schlüssel. Dann verließ sie zügigen Schrittes das Haus und schloss die Tür hinter sich. Fast am Wagen angekommen, blieb sie stehen und machte auf dem Absatz kehrt, als sie merkte, dass sie ihre Präsentationsmappe vergessen hatte.

»Oh nein. Typisch …«, murmelte Isabell vor sich hin, »Jeden Tag das Gleiche!!«

Es war schon richtig herbstlich. Die Bäume verloren langsam ihre Blätter und der Wind wurde zunehmend frischer, so dass man ohne Mantel eine Erkältung riskieren würde. Isabell fuhr wie immer viel zu schnell mit ihrem fünfundzwanzig Jahre alten weißen Austin Healey Cabrio in Richtung Büro. Der Wagen war ihr ganzer Stolz. Isabell hatte immer schon ein Faible für Oldtimer. Aber als sie ihren Austin Healey zufällig bei einem Händler im Schaufenster stehen sah, musste sie einfach zuschlagen. Das schnittige Design mit der langgezogenen Schnauze, die schönen runden Schweinwerfer, der edle silberne Kühlergrill und die kleine, schmale Frontscheibe mit den zierlichen Seitenspiegeln machten den Wagen zu einem sportlichen Hingucker. Leider kam Isabell viel zu selten in den Genuss, mit offenem Verdeck zu fahren. Aber wenn, war es herrlich und sie machte ausgedehnte Touren an der Küste entlang. Sich die frische Küstenluft um die Nase wehen zu lassen genoss sie immer in vollen Zügen.

Trotz Isabells rasantem Fahrstil drängte die Zeit immer mehr! Als sie auf den kleinen Parkplatz vor dem Büro fuhr, erblickte sie Alex, der grinsend in ihre Richtung schaute und dabei seinen Wagen abschloss.

Alex war der jüngere Partner der Firma. Man konnte ihn beschreiben als Schwarm aller Frauen. 1,95 cm groß, gut gebaut und etwas längere dunkelblonde Haare, die er immer wild ins Gesicht fallen ließ. Zu seinen äußerlichen Vorzügen sprach Alex mit einem starken amerikanischen Akzent, der ihm bei den Frauen und somit auch den weiblichen Kundinnen immer einen Pluspunkt einbrachte. Alles in allem konnte sich Alex nicht über mangelndes Interesse der weiblichen Bevölkerung beschweren. Isabell hatte sich lange abgewöhnt, sich die Namen der zahlreichen Bekanntschaften zu merken. Mit seinen zweiunddreißig Jahren hatte Alex noch nie eine ernsthafte Beziehung. Aber Isabell hatte nicht das Gefühl, dass er es bedauerte. Ganz im Gegenteil, er genoss sein Singleleben in vollen Zügen!

»Morgen Isabell. Du siehst so aus, als wenn du spät dran bist?«, sagte Alex mit einem Lächeln im Gesicht.

»Du kennst mich ja, Alex. Ich komm gerne auf die letzte Minute. Aber du bist ja heute auch nicht der Frühste, oder?«

»Tja, die Nacht war kürzer als gedacht. Aber ich habe auch nicht in fünf Minuten einen Kundentermin.«

»Ja, ja. Du hast ja recht!«, erwiderte Isabell mit einem kurzen Augenrollen und einem Lächeln.

Schnell schmiss Isabell ihre Sachen in ihr Büro und lief dann auf direktem Weg in die Küche, um sich noch schnell ihren nächsten Kaffee zu holen. Isabell war morgens ohne Kaffee nicht zu ertragen. Ansprechen vor der ersten Tasse im Büro? Lieber nicht! Das wussten alle anderen und ließen sie auch vorher in Ruhe. In der Küche stand Peter, der andere Partner der Firma, der sich auch gerade seinen Kaffee holte. Dabei sah es so aus, als wenn es nicht seine erste Tasse war. Die Kaffeekanne war schon jetzt nur noch bis zur Hälfte gefüllt und außer der Sekretärin Olive war anscheinend noch keiner im Büro.

»Morgen Isabell«, grummelte er, »Du brauchst dich nicht beeilen. Dein Kunde hat vor ein paar Minuten angerufen und den Termin um eine Stunde nach hinten verschoben.«

»Was? Oh Mann, und ich habe wieder den einen oder anderen Strafzettel riskiert.«

Auf der einen Seite war Isabell erleichtert, so konnte sie noch in Ruhe ankommen und sich vorbereiten, aber auf der anderen Seite war die ganze selbstverursachte Hektik total unnötig gewesen.

»Wenn du morgens früher aufstehen würdest, hättest du auch nicht so einen Stress«, erwiderte Peter forsch.

»Danke für diese morgendliche Weisheit. Was ist dir den über die Leber gelaufen?«

»Entschuldige. Ach, du kannst manchmal froh sein, dass du keine Kinder hast. Die machen nur Ärger. Ich habe das Gefühl, die beiden überlegen sich jeden Tag aufs Neue, wie sie mir wieder das Leben schwer machen können!«

Peter war genau wie Isabell fünfunddreißig Jahre alt. Er lebte getrennt von seiner Frau und die beiden Kinder lebten bei ihm. Sophie war sieben Jahre und John acht Jahre alt. Seine Frau schien nicht wirklich an der Erziehung ihrer beiden Kinder Interesse zu haben. Als sie sich vor vier Jahren trennten, hatte sie ihrem Mann ohne Einspruch das alleinige Sorgerecht überlassen. Es wirkte, als wenn sie glücklich wäre, sich nicht um den lästigen Anhang kümmern zu müssen. Sie war froh, endlich frei zu sein. Einmal im Monat ein Besuch bei den beiden war dann aber auch das höchste an Zeit, welche sie aufbringen mochte. Sophie und John litten sehr unter der Trennung und dem Desinteresse ihrer Mutter. Wie macht man so kleinen Kindern begreiflich, dass die eigene Mutter sie nicht sehen will? Doch Peter meisterte für einen alleinerziehenden Vater alles vorbildlich. Er war zwar zwischendurch auch überfordert mit den beiden, aber das hatten Sophie und John bisher nicht zu spüren bekommen. In der Hinsicht erinnerte Peter Isabell an ihren Vater.

Acht Jahre arbeiteten Isabell und Peter jetzt schon zusammen. Sie hatten die Firma aus dem Nichts aufgebaut. Beide kannten sich noch von früher. Sie gingen zusammen zur Schule, aber hatten sich dann nach dem Abschluss aus den Augen verloren. Doch wie der Zufall es so wollte, trafen sie sich nach dem College-Ende wieder. Sie verstanden sich, als wenn nie ein Tag vergangen war. Beide waren nach dem College in der Werbung tätig, aber beide mit ihrem Arbeitgeber unglücklich. Also beschlossen sie, sich gemeinsam selbstständig zu machen und eine eigene Agentur zu gründen. Ein wirkliches Startkapital konnten beide nicht vorweisen und einen Kredit aufnehmen wollten Isabell und Peter nicht. Deshalb beschlossen sie, noch einen finanzstarken Dritten ins Geschäft mit aufzunehmen. Da kam Alex, der gutaussehende Amerikaner, der das nötige Kleingeld aus einer Erbschaft hatte, genau richtig. Sie lernten Alex auf einer Werbetour kennen. Die Chemie passte und Alex war auf der Suche nach einem Investment. Wie sich später rausstellte, sollte die Kundenakquise wie für ihn gemacht sein.

»Ach, du Armer«, sagte Isabell ein wenig neidisch.

Sie und Nick versuchten es jetzt schon so lange, ein Baby zu bekommen. Doch bisher ohne Erfolg. Zweimal wurde Isabell schon schwanger, aber beide Male verlor sie das Baby innerhalb der ersten drei Monate. Das zehrte an ihren und Nicks Nerven. Rein körperlich brachten beide beste Voraussetzungen mit. Auch die Ärzte konnte keine Ursache finden, warum es nicht funktionierte und warum Isabell die Babys verlor.

»Die Kinder werden krank gewesen sein und haben es deshalb nicht geschafft«, wurde ihnen damals im Krankenhaus gesagt.

Manchmal dachte Isabell, dass es einfach nicht sein sollte. Sie und Nick waren vielleicht einfach nicht dazu bestimmt, Eltern zu werden und Kinder zu bekommen. Diese Gedanken fielen so schwer, da es immer Isabells größter Wunsch war, eine eigene Familie zu haben, weil sie selber nicht in den Genuss kam, ihre Mutter kennenlernen zu dürfen und ihr Vater zu früh von dieser Erde ging. Sie vermisste ihn jeden Tag.

»Was haben die beiden wieder angestellt?«, fragte Isabell neugierig.

Peter schaute Isabell an und schüttelte den Kopf.

»Sie sind jetzt sieben und acht Jahre alt. John macht nur Blödsinn in der Schule. Er passt nicht auf und ärgert oft die anderen Kinder. Ich muss alle paar Wochen bei der Direktorin antanzen. Und er ist erst acht Jahre alt. Wo soll das nur enden? Auch wenn beide nicht in der gleichen Klasse sind und Sophie von Johns schulischen Aktivitäten nur indirekt was mitbekommt, mache ich mir derzeit noch mehr Sorgen um sie als um John. Sie ist so verschlossen. Sie wirkt andauernd traurig. Ich glaube, sie vermisst ihre Mutter momentan sehr. Clarissa hat sich schon wieder seit vier Wochen nicht blicken lassen.«

»Das tut mir leid, Peter. Das hört sich so an, als wenn Sophie mal wieder ein bisschen mehr Zeit mit ihrer Patentante verbringen sollte. Vielleicht hilft ein gemeinsamer Ausflug unter Frauen. Was meinst du?«

»Das ist eine tolle Idee und wirklich lieb von dir. Du hast einen guten Draht zu ihr.«

»Das mach ich gerne für dich und vor allem für mein Patenkind.«

Isabell nahm ihren Kaffee und verschwand im Besprechungsraum, wo sie auf ihren Kunden wartete. Dieser kam natürlich noch eine ganze halbe Stunde später als angekündigt.

»Na toll«, dachte Isabell, »Da hätte ich noch locker eine Stunde länger im Bett bleiben können.«

Die Präsentation lief sehr gut und der Kunde, Maxwell Lake, war begeistert.

Maxwell Lake war ein mittelgroßer, blondgrauer, in die Jahre gekommener Mann, der Isabell bei jedem Meeting mit einem neuen Outfit verblüffte. Er war circa sechzig Jahre alt und immer penibel ordentlich gekleidet. Allerdings entsprach sein Kleidungsstil eher einer dreißig Jahre jüngeren Version von sich. Isabell nahm an, dass er so versuchte, neben seinem Ehemann, der erst Anfang dreißig war, seine optisch erkennbare Lebenserfahrung zu retuschieren.

Maxwell Lake war mit dem Ergebnis mehr als zufrieden und positiv überrascht, wie innovativ doch Shampoo-Werbung aussehen kann. Bei den zahlreichen bereits fest etablierten Shampoo-Sorten mit einem neuen Shampoo auf den Markt zu gehen, würde nicht einfach werden. Schließlich ist Shampoo nun einmal Shampoo und kein neues Produkt, auf das die Welt gewartet hat. Um einen Teil vom Kuchen abzubekommen und sich einen Namen zu machen, musste die Werbung für das Produkt provokant sein und sich in die Köpfe der Kunden in spe brennen. Isabell und Mr. Lake waren der festen Ansicht, dass diese Werbekampagne ein voller Erfolg werden würde. Eine Kombination aus Fernseh- und Plakatwerbung mit einer frechen Verpackung würde in erster Linie die Neugier wecken und zum Kauf animieren. Nach dem Kauf mussten das Produkt und seine Wirkung überzeugen. Und das würde es, wenn es das hielt, was es versprach. Direkt nach der ersten Anwendung sollte Frau den Unterschied merken. Durch die spezielle Zusammensetzung verschiedener Erdmineralien und Fructose wird das beanspruchte Haar sofort repariert. Eine Spülung ist nicht mehr nötig zur weiteren Pflege und das Haar riecht und sieht ganze vier Tage so aus wie frisch gewaschen.

Der Auftrag war im Vergleich eher klein, aber auch dieser bedeutete einige Tausender Umsatz.

KAPITEL 2

Als Isabell endlich nach einem langen Tag im Büro in ihre Einfahrt zu Hause einbog, konnte sie schon Nick in der Küche stehen sehen. Sie stellte den Motor ab und hielt kurz inne. Sie fing an, ihren Mann zu beobachten. Nick stand mit dem Rücken zum Fenster. Die Ärmel von seinem blauen Jeanshemd hatte er auf beiden Seiten hochgekrempelt. Seine schnellen Bewegungen zwischen den Küchenschränken, dem Kühlschrank und dem Herd ließen vermuten, dass Nick dabei war, Abendessen zu kochen. Zum Glück musste sich Isabell abends nicht auch noch ums Essen kümmern, wenn Nick zu Hause und nicht gerade auf Geschäftsreise war. Nick übernahm diese Aufgabe sehr gern. Er war meistens früher als sie zu Hause und, was das Kochen angeht, definitiv talentierter. Isabell konnte zwar auch etwas Essbares auf den Tisch bringen, aber die Zubereitung dauerte immer viel zu lang und die Küche sah später aus, als wäre eine Bombe explodiert. Aus dem Grund verzichtete Nick immer freiwillig auf die Kochkünste seiner Frau und machte das Essen dann lieber selber.

Kaum war Isabell zur Tür herein, rief Nick aus der Küche: »Hey Issi, du kannst dich schon setzen. Essen ist fast fertig.«

»Hey Nick«, erwiderte Isabell. Dann zog sie ihre Pumps und ihren blauen Strickmantel aus, stellte ihre Handtasche und die Präsentationsmappe auf den Boden vor die Garderobe im Flur und ging in die Küche. Sie begrüßte Nick mit einem flüchtigen Kuss auf den Mund und setzte sich an den bereits fertig gedeckten Esszimmertisch in der Küche. Sie schaute sich den gedeckten Tisch an und überlegte, wann sie das letzte Mal einen richtig romantischen Abend zusammen hatten. Gefühlt war es schon eine Ewigkeit her. Jahrelang war es ein festes Ritual, dass Nick einmal im Monat Isabell mit einem romantischen Abendessen überraschte. Zur Begrüßung stießen Isabell und Nick dann immer mit einem Glas Prosecco an. Dann führte Nick Isabell zu ihrem Platz und Nick verwöhnte Isabell mit einem Drei-Gänge-Menü mit einem dazu passenden Wein. Der Tisch wurde von Nick liebevoll mit ein paar Rosen und Kerzen eingedeckt. Im Hintergrund spielte leise gefühlvolle Piano-Musik, z. B. von Frank Sinatra, und während des gesamten Abendessens schauten sich beide tief in die Augen. An dem Abend waren Handys streng verboten.

Isabell ließ den Blick vom Tisch zu Nick gleiten und seufzte kaum hörbar.

»Wo war der gutaussehende, so aufmerksame Romantiker von früher nur geblieben?«

Isabell versuchte sich einzureden, dass es einfach ganz normal sei, dass sich ein Eheleben nun einmal irgendwann anders anfühlen musste als die rosa Wolke, auf der man am Anfang einer Beziehung flog. Nach ein paar Jahren schaute man sich anders an und vielleicht hatte auch der unerfüllte Kinderwunsch und der damit verbundene Stress dazu beigetragen, dass die Romantik ein wenig verloren gegangen war.

»Willst du ein Glas Wein zum Essen?«, fragte Nick.

»Blöde Frage. Wie immer!«, antwortete Isabell etwas schnippisch.

Kurz darauf servierte Nick das Essen mit zwei Gläsern Rotwein.

»Auch schön, dich zu sehen«, sagte Nick, jetzt ebenfalls ein wenig genervt. »Schlechten Tag im Büro gehabt, oder was ist dir über die Leber gelaufen?«

19

»Nein, eigentlich nicht. Habe den Auftrag für die Werbekampagne für das neue Shampoo bekommen«, teilte Isabell selbstbewusst und stolz mit und prompt veränderte sich ihre Stimmung.

»Bitte entschuldige. Ich habe schlecht geschlafen und irgendwie war der Tag dann einfach nur anstrengend. Lass uns essen! Es sieht wie immer sehr lecker aus.«

»Entschuldigung angenommen. Bon Appetit!«

»Dir auch, Nick.«

An diesem Abend gingen Isabell und Nick zwar zur gleichen Zeit schlafen, aber nicht gemeinsam. Jeder kauerte auf seiner Seite des Bettes, bis jeder für sich eingeschlafen war.

Mit gemeinsamer Zweisamkeit war es auch nicht mehr das Wahre und es kam immer öfters vor, dass im Bett Funkstille herrschte. An manchen Tagen war Isabell froh und erleichtert, wenn Nick keine Anstalten machte, die in irgendeiner Form nur in Richtung Sex gehen könnten. Die ganzen Versuche, immer schwanger zu werden, waren irgendwann zu einer Pflichtübung geworden und hatten nichts mehr mit einem erfüllten Sexleben zu tun, bei dem jeder auf seine Kosten kommt.

Früher war das anders. Sie konnten die Finger nicht voneinander lassen. An manchen Abenden hatten Isabell und Nick kaum die Haustür geschlossen, da lagen sie nackt im Hausflur. Wie oft hatten sie Angst, dass die Nachbarn sie dabei beobachteten, weil sie im Eifer des Gefechts oft erst viel zu spät an das Zuziehen der Gardinen gedacht haben. Aber früher oder später war der Punkt in einer Beziehung erreicht, wo es einfach nicht mehr so ist wie am Anfang und der Alltag schlich sich ein. Ganz langsam, still und heimlich. Es war doch ein ganz normaler Prozess in einer Beziehung und Ehe. Das Verlangen nacheinander lässt einfach nach mit der Zeit. Zumindest versuchte sich Isabell dies einzureden.

Jedoch ertappte Isabell ihr Herz dabei, wie es in den letzten Monaten des Öfteren immer wieder dieselben Fragen stellte.

»Warum fühle ich eine Leere, wo keine sein dürfte? Warum fühle ich mich so schwer? War das alles? Muss da nicht noch mehr kommen?«

Isabell wurde durch ein paar Sonnenstrahlen geweckt, die durchs Fenster fielen. Langsam öffnete sie ihre Augen. Irgendwas stimmte nicht und Isabell suchte den Grund für ihre Annahme. Sie überlegte und runzelte die Stirn dabei.

»Seit wann ist es so früh morgens schon so hell?«

Mit einem Ruck saß sie senkrecht im Bett …

»Scheiße!!! Verschlafen«, fluchte sie laut und weckte damit natürlich auch sofort Nick, der gehofft hatte, endlich mal ausschlafen zu können.

Es war zwar Samstag, aber Isabell war mit ihrer besten Freundin Eve zum Shoppen in Preston verabredet. Sie wollten sich um elf Uhr zum späten Frühstück treffen, bevor es in die Stadt ging. Isabell schaute auf ihren Wecker auf dem Nachttisch.

»Scheiße, schon kurz nach zehn!!«, fluchte sie wieder.

»Jetzt aber schnell, Eve wird mich umbringen!«

»Oh Mann, Issi. Geht das auch leise? Ich kann endlich mal ausschlafen!«

Nick drehte sich sichtlich verärgert auf die andere Seite und stülpte sich das Kopfkissen über seinen Kopf. Schnell verschwand Isabell im Badezimmer. Sie legte den Turbo ein. Sie war selber überrascht, dass sie innerhalb von fünfundzwanzig Minuten fertig gewaschen, geschminkt, frisiert und angezogen unten im Hausflur stand.

Zum Erstaunen von Isabell fehlte noch jede Spur von Eve, als sie beim verabredeten Treffpunkt an der Ecke der Boutique A Rosa eintraf. Isabell schaute auf ihr Handy. Eve hatte bereits eine Nachricht geschrieben.

10:56
»Sorry Liebes, heute musst du warten. Ich steh im Stau. Und das an einem Samstag!!! ☹«

Isabell antworte sofort.

11:01
»☺ Dabei war ich total pünktlich! Wie lang brauchst du noch?«

11:03
»5 Minuten!!«

11:03
»Ok. Ich warte. ☺«

11.04
»Sehr gütig von dir!!!!«

Isabell schaute etwas ungeduldig auf die Uhr und bemerkte dabei, dass sie leicht fror. Für Ende September war es wirklich schon sehr frisch, stellte Isabell fest. Im Auto hatte sie das gar nicht richtig wahrgenommen. Zum Glück hatte sich Isabell in der morgendlichen Hektik für ihren dickeren grauen Mantel und einen passenden Schal entschieden.

Auf Eve warten zu müssen, war für Isabell eine ungewöhnliche Situation. Isabell musste auf einmal daran denken, wie sie Eve kennengelernt hat.

Es war Peters dreißigster Geburtstag und somit ein guter Anlass für eine ausgelassene Geburtstagsparty. Das war vor sechs Jahren. Isabell war zu dem Zeitpunkt frisch mit Nick verlobt und todunglücklich, dass er an diesem Abend keine Zeit hatte, mitzukommen. Aber das Geschäft ging leider manchmal vor. Isabell hasste es, irgendwohin alleine gehen zu müssen. Normalerweise sagte sie eine Einladung dann lieber ab. Aber da sie es Peter versprochen hatte, blieb ihr keine Wahl.

Eve, eine Galeristin aus Preston, war eine enge Freundin von Clarissa, Peters damaliger Frau. Sie kam auch alleine. Aber nicht, weil ihr Mann verhindert war, sondern weil sie sich auf der Suche nach einer kleinen Eroberung befand. Zu dieser Zeit war Eve bereits ein überzeugter Single, der nichts anbrennen ließ. Zu ihrem Glück war auch Alex der Einladung gefolgt. So hatten sich schnell zwei gefunden, die lediglich ein wenig Spaß haben wollten und sich die Zeit zusammen vertrieben.

Das erste Aufeinandertreffen von Eve und Isabell war doch sehr ungewöhnlich und so wie es anfing, war das Ende für alle sehr überraschend. Beide sahen sich auf der Party das erste Mal und sie konnten sich auf Anhieb nicht riechen. Eve dachte, dass Isabell nur eine blöde Nuss wäre, die hinter dem Mann ihrer Freundin her war und Isabell dachte von Eve noch was viel Schlimmeres. Arrogantes Großstadtflittchen waren an dem Abend ihre genauen Worte, als Eve Isabell anrempelte, als sie aus einem Zimmer in den Flur stolperte, indem sie augenscheinlich gerade noch mit Alex zugange gewesen war. Ihre mittellangen, nicht ganz bis zu den Schultern reichenden schwarzen Haare waren total zerzaust und Eve war gerade damit beschäftigt, ihre Bluse und den Rock wieder in Ordnung zu bringen, als sie direkt in Isabell lief. Nachdem Eve sie für diesen Kommentar mit ihrem eigenem Glas Weißwein übergoss, schauten die beiden sich einen Moment lang an. Alle anderen Partygäste waren wie erstarrt. Keiner traute sich etwas zu sagen oder dazwischenzugehen. Alle warteten auf Isabells Reaktion. Doch zum großen Erstaunen aller hielten beide inne und fingen plötzlich so laut und herzhaft an zu lachen, dass alle die Welt nicht mehr verstanden. Aber am wenigsten Eve und Isabell. Nach ein paar Gläsern Wein und einem ausgewogenen, etwas betrunkenen Kennenlerngespräch merkten beide, dass sie sich sehr ähnlich waren. Natürlich abgesehen von ihrer gewählten Lebenssituation!

Seit diesem Abend waren beide unzertrennlich. Mindestens alle zwei Woche trafen die beiden sich zum Frühstück mit anschließender Shoppingtour. Die einzigen drei Monate, in denen diese gemeinsame Leidenschaft nicht ausgelebt wurde, waren die Monate nach der Geburt von Eves Tochter Cathleen. Der ganze Stolz der überzeugten Single-Frau. Cathleen war jetzt drei Jahre alt und wirklich eines der süßesten kleinen Mädchen, die Isabell kannte. Sie war so stolz, als Eve sie als Patentante aussuchte, dass sie vor Glück die ganze Welt umarmen hätte können. Isabell war zwar schon ein paar Jahre zuvor die Patentante von Sophie geworden, aber zu Cathleen hatte sie von Beginn an ein viel engeres und stärkeres Band. Cathleen war wie ihre eigene Tochter. Eve hatte es nicht geplant. Sie wurde im Urlaub bei einem One-Night-Stand schwanger. Zu dem Vater von Cathleen hatte Eve nie versucht, Kontakt aufzunehmen. Und auch wenn ein Kind nicht in Eves Lebensplanung gehörte, musste sie nicht einen Moment über einen Abbruch nachdenken. Als sie von der Schwangerschaft erfuhr, war sie dennoch zutiefst geschockt. Tagelang meldete sie sich nicht. Doch als sie endlich nach ein paar Wochen zusammen mit Isabell beim Frauenarzt war und auf dem Monitor das kleine Herzchen schlagen sah, war es um Eve geschehen. Sie konnte ihr Glück nicht fassen. Beide hatten sich so sehr gewünscht, dass Isabell zur gleichen Zeit schwanger wird, damit sie ihre Kinder zusammen aufziehen können. Leider blieb der Wunsch der Freundinnen unerfüllt.

Die Zeit von Eves Schwangerschaft war für Isabell oft schmerzhaft. Auch wenn sich Isabell gemeinsam mit Eve freute, war sie des Öfteren neidisch und manchmal kamen ihr schlechte Gedanken in den Sinn. Warum wurde Eve mit einem Kind beschenkt, obwohl sie doch nie einen Mann oder Kinder gewollt hat? Warum bekam sie nicht den Wunsch erfüllt, ein neues Leben auf diese Welt zu bringen? Es war ihr größter Wunsch und einfach nicht fair. Isabell versuchte, diese Gedanken vor Eve zu verbergen und zog sich in solchen Phasen einfach ein wenig zurück und schob die Arbeit vor. Aber als Cathleen auf die Welt kam, ändert sich alles. Die schlechten Gedanken und die Missgunst waren verschwunden und Isabell war unendlich glücklich über diesen kleinen neuen Menschen, der auch in ihr Leben getreten war. Sie war bei der Geburt die ganze Zeit an Eves Seite und irgendwie hatten die beiden es zusammen durchgestanden. Als Eve Isabell dann noch fragte, ob Isabell die Ehre der Patenschaft für Cathleen übernimmt, war das Glück für alle vollkommen.

Isabell schaute wieder auf die Uhr.

Aus weiter Entfernung hörte sie eine Frauenstimme rufen. Isabell blickte in die Richtung, aus der sie die Stimme wahrgenommen hatte. Eve lief sichtlich abgehetzt auf Isabell zu.

»Sorry, mein Liebe. Ich habe Cathleen noch bei meinen Eltern abgesetzt und auf dem Weg in die Stadt war ein großer Unfall und ein wahnsinniger Stau.«

Isabell wartete noch einen Moment, bis Eve näher bei ihr war, bevor sie antwortete.

»Ach Eve. Ist schon gut. Ich glaube, die letzten zwanzig Male bin ich zu spät gekommen und du musstest auf mich warten.«

»Da könntest du allerdings Recht haben. Aber ich warte natürlich immer gerne auf dich.«

Herzlich begrüßten sich die beiden Freundinnen und Isabell schlug vor, schnell ins Café Little Cake hineinzugehen.

»Einen Tisch am Kamin?«, fragte Isabell.

»Auf jeden Fall. Das Frühstück wie immer?«

»Auf jeden Fall.«

Beide waren ein eingespieltes Team. Isabell ergatterte den letzten freien Tisch am Kamin und Eve bestellte direkt beim Reingehen an der Theke für beide das kleine Frühstück mit krossem Toast, Rührei, gebratenem Speck und einem Buttercroissant mit Zitrusmarmelade, dazu einen Cappuccino und ein Glas Orangensaft.

Das Café Little Cake hatte den Charme einer alten, urigen Kneipe. Eine lange Holztheke erstreckte sich durch den ganzen Raum. Alle Tische, Bänke und Stühle waren ebenfalls in einem dunklen Holzton gehalten. Der Parkettfußboden und der riesige Kamin am Ende des Raumes rundeten das komplette Zusammenspiel ab. Die Plätze vor dem Kamin waren sehr begehrt, da man hier auf der einen Seite die Wärme und Gemütlichkeit des Kamins genießen konnte und auf der anderen Seite bot sich einem eine tolle Aussicht auf die Einkaufsstraße durch die großen bodentiefen Fenster.

Eve nippte an ihrer heißen Tasse Kaffee und lächelte verschmitzt Isabell an. Isabell kannte diesen Blick. Der Blick sagte: »Ich platze gleich, wenn ich dir nicht sofort etwas erzählen kann.«

Isabell machte sich einen Spaß daraus und ließ Eve noch ein wenig zappeln. Aber lange hielt sie es selber nicht aus.

»Ja, Eve. Möchtest du mir irgendwas erzählen oder warum grinst du mich so von der Seite an?«

»Du wirst nie glauben, was mir vorgestern passiert ist!«

Isabell schaute Eve mit einer hochgerissenen Augenbraue an und erwiderte: »Lass mich raten. Du hast einen total heißen Typen kennengelernt. Eure Blicke trafen sich und es war sofort klar, dass da noch etwas geht. Dann seid ihr irgendwo hin verschwunden. Wahrscheinlich eher zu ihm, da du ja nicht so gerne Fremde bei dir zu Hause in die Wohnung lässt. Dann habt ihr euch ein, zwei Stunden richtig vergnügt. Nicht zu vergessen, dass der Typ einfach nur HAMMER aussah und auch richtig was im Bett zu bieten hatte, sondern er auch noch echt witzig war. Kommt das in etwa hin, meine Liebe?«

Eve guckte Isabell mit großen Augen und einem Schmollmund an, der versuchte, Traurigkeit und Entsetzen gleichzeitig darzustellen.

»Ich hätte es nicht besser erzählen können, Isabell. Woher wusstest du das so genau? Warst du dabei oder hast du neuerdings telepathische Fähigkeiten, von denen du mir noch berichten wolltest?«

Beide guckten sich an und fingen laut an zu lachen.

»Definitiv telepathische Fähigkeiten!!! Eve, ich kenn dich einfach erschreckend gut.«

»Das stimmt wohl. Aber dir erzähl ich besser gar nichts mehr. Und nur zu deiner Info … Das Ganze ging lediglich eine halbe Stunde und er sah, nachdem er seine Klamotten ausgezogen hatte, nicht mehr so gut aus wie ursprünglich angenommen. Diese Aktion hätte ich mir sparen können.«

»Ach, jetzt sei nicht beleidigt. Ich liebe deine Bettgeschichten. So höre ich wenigstens mal etwas darüber«, entgegnete Isabell und schaute in ihre eigentlich schon längst leere Kaffeetasse.

»Oh je. Ist es immer noch nicht besser geworden zwischen dir und Nick?«

»Mal so, mal so. An einigen Tagen geht es und ich denke, dass alles wieder auf einem guten Weg ist und an anderen Tagen wirkt er so weit weg. Als wenn wir beide kilometerweit voneinander getrennt sind, obwohl wir im gleichen Haus, im gleichen Raum oder im gleichen Auto sitzen und das gleiche Bett teilen.«

Eve sah ihre Freundin an und erkannte den Kummer in der Tiefe ihres Herzens. Aber sie wusste auch, dass sie jetzt nur versuchen konnte, ihre Freundin abzulenken und ihr keine guten Ratschläge geben sollte. Schließlich war sie ja nicht unbedingt die richtige Person, um Beziehungstipps zu geben.

»Kellner, zwei Prosecco bitte.«

»Eve, wir wollten doch nach dem Kaffee los.«

»Ach, einen kleinen Prosecco bekommen wir schon noch zeitlich reingequetscht. Schließlich sind wir ja nicht auf der Flucht. ODER?«

»Manchmal habe ich schon das Gefühl, wenn ich mit dir von einem Schlussverkauf zum Nächsten muss.«

Beide lachten wieder und nahmen sich in den Arm.

Nach ein paar größeren und kleineren Schnäppchen hatte sich bereits der späte Nachmittag eingeschlichen und beide beschlossen, sich auf den Nachhauseweg zu machen. Eve musste noch Cathleen von ihren Eltern abholen und Nick würde bestimmt mit dem Abendessen warten.

»Meine Liebe, ich wünsche dir einen besonders schönen Abend.« Eve grinste und schnappte sich die kleine rosafarbene Tüte, die Isabell mit den anderen Einkäufen kurz auf den Boden abgestellt hatte, um ihren Autoschlüssel aus der Handtasche herauszuholen. Die Tüte hielt Eve mit ihrem Zeigfinger hoch und ließ sie von rechts nach links schwingen. Isabell war das sichtlich unangenehm. Ihre Gesichtsfarbe verwandelte sich schlagartig in einen hellen Rotton.

»Geht es noch, Eve? Vielleicht noch ein bisschen lauter, damit alle hören und sehen, was ich gekauft habe und was ich damit vorhabe.«

»ISSI! Bleib mal locker. Es interessiert sich kein Mensch für deine kleine Tüte hier. Als wenn du die einzige Frau wärst, die aus der Stadt mit einer Victoria's-Secret-Tüte nach Hause geht.«

»Komm her, du Verrückte«, sagte Isabell, als sie Eve zur Verabschiedung in den Arm nahm.

»Ich wünsche dir ein schönes Wochenende. Gib Cathleen einen dicken Kuss von mir. Es wird Zeit, dass ihr mal wieder zusammen vorbeikommt.«

»Das machen wir! Dir auch ein noch schönes Wochenende und vor allem einen schönen Geburtstag am Montag. Ich bin untröstlich, dass ich geschäftlich nicht da bin und mit dir feiern kann.«

»Da ist echt schade, aber mit sechsunddreißig Jahren gibt es da ja auch nicht wirklich was zu feiern.«

»Man sollte jedes Jahr feiern, meine Liebe. Vor allem, wenn man noch so verdammt heiß aussieht wie wir beide!!«, schrie Eve förmlich hinter Isabell her, die sich bereits einige Meter entfernt hatte.

Isabell schüttelte den Kopf, drehte sich aber nicht erneut um und tat so, als wenn sie mit der schreienden Frau nichts zu tun hätte. Mit zügigen Schritten ging Isabell zu ihrem Wagen.

KAPITEL 3

Als Isabell sich auf den Heimweg machte, war es schon halb sechs. Sie entschloss sich aber, trotz der vorangeschrittenen Uhrzeit den etwas längeren Weg an der Küste entlang zu nehmen. Isabell fuhr diesen Weg am liebsten und immer, wenn es die Zeit nur irgendwie zuließ, nahm sie den Umweg von zehn bis fünfzehn Minuten gerne in Kauf. Die Straße führte an Blackpool vorbei und über mehrere kleine Ortschaften nach Fleetwood. Fleetwood war jetzt seit mehr als fünf Jahren ihr und Nicks Zuhause.

Anfang des 20. Jahrhunderts war Fleetwood als einer der größten Fischereihäfen der Region bekannt. Eine echte Sehenswürdigkeit ist der charakterstarke Hafen der Stadt. Eine kleine Promenade schlängelt sich entlang des Hafens, die zum Spazierengehen einlädt, um sich die zahlreichen kleinen Boote anzuschauen, die im Hafen vor Anker liegen. Aber das besondere Merkmal des Hafens sind seine zwei unterschiedlichen Leuchttürme. Das Beach Lighthouse liegt direkt am Strand und erinnert an einen kleinen roten Eifelturm, wo hingegen das Pharos Lighthouse fast zweihundert Meter von der Küste entfernt aus braunem Stein in einer traditionellen Bauweise errichtet wurde. Wieso gerade in Fleetwood zwei Leuchttürme ihren Platz gefunden haben, kann heute keiner mehr so richtig nachvollziehen. Nur eins ist sicher, dass beide Leuchttürme bereits vielen tausend Schiffen halfen, auf dem richtigen Weg zu bleiben. Doch der Hafen und der damit verbundene Warenverkehr verloren an Bedeutung durch den Bau des Manchester Schiffskanals. Warum hier die Ware entladen, wenn man doch viel weiter ins Landesinnere fahren kann? Was nicht an Wert verloren hatte, war die besondere Lage der Stadt. Diese lockte immer noch Touristen an. Fleetwood lag nördlich von Blackpool am Ende der Fyld-Halbinsel an der Mündung des Flusses Wyre in die Morecambe Bay. Auch wenn das Wetter eher stürmisch und nicht wirklich freundlich war an der Westküste Englands, so konnte ein Blick auf diese Bucht unvergesslich schön sein. Bei klarer Sicht konnte man von der Morecambe Bay bis hin zu den Bergen des Lake Districts schauen, die am Ende der Bucht wie aus dem Nichts plötzlich in den Himmel ragten. Wenn sich das Wasser zurückgezogen hatte, bot die Natur dem Beobachter einen Blick auf eine kilometerlange Wattlandschaft. Touristen schauten sich diese wundervolle Aussicht zwar immer noch gerne an, doch leider waren es lange nicht mehr so viele wie noch vor einigen Jahren. Und da, wo keine Touristen sind, bleiben Hotels, Restaurants und Ausflugsboote immer öfter leer. Eine weitere Einnahmequelle der Stadt war seit jeher die Fischerei. Aber die Glanzzeiten der Fischereibetriebe waren auch seit einigen Jahren vorbei. So sanken die Erträge immer weiter und nach und nach mussten die Fischereibetriebe schließen. Viele verloren so ihre festgeglaubten Jobs. Fleetwood war ein schöner Ort zum Leben, aber nicht mehr zum Arbeiten.

Warum Isabell und Nick vor über fünf Jahren nach Fleetwood gezogen waren? Eine sehr gute Frage. Aber leicht zu beantworten. Nick war der Grund! Isabell erinnerte sich immer wieder gerne an den Tag, an dem Nick und sie sich entschieden hatten, ihre kleine Zweieinhalbzimmerwohnung in Preston zu kündigen. Finanziell gesehen hätten Nick und Isabell sich schon lange eine drei Mal so große Wohnung leisten können, aber sie waren auf der Suche nach etwas Besonderem.

Es war ein wirklich schöner Sommertag im Juni. Isabell hatte von Nick die Augen verbunden bekommen und musste sich auf den Beifahrersitz ihres gerade erst gekauften Austin Healeys setzen. Dies passte ihr gar nicht, da sie selber noch nicht viel mit dem Wagen gefahren war. Nick war zwar immer schon ein sehr sicherer Fahrer, aber ein neuer Wagen, vor allem in dieser Preiskategorie, führte doch ein wenig zu Unruhe in Isabells Magengegend.

»Komm Nick, lass mich bitte fahren. Ich habe den Wagen doch gerade erst bekommen. Bitte!«, wimmerte Isabell vor sich hin. Aber Nick blieb eisern.

»Jetzt stell dich nicht so an, Issi. Du kannst mit dem Wagen noch genug selber fahren. Es soll doch eine Überraschung werden. Also lehn dich bitte zurück, genieß die Fahrt und den Wind, der dir gleich um deine Nase wehen wird.«

Isabell musste sich sehr zusammenreißen, aber sie wollte Nick die Überraschung nicht kaputtmachen und einen Streit provozieren. Schließlich waren sie gerade einmal einen Monat verheiratet. Nach einer gefühlten Ewigkeit hielt er den Wagen endlich an. Isabell hätte es auch nur noch wenige Minuten ausgehalten, bis sie Nick gezwungen hätte, links ranzufahren. Ihr war so schlecht geworden und sie war kurz davor, sich ihr Frühstück noch einmal ganz genau durch den Kopf gehen zu lassen. Das lag wahrscheinlich an den verbundenen Augen und dem zügigen Fahrstil von Nick.

»Jetzt mach es nicht mehr so spannend, Nick. Darf ich die doofe Augenbinde jetzt bitte endlich abmachen?«, fragte Isabell ungeduldig. Zum Glück überwog langsam die Vorfreunde der noch anhaltenden Übelkeit.

»Ok, ok. Aber du musst mir was versprechen.«

»Und das wäre?«

»Lass es erst einmal auf dich wirken und schau dir alles an … Aber ich weiß, dass es dir gefallen wird.«

Nick stellte sich hinter Isabell und nahm ihr sichtlich nervös die Augenbinde ab. Isabells Augen mussten sich erst einmal wieder an die Helligkeit gewöhnen und sie blinzelte ein paar Mal mit ihren Augenlidern, bis sie nach und nach mehr erkennen konnte.

Isabell und Nick standen vor einem kleinen weißen Gartenzaun aus Holz, der ungefähr so hoch wie Isabells Hüfte war. Hinter dem Gartenzaun war ein kleiner, gepflasterter Innenhof. Die linke Seite des Gartenzauns wurde nach ein paar Metern durch ein Gartentor unterbrochen. Hinter dem Tor erkannte man eine Einfahrt, auf der zwei Autos nebeneinander Platz finden würden. Auf der rechten Seite des Innenhofes war ein kleiner, aber liebevoll angelegter Kräutergarten. Man konnte an dem guten Zustand und der Menge der verschiedenen Kräuter sehen, dass jemand diesen Garten liebte. Am Ende des Innenhofes stand ein wunderschönes Haus. Der Zaun, der Innenhof, der Garten und dieses Haus sahen einfach nur perfekt aus. Es hätte gemalt nicht schöner aussehen können. Das komplette untere Geschoss war aus einem grauweißen Stein erbaut. In der Mitte befand sich eine kleine Eingangstür aus weißem Holz. Auf beiden Seiten neben der Tür waren jeweils zwei bodentiefe Fenster eingelassen, die ebenfalls von weißem Holz umrahmt waren. Zur Zierde waren rechts und links neben den Fenstern große weiße Holzfensterläden angebracht.

Unmittelbar vor dem Eingangsbereich waren rosaweiße Rosensträucher gepflanzt, deren Blüten so prachtvoll aussahen, als wenn sie selber rufen wollten: »Schaut uns an. Wir sind die schönsten Rosen weit und breit.«

Bei dem Dach handelte es sich um ein ausgebautes Spitzdach aus schwarzem Schiefer. Im gleichen Abstand zu den Fenstern im Untergeschoss befanden sich in der oberen Etage die Fenster, die wie kleine Türme aus dem Dach ragten.

Isabell war sprachlos und starrte bewegungslos auf dieses wundervolle Haus, das sie sich nicht besser hätte erträumen können.

»Nick. Ich weiß nicht was ich sagen soll. Das Haus ... es ist so wunderschön!!«

»Dir gefällt es?«

»Nein, mir gefällt es nicht. Ich liebe dieses Haus. Es ist genauso, wie ich es mir vorgestellt habe.«

»Puhhh, na da habe ich ja Glück gehabt«, brach aus Nick erleichtert hervor.

»Wieso?«, fragte Isabell etwas skeptisch.

»Na ja. Es gab so viele Interessenten und bei dem Angebot wäre es wahrscheinlich schnell verkauft gewesen. Also habe ich sofort zugeschlagen«, grinste Nick Isabell an und hob seine rechte Hand in die Höhe, so dass Isabell den Schlüssel sah, der an Nicks Ringfinger baumelte.

»Du hast es gekauft? Nick, bist du verrückt?!«

»Ja. Sonst hätte ich dich doch nicht geheiratet, oder Schatz? Ich musste sofort zuschlagen. Sonst wäre es weg gewesen! Du hast gerade gesagt, dass du es liebst, oder?«

»Ja das habe ich! OH MEIN GOTT!! Das ist unser Haus? Unser eigenes Haus?«

»Ja, das ist es. Wollen wir reingehen, Mrs. Johnson?«

»Unbedingt«, strahlte Isabell Nick an, schnappte sich mit einem Satz den Schlüssel von Nicks Finger und ging schnurstracks zur Haustür.

Doch nach einigen Malen des wilden Hin- und Herdrehens des Schlüssels im Schloss gab Isabell auf.

»Haha, Nick. Der Schlüssel passt gar nicht. Das war jetzt ein echt gemeiner Scherz von dir.«

»Natürlich passt der Schlüssel. Gibt mal her!«, sagte Nick etwas angespannt und nahm Isabell den Schlüssel aus der Hand. Nick drehte den Schlüssel nach links und zog dabei die Tür etwas zu sich und schon machte es klick und die Tür ließ sich öffnen.

»Sieht du, Issi? Es war kein Scherz! Du bist nur wieder zu ungeduldig.«

Nick blieb auf der Schwelle stehen und hob den linken Arm in Richtung Flur.

»Bitteschön, Madame.«

»Nichts da. Ich glaube, du hast was vergessen.«

»Was habe ich denn vergessen?«

»Ja jetzt, wo wir verheiratet sind und wir gerade unser erstes Eigenheim beziehen, muss du mich doch über die Schwelle tragen, oder nicht?«

»Eher oder, nicht!«, sagte Nick und schüttelte den Kopf dabei.

Isabell gab sich aber noch nicht geschlagen. Prompt setzte sie ihren süßesten Schmollmund auf, versteckte beide Arme hinter dem Rücken und schaute Nick mit großen Augen an.

»Oh Mann. Ernsthaft, Issi?«, erwiderte Nick fragend und versuchte dabei, ernst zu bleiben. Dies gelang ihm aber nicht. Es dauerte nicht lange und Nick musste lachen. Er ging in ihre Richtung und schob die Ärmel seines Pullovers an beiden Seiten bis zum Ellenbogen hoch.

»Na, dann wollen wir mal. Gut festhalten!«

Isabell streckte Nick die Arme entgegen, die sie allerdings gar nicht brauchte zum Festhalten. Mit einem großen Ruck lag Isabell über der rechten Schulter von Nick. Die Beine vor seiner Brust, fest mit seinen Armen umklammert, hing Isabell kopfüber an Nicks Rücken.

»AHHHHHH. NICK. WAS MACHST DU?«, schrie Isabell einfach nur aus sich heraus.

»Du hast doch gesagt, dass ich dich über die Schwelle tragen soll, aber nicht wie!« Dabei klopfte er Isabell noch zweimal liebevoll auf den Hintern und lachte. Dann setzte er Isabell im Hausflur ab und gab ihr einen dicken Kuss auf den Mund, um sie wieder zu besänftigen. Das funktionierte in der Regel immer ganz gut, wenn sie einen kleinen Tobsuchtsanfall hatte.

Isabell schaute sich in Ruhe um. Am Ende des Hausflures führte eine Treppe in die erste Etage. Vor der Treppe links war ein großer Raum, in dem auf der einen Seite eine große, weiße Landhausküche mit Gasherd eingebaut war und auf der anderen Seite ein langer Esszimmertisch mit Bänken auf beiden Seiten stand. An dem Tisch fanden bestimmt zehn Personen Platz. Gegenüber der Küche lag das Wohnzimmer. Der Raum war nicht wie die Küche bereits eingerichtet, sondern leer. Aber es musste das Wohnzimmer sein. In der linken Ecke befand sich ein kleiner Kamin mit ein paar Holzscheiten darunter. In der Raummitte konnte man einen klaren dunklen Abdruck an der Wand sehen. Hier musste der Fernseher oder ein großes Bild gehangen haben. Vom Wohnzimmer aus konnte man durch die bodentiefen Fenster eine kleine Terrasse erblicken. Die Räume im oberen Geschoss hatten alle die perfekte Größe. Ein Schlafzimmer mit einem kleinen Ankleideraum und angeschlossenem Bad mit schöner Badewanne und Dusche, ein Büroraum und ein weiteres Zimmer für den geplanten Nachwuchs. Isabell war begeistert. Das Haus war von innen genauso traumhaft wie von außen. Es hätte besser nicht sein können. Nur als Nick die Lage des Hauses verriet, und zwar Fleetwood, war Isabell leicht geschockt. Aber das Haus war so perfekt, dass der Schock schnell überwunden war. Sie wusste, dass sie etwas Schöneres so schnell nicht wieder finden würden.

Nick schaute Isabell an und fragte: »Und? Ist es unser Haus oder habe ich uns ins Unglück gestürzt?«

»Vielleicht tust du das noch, aber nicht mit dem Haus! Ja, es ist unser Haus! Ich liebe dich.«

Es war bereits dunkel, als Isabell zu Hause ankam, aber am und im Haus war kein Licht angeschaltet. Isabell schloss die Tür auf und rief nach Nick.

»Nick, ich bin wieder da. Wo bist du? Nick?«

Isabell überlegte, ob sie irgendeinen Termin vergessen hatte, den Nick ihr gesagt hatte. Aber auch nach längerem Überlegen fiel ihr nichts ein.

»Wahrscheinlich wieder ein Termin im Geschäft«, tröstete sich Isabell. Das Wochenende war früher für beide immer heilig. Aber in den letzten Wochen hatten sich bei Nick viele Überstunden gerade auch an den Wochenenden angesammelt. Isabell war hieran nicht ganz unschuldig. Durch die letzte persönlich von Isabell durchgeführte Marketingmaßnahme war der Umsatz der Sportswear der Firma in die Höhe geschnellt. Auf Grund der erhöhten Nachfrage hatte Nick in Nordengland in den letzten zwei Jahren ganze fünf neue Verkaufsläden mit aufgebaut. Als zuständiger Vertriebsleiter für die gesamte Region England trug Nick eine große Verantwortung. Gerade bei neuen Filialen konnte immer sehr viel schiefgehen. Aus dem Grund kontrollierte Nick alles lieber selber und war bei wichtigen Entscheidungen persönlich vor Ort.

»Na ja, er wird schon wiederauftauchen«, murmelte Isabell vor sich hin. »So habe ich wenigstens noch genug Zeit, um meine gekauften Schätze einzuräumen, ohne dass Nick etwas davon bemerkt und mein Konsumverhalten mal wieder kritisiert.«

Isabell zog sich schnell die Schuhe aus, hing ihren Mantel auf, schnappte sich die Einkaufstaschen und ging schnellen Schrittes die Treppe hoch in die Ankleide. Die Ankleide war elf Quadratmeter groß. Ein eigenes kleines Zimmer nur für Anziehsachen. Ein Traum jeder Frau! Auf der rechten Seite des Raumes waren vier große Kleiderstangen an der Wand angebracht, an denen alle Anzüge und Hemden von Nick hingen und alle Blusen, Kleider und Kostüme von Isabell. Die linke Seite bestand aus mehreren Regalen, in denen Pullover, T-Shirts und Hosen untergebracht waren und ein riesiges Regal, das bis zur Decke ging, voll mit Schuhen. Highheels, Turnschuhe, Stiefel, Stiefeletten, Pumps und, und, und …
Geradedurch am Ende des Raumes stand unter dem Fenster eine weiße Kommode. Auf der Kommode stand nur ein einziger Gegenstand. Ein silberner, mit Rosen verzierter, doppelter Bilderrahmen. In der linken Seite des Rahmens war das Hochzeitsfoto von Isabell und Nick zu sehen. Es zeigte, wie sie beide vor der Kirche standen, beide Hände in den Händen des anderen vergraben, sich tief in die Augen schauend. Isabell in ihrem enganliegenden Kleid aus feinster Spitze mit dem doch sehr gewagten freien Rücken, der nur durch den leichten, bis zum Boden fallenden Schleier verdeckt wurde. Nick hatte einen alten, aber dennoch unglaublich schicken Anzug von seinem Großvater an, der mit seinen goldenen Knöpfen und den schwarzen Stickereien auf dem blauen Stoff schon fast adelig aussah. In der anderen Seite des Bilderrahmes befanden sich beide Eheversprechen, die Nick und Isabell sich nicht wie üblich in der Kirche, sondern später auf ihrer Feier gaben. Für die Feier hatten sich Nick und Isabell den Golf Club Fairhaven, eine halbe Stunde westlich von Preston und direkt an der Küste gelegen, ausgesucht. Hier verließen sie kurz nach der Buffeteröffnung ihre Hochzeitsgesell-

schaft und liefen bis ganz vorne an das Kliff, wo sie sich ganz alleine ihre Versprechen gegenseitig vortrugen.

Mein Nick:
Ich liebe dich
Du bist mein Leben
Mit dir fühle ich mich ausgefüllt
Mit dir fühle ich mich geliebt
Mit dir fühle ich mich lebendig
Mit dir fühle ich mich frei
Du bist mein Leben
Ich liebe dich

Meine Issi:
Du bist alles für mich
Dein Herz gehört mir
Mein Herz gehört dir
Gemeinsam sind wir nie wieder allein
Gemeinsam werden wir zusammen sein
Ich liebe dich
Du liebst mich
Wir sind eins
Zwei Herzen für immer vereint

Wie so oft hielt Isabell inne, nahm den Bilderrahmen in die Hand und betrachtete das Foto von sich und Nick. Sie versuchte sich dann immer an den Tag und diesen Moment zu erinnern und die Gefühle von damals abzurufen. Danach las Isabell die Eheversprechen immer laut für sich vor. Irgendwie hatte sich beides zu einem festen Ritual entwickelt für Isabell.

»Nie wieder allein …, wir sind eins …, ich liebe dich«, sprach Isabell laut aus. Im gleichen Moment war sie über sich selber verwundert. Normalerweise war sie glücklich, wenn sie diese Worte las. Aber dieses Mal rollte ihr eine Träne über die rechte Wange.

»Wieso weine ich? Wieso bin ich so traurig?«, dachte Isabell verwundert.

Isabell wurde in ihren Gedanken unterbrochen, als sie die Haustür ins Schloss fallen hörte und Nick rief: »Ich bin zu Hause.«

Rasch wischte sich Isabell die Träne von der Wange und nahm die noch nicht ausgepackten Tüten und versuchte, sie hinter ihren Kleidern auf dem Boden zu deponieren, ohne dass man sie sehen konnte. Dann ging sie die Treppe runter und sah Nick in der Küche, wie er sich gerade ein Glas Weißwein einschenkte.

»Möchtest du auch?«, fragte Nick.

»Ja gerne«, antwortete Isabell mit einem Blick auf die Uhr, die bereits 19:31 Uhr anzeigte.

»Wo warst du, Nick? Ich wusste nicht, dass du noch irgendwohin wolltest. Und warum kommst du erst jetzt wieder?«

Nick drückte Isabell das Glas in die Hand und antwortete ungehalten: »Muss ich dir irgendeine Rechenschaft ablegen? Ich kann doch nach Hause kommen, wann ich will, oder? Wir haben gerade mal halb acht und nicht drei Uhr in der Früh. Außerdem bist du doch diejenige von uns beiden, die den ganzen Tag mit Eve unterwegs war, oder?«

»Sorry, Nick. War nicht so gemeint. Es sieht dir sonst nur nicht ähnlich, ohne mir eine Nachricht zu hinterlassen, wegzufahren.«

»Wenn es dich interessiert, ich war noch in Blackpool, um mir noch einmal das neue Ladenlokal für die nächste Filiale anzuschauen und dann habe ich noch was in der Stadt erledigt. Es hat ja schließlich noch jemand Geburtstag in zwei Tagen!«

»Entschuldige bitte, Nick. Sei nicht eingeschnappt«, versuchte Isabell die Situation zu retten und ging auf Nick zu, um ihm einen Kuss zu geben und somit zu signalisieren, dass es ihr leidtat.

Nick nahm den Kuss nur halbherzig an und drehte sich kurz danach weg mit den Worten: »Ich gehe jetzt duschen. War auch für mich ein langer Tag.«

Isabell schaute Nick hinterher. Dann nahm sie die offene Flasche Wein und ihr Glas und setzte sich auf die Couch im Wohnzimmer, deckte sich mit ihrer kuschligen Wolldecke zu und schaltete den Fernseher an.

KAPITEL 4

Isabell wurde von einem leisen Klicken wach und öffnete langsam die Augen. Es war Morgen. Sie hatte die ganze Nacht auf der Couch verbracht. Sie musste wie ein Stein geschlafen haben, da sie sich nicht erinnern konnte, aufgewacht zu sein. Dann hörte sie Motorengeräusche und schaute aus dem Fenster. Sie sah Nick, wie er wegfuhr.

»Wo fährt Nick denn jetzt hin? Und warum hat er mich nicht geweckt?«, fragte sich Isabell laut und etwas verärgert.

Isabell beschloss, unter die Dusche zu gehen und dann nochmal genau zu überlegen, was mit Nick los sein könnte. Denn irgendwie war er in den letzten Tagen und Wochen doch etwas seltsam.

Als sie mit einem Handtuch auf dem Kopf und einem weiteren Handtuch fest um ihren Körper gewickelt aus dem Bad ins Schlafzimmer kam, sah Isabell ihr Handy aufleuchten. Sie nahm es in die Hand und schaute nach. Sie hatte eine neue Nachricht, nein, zwei Nachrichten!

Die erste Nachricht war von Eve:

10:02
»Wie hat Nick der Inhalt der kleinen Tüte gefallen? ☺«

Ein wenig genervt und die Augen rollend, wischte Isabell die Nachricht weg und nahm sich vor, darauf später oder gar nicht zu antworten.

Dann noch eine Nachricht. Diese war von Nick:

10:13
»Kommst du frühstücken? Der Tag ist viel zu schön, um sich zu streiten. Ich habe auch deine Lieblingsbrötchen geholt und Kaffee ist auch schon fertig.«

»Da war er also vorhin hingefahren«, dachte Isabell und konnte sich jetzt ein kleines Lächeln nicht mehr verkneifen. »Also doch alles gut und Nick ist nur ein wenig überarbeitet.«

Nick und Isabell frühstückten ganz in Ruhe. Danach beschlossen sie, dass trockene und sogar leicht sonnige Wetter auszunutzen. Nick ließ die Arbeit Arbeit sein und so machten Nick und Isabell zuerst einen ausgiebigen Spaziergang an der Küste. Nach fast fünf Kilometern an der frischen Luft wollten beide dann nur noch auf die Couch. Dort verbrachten sie den restlichen Nachmittag und schauten gemütlich einen Film bei einer leckeren Tasse Kaffee für Nick, einem heißen Tee für Isabell und ein wenig Gebäck, das Nick ebenfalls morgens vom Bäcker mitgebracht hatte. So ließen sie den Tag langsam ausklingen und gingen nicht all zu spät schlafen.

Es war Montag und Isabell wachte in dem Wissen auf, dass sie wieder ein Jahr älter geworden war. Sechsunddreißig Jahre waren für sie alt. Wo war die Zeit geblieben? Wo waren die letzten sechsunddreißig Jahre nur hin? Sie drehte sich zu Nick um und musste zum Erstaunen feststellen, dass er gar nicht mehr im Bett war. Isabell schaute auf den Wecker. Es war 09:52 Uhr. Nick musste schon lange zur Arbeit aufgebrochen sein. Isabell hatte sich heute extra freigenommen, weil sie keine Lust hatte, sich im

Büro feiern zu lassen. Der erste Gedanke, den Isabell hatte, war Kaffee. Also zog sie sich ihren Bademantel an und ging runter in die Küche. Auf der Küchentheke stand ein Strauß mit weißen und rosa Rosen. Darunter lag auf einem Teller ein Cupcake mit der Aufschrift »Alles Gute«. Daneben lag eine Karte.

Morgen Geburtstagskind
Ich wollte Dich nicht wecken.
Genieß den Tag voller Ruhe. Ich versuch nicht so spät zu Hause
zu sein. Ich habe für 19 Uhr einen Tisch reserviert.
Happy Birthday!

»Das werde ich«, sagte Isabell.

Sie wollte den Tag für sich haben und ihn in Ruhe ohne Stress verbringen. Schließlich war es nicht nur ihr Geburtstag, sondern auch der Todestag ihrer Mutter. Dadurch, dass sie kurz nach ihrer Geburt verstorben war, war der 23.09. umso bedeutender für Isabell. Dieser Tag schnürte ein enges gedankliches Band zu ihrer Mutter.

Nach dem Kaffee wollte Isabell als erstes ihre Mutter besuchen fahren. Brian, Isabells Vater, hatte sich damals für eine Verbrennung entschieden und so den Wunsch seiner Frau akzeptiert. Sie wollte, anders als Brian, nicht in einem Grab verrotten, sondern lieber Eins werden mit dem Meer. Da es kein Grab gab, an dem Isabell ihre Mutter hätte besuchen können, folgte sie an dem Tag immer einer alten Tradition, die sie früher zusammen mit ihrem Vater und später alleine durchführte. Isabell kaufte die Lieblingsblumen ihrer Mutter, weiße Chrysanthemen, und fuhr damit zur Küste. Genau an die Stelle, an der die Asche ihrer Mutter verstreut wurde. Isabell hatte immer ein Foto dabei, auf dem ihr Vater und ihre schwangere Mutter abgebildet waren. Sie hielt das Foto fest in der Hand, gedachte ihrer und gleichzeitig ihrem Vater und warf die Blumen ins Meer. Dann atmete Isabell die Küstenluft noch einmal ganz intensiv ein und verabschiedete sich mit den Worten: »Ich denke an euch. Ich liebe euch. Ich trage euch in meinem Herzen.«

Wieder zu Hause angekommen, machte sich Isabell einen schönen Tag. Sie ging erst einmal gemütlich in die Badewanne und verwöhnte anschließend ihren Körper mit einer neuen Lotion, machte sich danach die Fuß- und Fingernägel und ihre Haare bekamen auch endlich mal wieder so viel Aufmerksamkeit, wie sie schon lange dringend nötig hatten. Im Anschluss an die Körperpflege folgte ein ausgedehntes Frühstück, wobei der Cupcake nur eine Nebenrolle einnahm. Ein kleiner Prosecco durfte auch nicht fehlen. Ans Telefon ging Isabell nur bei Eve und Peter. Alle anderen waren ihr an diesem Tag egal. Sie würde sich einfach am nächsten Tag zurückmelden und sich entschuldigen, dass sie das Handy nicht gehört hat.

Pünktlich um 18:30 Uhr saß Isabell mit einem Glas Weißwein auf einem der Barhocker in der Küche. Sie hatte sich ihr Haar locker hochgesteckt und sich ein langes, enges schwarzes Kleid angezogen. Für darunter hatte sich Isabell für die aufreizende Wäsche von Victoria's Secret entschieden. Sie schaute langsam ungeduldig auf ihre goldene Armbanduhr. Es war bereits zehn vor sieben. Isabell versuchte, cool zu bleiben und trank noch einen Schluck Wein. Endlich konnte Isabell Scheinwerferlichter in der Einfahrt erkennen und hörte Nicks Wagen vorfahren. Dann knallte eine Autotür und hastig drehte sich der Schlüssel in der Eingangstür.

»ISSI?«, rief Nick, als er noch nicht ganz im Haus war.

»Ja Nick?«, antwortete Isabell fragend.

Nick schaute etwas verdutzt, als er seine Frau fertig angezogen und wartend in der Küche erblickte.

»Oh, du bist schon fertig?«

Isabell zeigte mit dem Kopf auf die große Wanduhr in der Küche und erwiderte nur: »Wir haben kurz vor sieben, Nick. Hattest du nicht einen Tisch für 19 Uhr reserviert?«

»Ja, das habe ich auch, Isabell. Ich habe bei Toni schon angerufen, dass wir ein paar Minuten später kommen. Es tut mir leid, dass ich so knapp dran bin.«

Nick ging auf Isabell zu, küsste sie auf den Mund und nahm sie in den Arm.

»Ich wünsche dir alles Gute zum Geburtstag, Issi. Happy Birthday, meine Liebe.«

Isabell konnte Nick nicht mehr böse sein und genoss einfach nur die Umarmung ihres Mannes.

»Toll siehst du aus«, sagte Nick, als er seine Frau betrachtete. »Jetzt ist es mir etwas unangenehm, dass ich dich nur zu Toni ausführen will. Bis Preston reinzufahren, hätte ich heute einfach zeitlich nicht geschafft.«

»Ich dachte, ich hätte mich gerade verhört, Nick, als du sagtest, dass du bei Toni angerufen hast.«

Isabells Blick drückte Enttäuschung aus und sie schaute zu Boden.

»Ich mach es nächstes Jahr wieder gut, Issi. Nächstes Jahr werde ich dich wieder ganz schick ausführen. Ich verspreche es!«

»Na, dann bin ich ja mal gespannt. Das muss aber dann ein ganz schicker Laden sein. Ich erwarte großes für nächstes Jahr!«

Nach einem einfachen, aber leckeren Essen bei dem besten und einzigen Italiener in Fleetwood kamen Isabell und Nick am späten Abend wieder nach Hause.

Während Nick bereits im Bett lag, war Isabell noch einmal im Bad verschwunden, um nachzusehen, ob die neue Wäsche überall am richtigen Platz saß. Die Wäsche sah echt gut aus, allerdings war sie nicht unbedingt bequem. Nach einem letzten Blick in den Spiegel und einem kontrollierten Ein- und Ausatmen fasste sich Issi ein Herz und machte die Badezimmertür auf. Sie trug einen BH aus schwarzer Spitze und den dazu passenden String. Beides war verbunden mit mehreren dünnen Bändern aus roter Spitze. Dazu trug Isabell Nicks Geburtstagsgeschenk. Im Restaurant überreichte Nick Isabell eine kleine, längliche, schwarze Schachtel. In der Schachtel lag eine wunderschöne, silberne Kette. An der Kette hing ein Blütenanhänger, besetzt mit ein paar funkelnden Steinen.

»Du bist wunderschön, Issi«, flüsterte Nick fast, als Issi aus dem Badezimmer ins Schlafzimmer eintrat.

Endlich, nach so langer Zeit, liebten Nick und Isabell sich wieder, als wenn es die letzten Wochen der Unstimmigkeiten nie gegeben hätte.

Nick lag auf dem Rücken, so dass Isabell in seinen Armen liegen konnte, mit dem Kopf auf seinem Oberkörper.

»Ich liebe dich, Nick.«

Nick drückte Isabell fest an sich und sagte: »Ich habe dich immer geliebt, Issi, und ich werde dich immer lieben. Egal, wie unsere Geschichte ausgeht. Ich hoffe, du wirst das nie vergessen!«

Etwas verwundert über die Art der Wortwahl, gab Isabell Nick noch einen Gutenachtkuss und drehte sich dann auf die rechte Seite, um in den Schlaf zu finden.

Isabell und Nick schliefen sofort ein.

KAPITEL 5

Isabells Geburtstag lag inzwischen einige Wochen zurück und es war bereits Anfang November. Der Winter war mit voller Wucht über England hereingebrochen und schwere Stürme fegten die letzten zwei Wochen immer wieder über die kleinen Städte an der Küste. Isabell hatte ihren langen, flauschigen, beigen Strickpullover mit den dazu farblich abgestimmten warmen Wollsocken an. Die Beine nackt und ihr Haar lediglich kurz durchgekämmt und zu einem Dutt hochgebunden. Mit einer Tasse Kaffee in ihren Händen hatte sie es sich auf der Couch gemütlich gemacht. Heute war zwar Samstag, aber Eve musste die Shoppingtour zu Isabells Bedauern absagen, da sie seit ein paar Tagen mit Grippe im Bett lag. Da Nick ebenfalls keine Zeit für Isabell aufbringen konnte, weil er mal wieder trotz Wochenende arbeiten war, obwohl er Isabell versprochen hatte, es ruhiger angehen zu lassen, hatte Isabell beschlossen, heute nichts, wirklich gar nichts zu machen außer zu faulenzen. Seit ihrem Geburtstag hatte sich nicht wirklich etwas geändert. Nick kam abends oft später als Isabell nach Hause oder war für ein paar Tage geschäftlich weg und gar nicht in England. Oft blieb nur der Sonntag übrig für gemeinsame Zeit. Allerdings war Nick meistens von der Woche so fertig, dass er viel schlief und sich vor dem Fernseher entspannte. Isabell bekam ihn dann nur sehr selten aus dem Haus bewegt.

Mittlerweile war es schon Nachmittag und sie kam ins Grübeln.

»Soll ich heute Abend mal was kochen? Aber was? Fisch, Fleisch oder einfach eine leckere Pasta? Oder doch besser etwas Essen gehen?«

Isabell nahm das Handy in die Hand und schrieb Nick.

15:36
»Hi Nick. Soll ich uns heute Abend mal was kochen, oder sollen wir bei Toni eine Pizza essen gehen?«

Isabell wartete ein paar Minuten auf eine Reaktion von Nick, aber es kam keine. Isabell entschied sich, unter die Dusche zu gehen. Denn ob Essen zu Hause oder außerhalb, frisch geduscht sollte sie auf jeden Fall sein.

Isabell ließ sich richtig viel Zeit und trödelte etwas vor sich hin. Sie duschte ausgiebig, rasierte sich überall am Körper, cremte sich im Anschluss ordentlich ein und verpasste ihren Haaren eine ordentliche Pflegekur.

Als sie sich ein Handtuch um den Kopf gebunden und ihren Bademantel angezogen hatte, ging sie ins Schlafzimmer und schaute auf ihr Handy.

Nick hatte endlich geantwortet.

15:57
»Hi Issi, es wird heute wahrscheinlich wieder etwas später. Der Geschäftsführer der neuen Filiale in Blackpool will mit mir noch essen gehen. Wir wollen für die Eröffnung in zwei Wochen noch ein paar Details besprechen. Nach der Eröffnung habe ich wieder mehr Zeit. Versprochen! Bis später.«

Isabell las die Nachricht und währenddessen konnte sie quasi spüren, wie ihre Wut in der Magengegend immer größer wurde. Dann drückte sie auf antworten und machte sich beim Schreiben Luft.

16:07

»Nicht Dein Ernst, Nick?! Herzlichen Dank fürs mal wieder alleine lassen. Du bist nur noch am Arbeiten!!! Vor ein paar Wochen hast du mir noch versprochen, dass du es ruhiger angehen lassen willst und zumindest wieder am Wochenende Zeit hast. Tolles Versprechen, Nick! So scheißegal kann ich dir doch nicht sein, oder? Mal sehen, ob ich überhaupt zu Hause bin, wenn du kommst.«

Isabella schmiss das Handy nach Absenden der Nachricht wütend aufs Bett. Kurz darauf folgte ein Signalton. In der Hoffnung, dass die Nachricht Nick zum Denken angeregt hatte, holte sie das Handy wieder und las die Nachricht von Nick.

16:09

»Issi. Jetzt krieg dich mal wieder ein. Ich muss nun mal viel arbeiten im Moment. Kann halt nicht jeder am Wochenende faulenzen, so wie du!!! Ich komme, wann ich komme ...«

Isabells Puls war schlagartig auf hundertachtzig!

»So ein Arsch«, platzte es aus Isabell raus. Isabell musste sich zusammenreißen, aber sie entschloss sich, auf diese Nachricht nicht zu antworten und standhaft zu bleiben. Die nächste Nachricht ging nicht an Nick, sondern an Eve.

16:10

»Hallo liebste Freundin. Wie geht es Dir? Mein Mann meint, mich heute Abend wieder einmal alleine zu Hause verkümmern zu lassen. ☺☺ Ich weiß, Du bist krank, aber vielleicht trotzdem Lust auf Gesellschaft? Ich mach uns was zu essen und wir schauen einen Film. Hast Du nicht Lust? Bitte!!! ☹«

Keine dreißig Sekunden vergingen und Isabell konnte schon sehen, dass Eve ihr zurückschrieb.

16:13
»Hi meine Liebe. Ich bin leider immer noch total krank und schlafe eigentlich nur die ganze Zeit. Cathleen ist bis morgen früh noch bei meinen Eltern und ich bin froh, wenn ich mich in Ruhe erholen kann. Ich weiß nicht, was Cathleen hier wieder angeschleppt hat. Sie war in der letzten Woche so krank mit starkem Husten, Schnupfen und Gliederschmerzen. Und jetzt habe ich es voll abbekommen! ☺ Wir können das gerne für nächstes Wochenende in Angriff nehmen, da bin ich bestimmt wieder fit.«

16:15
»Ach Menno. So ein Pech aber auch. Hatte gehofft, dass es Dir schon besser geht. Schade! Na, dann gute Besserung und melde Dich, wenn Du wieder fit bist. Kuss an mein Patenkind, die ich übrigens auch schon gefühlt ewig nicht mehr gesehen habe ☺«

16:17
»Sorry. War so viel los! Holen wir bald nach! Versprochen«

Das hieß, dass es Eve echt schlecht gehen musste. Normalerweise hätte Isabell sich einen dummen Kommentar hierzu anhören dürfen.

»Und was mach ich jetzt so alleine? Was bestellen oder Dinner for One kochen?«, überlegte Isabell.

Isabell beschloss, einkaufen zu gehen und nach langer Pause mal wieder richtig zu kochen, auch wenn es nur für sie sein sollte.

Isabell setzte sich in ihren Austin Healey und fuhr zu dem einzigen Supermarkt in Fleetwood, der am späten Samstagnachmittag noch geöffnet hatte. Im Laden angekommen schnappte sich Isabell einen kleinen Tragekorb direkt an der Tür und ging zielstrebig in die Obst- und Gemüseabteilung. Eine frische Zucchini hier sowie frische Tomaten und Auberginen da. Alles, was sie gerne aß und sie mit einer leckeren Pasta kombinieren konnte, landete im Einkaufskorb. Eine Packung bunte Tagliatelle und ein halbes Kilo frische Garnelen und ruck zuck war ihr Einkaufskorb voll. Isabell überlegte, ob noch irgendetwas fehlte.

»Wein? Ich brauche noch Wein!«

Isabell ging zum Weinregal und suchte sich zwei Flaschen von ihrem Lieblingswein aus. Als sie die zweite Flasche Wein gerade in den Korb gelegt hatte, klingelte ihr Handy. Nach einer gefühlten Ewigkeit des Suchens fiel Isabell ein, dass sie ihr Handy nicht in der Handtasche, sondern in ihrer Manteltasche hatte. Sie sah auf dem Display ihres Handys Nicks Nummer aufleuchten. Isabell überlegte, ob sie überhaupt ans Telefon gehen sollte. Nach dieser beschissenen Nachricht von Nick wollte sie eigentlich erst einmal nicht mit ihm sprechen. Also drückte sie ihn kurzerhand weg und steckte das Handy zurück in die Manteltasche. Dann klingelte ihr Handy erneut und wieder war Nicks Nummer auf dem Display zu sehen. Isabell verdrehte die Augen, entschloss sich aber dieses Mal, ranzugehen. Jetzt war sie neugierig, was Nick zu sagen hatte.

»Nick! Was willst du? Ich bin gerade einkaufen und habe eigentlich gar keine Lust, mit dir zu sprechen.«

Am Ende der anderen Leitung war eine Männerstimme zu hören, aber es war nicht die von Nick.

»Hallo? Ist da Isabell Johnson?«

»Ja, am Apparat. Aber wer sind Sie und warum rufen Sie mich von dem Telefon meines Mannes an?«

»Mein Name ist Dr. Smith. Ich arbeite am Blackpool Victoria Hospital. Es geht um Ihren Mann. Hören Sie mir zu, Mrs. Johnson?«, fragte die fremde Stimme.

Isabell stand regungslos vor dem Weinregal und lauschte der Stimme am Telefon.

»Ja«, antwortete Isabell.

Mehr brachte sie nicht heraus. Was war los? Was war passiert?

»Ihr Mann hatte einen schweren Herzinfarkt. Wir haben ihn versorgt und er liegt jetzt auf der Intensivstation bei uns. Aber es sieht nicht gut aus. Er verliert immer wieder das Bewusstsein. Haben Sie die Möglichkeit, schnellstmöglich zu kommen?«

Isabell antwortete nur wieder mit einem gebrechlichem: »Ja. Ich bin gleich da.«

Mit fürsorglichem, väterlichem Tonfall sagte die Stimme: »Fahren Sie bitte vorsichtig, Mrs. Johnson!«

Isabell legte auf. Sie hatte die Worte gehört und auch verstanden, aber sie verstand nicht, was die Stimme ihr versucht hatte zu erklären.

»Nick schafft es vielleicht nicht? Es sieht nicht gut aus?«, kam leise über ihre Lippen. Sie begann zu zittern und ihr wurde schwarz vor Augen. Sie verlor für einen kurzen Moment das Gleichgewicht und ließ den Einkaufskorb zu Boden fallen. Ein lautes Klirren war im ganzen Markt zu hören. Die beiden Weinflaschen zersprangen in viele kleine Glasscherben, die sich überall auf dem Boden verteilten. Eine Verkäuferin schaute in den Gang und kam auf Isabell mit hoch gerissenen Armen zu gelaufen.

»Wie sieht es denn hier aus? Was ist denn passiert?«

Nachdem der Blick der Verkäuferin vom Boden auf Isabell fiel, schwang ihre Aufgeregtheit in Sorge um. Isabell hielt sich mit einer Hand am Regal fest und reagierte gar nicht auf die Verkäuferin.

»Geht es Ihnen gut? Kann ich helfen?«

Isabell hob den Kopf und schüttelte diesen nur langsam und antwortete: »Ich muss ins Krankenhaus. Ich muss sofort ins Krankenhaus. Mein Mann! Ich muss ins Krankenhaus.«

Isabell wühlte hektisch in ihrer Handtasche und zog einen 20-Pfund-Schein hervor und drückte der Verkäuferin diesen in die Hand.

»Ich hoffe, das reicht für die Weinflaschen. Bitte entschuldigen Sie das Chaos!«

Kaum gesagt, war Isabell schon fast an der Ausgangstür.

Isabell nahm den schnellsten Weg, den sie kannte, in Richtung Krankenhaus. Die Tränen liefen ihr über beide Wangen und sie versuchte, sich auf die Straße zu konzentrieren und sich zusammenzureißen. Aber so sehr sie es auch versuchte, konnte sie es nicht. Sie war am ganzen Körper am Zittern und ihre Gedanken waren nur bei Nick.

»Was hatte er an, als er ging?
Wann habe ich ihn überhaupt das letzte Mal gesehen? War das heute
Morgen oder gestern Abend?
Ich weiß es nicht mehr.
Was habe ich ihm das letzte Mal gesagt?
Was hat er mir gesagt?
Was ist passiert?
Wo war er?
Was ist nur passiert?
Hat er sich über mich aufgeregt?
Über meine letzte SMS?
Bin ich etwa schuld?
Oh nein, ich bin schuld!
Oh nein. Nick, es tut mir leid. Das wollte ich nicht.«

Isabell fuhr viel zu schnell, als sie in die Zufahrtstraße zum Krankenhaus abbog. Nur mit einer Vollbremsung und quietschenden
Reifen kam sie gerade noch hinter dem Krankenwagen zum Stehen, der vor der Notaufnahme parkte. Ohne einen Gedanken daran zu verschwenden, ob sie dort überhaupt stehenbleiben dürfte,
stürzte Isabell aus dem Wagen, durch zwei große Schiebetüren,
die sich automatisch öffneten, in Richtung Aufnahme. Am Tresen stand eine Krankenschwester, die sich sofort der suchenden
und sichtlich aufgelösten Isabell annahm und sie ansprach.

»Kann ich Ihnen helfen, Miss? Sind Sie verletzt?«, fragte die Krankenschwester sorgend und trat vor den Tresen zu Isabell.
    »Wo ist mein Mann? Ich muss zu meinem Mann!«
    Die Schwester versuchte, die hilflos wirkende Isabell zu be-
ruhigen und fragte weiter.
    »Miss, wie heißt Ihr Mann? Ich versuche, ihn zu finden? Wie
heißt Ihr Mann, Miss?«
    »Nick. Nick Johnson!«

Als die Krankenschwester den Namen hörte, veränderte sich ihr
Blick und sie schaute plötzlich bestürzt.

Mit dennoch gefasster Stimme antwortete sie: »Mrs. Johnson. Ich werde mich um Sie kümmern und sofort nach Ihrem Mann sehen lassen. Bitte setzen Sie sich doch hier auf die Bank.«

»OK«, sagte Isabell und versuchte, sich selber zu beruhigen.

Die Krankenschwester führte Isabell zu einer Sitzbank, die neben dem Tresen stand.

»Kommen Sie! Setzen Sie sich so lange und versuchen, ein wenig durchzuatmen.«

Ohne Isabell von der Seite zu weichen, gab sie gleichzeitig einer Kollegin, die am anderen Ende des Korridors stand, ein hastiges Handzeichen. Die andere Krankenschwester reagierte sofort und kam zu den beiden gelaufen. Als sie eintraf, gab die bei Isabell wartende Krankenschwester der anderen leise eine Instruktion.

»Hol schnell Dr. Smith. Das ist der eingelieferte Herzinfarkt vorhin. Sag, dass seine Frau hier ist.«

Nach wenigen Minuten eilte ein älterer Arzt auf Isabell zu. Als Isabell ihn sah, stand sie zügig auf und schaute ihn erwartungsvoll an.

»Mrs. Johnson?«

»Ja, das bin ich! Was ist mit meinem Mann? Wo ist er? Wie geht es ihm?«

»Mein Name ist Dr. Smith. Ich habe mich um Ihren Mann gekümmert, als er vor wenigen Stunden eingeliefert wurde.«

Dr. Smith machte ein Handzeichen in Richtung der Sitzbank und forderte Isabell auf, sich mit ihm hinzusetzen. Isabell folgte seiner Aufforderung und schaute ihn ungeduldig an.

»Mrs. Johnson. Wie ich Ihnen bereits am Telefon mitgeteilt habe, wurde Ihr Mann mit einem schweren Herzinfarkt eingeliefert. Er hat gekämpft und wir konnten ihn vorerst stabilisieren. Dann habe ich Sie angerufen.«

»Und jetzt?«, fragte Isabell, »Kann ich zu ihm?«

Der Arzt atmete tief durch und es fiel ihm erkennbar schwer, was er zu sagen hatte. Er legte seine Hand auf Isabells und fuhr fort.

»Mrs. Johnson. Es tut mir leid! Es tut mir wirklich unendlich leid. Er hat es nicht geschafft.«

Isabell schüttelte den Kopf und verstand nicht, was der Arzt ihr da gerade versuchte zu sagen.

»Was heißt nicht geschafft? Sie sagten doch, dass er stabil ist.«

»Das war er auch, vorerst. Ich habe Ihnen am Telefon gesagt, dass es nicht gut aussieht. Man kann nie wissen, was für Schäden ein solch schwerer Infarkt an sich schon mit sich bringt. Und dann nach unserem Telefonat erlitt er einen erneuten Herzinfarkt. Wir konnten nichts mehr für ihn tun. Er ist vor fünfzehn Minuten verstorben.«

»Was? … Nick ist tot?«, die Worte kamen nur sehr langsam über ihre Lippen. Ihre Stimme versagte bei dem erneuten Ausspruch. »Nick … ist tot?«

Die Tränen schossen ihr in die Augen und sie begann erneut, am ganzen Körper zu zittern.

»Mrs. Johnson. Ich weiß, was das für eine schlimme Nachricht ist. Sie brauchen Zeit, um das erst einmal zu verarbeiten. Kann ich jemanden anrufen, der Sie abholt und sich in den nächsten Stunden um Sie kümmern kann?«

Rückartig stand Isabell auf und blickte sich suchend um.

»Ich will zu ihm. Ich will zu meinem Mann.«

Dr. Smith legte Isabell behutsam die Hand auf die Schulter und drückte sie ganz leicht wieder auf den Stuhl zurück.

»Mrs. Johnson. Sie können jederzeit zu Ihrem Mann. Aber jetzt sollten Sie sich erst einmal ausruhen. Wen kann ich anrufen für Sie?«

Isabell zog wortlos ihr Handy aus der Tasche und blätterte den Kontakt von Eve auf und legte es Dr. Smith in die Hand. Dann merkte Isabell nur noch, wie alles um sie herum auf einmal schwarz wurde und sie in sich zusammenbrach. Die Stimmen um sie herum wurden immer verzerrter und verstummten nach und nach.

Isabell kam langsam wieder zu sich. Sie lag in einem Bett und spürte einen warmen Händedruck.

»Isabell. Ich bin es. Ich bin hier.«

Isabell erkannte Eves Stimme, noch bevor sie Eves Gesicht sah.

»Eve? Wo bin ich?«

»Im Krankenhaus! Dr. Smith hat mich angerufen.«

Sofort schossen die Tränen wieder in Isabells Augen.

»Oh mein Gott!!! Es ist wahr? Nick ist tot???«

Eve nahm ihre Freundin fest in den Arm und fing ebenfalls an zu weinen.

»Ja. Es tut mir so leid!! Er ist tot!«

Eine ganze Weile lagen sich Eve und Isabell in den Armen und weinten, bis irgendwann Isabell die Umarmung löste und sich die Tränen aus dem Gesicht wischte.

»Ich will zu ihm!«, sagte sie dann bestimmend.

»Nein, Isabell. Nicht mehr heute! Du bist erschöpft und musst er einmal wieder zu dir kommen. Ich nehme dich jetzt erst einmal mit nach Hause. Morgen kommen wir wieder und dann gehen wir zu ihm.«

Eve schaute Isabell an und wartete auf eine Geste der Zustimmung. Es dauerte einen Moment, aber dann nickte Isabell und Eve nahm ihre Freundin erneut in den Arm. Dann half sie ihr aufzustehen und sie verließen das Krankenhaus.

Isabell wurde von mehreren aufeinanderfolgenden Niesern wach und hörte dann eine Tür ins Schloss fallen. Langsam schlug Isabell die Augen auf. Sie wusste nicht sofort, wo sie war. Dann stieg ihr ein bekannter Geruch in der Nase. Sie blickte neben sich und sah Cathleen. Cathleen lag eingerollt wie ein kleines Würmchen neben ihr, mit ihrem Lieblingsteddy Benjamin im Arm. Sie war tief und fest am Schlafen. Sie war bei Eve zu Hause! Aber warum? Dann fiel ihr wieder ein, was passiert war. Tränen machten sich wieder über ihrem Gesicht breit und sie fing an zu schluchzen. »Nein, nein. Das darf nicht wahr sein. Er darf nicht tot sein. NEIN!!!«

In dem Moment kam Eve ins Zimmer und eilte direkt zu ihrer Freundin.

»Ich bin da, Isabell. Ich bin da! Es tut mir so leid, meine Liebe. Es tut mir so unendlich leid. Weine. Weine, so viel wie du willst. Ich bin da!!«

Eve und Isabell lagen eng umschlungen mehrere Stunden im Bett neben Cathleen, ohne ein Wort zu reden. Cathleen wachte zwischendurch immer mal wieder auf, verhielt sich aber ganz still und leise. Eve hatte ihr bereits schonend versucht zu erklären, was passiert war. Cathleen wirkte traurig, versuchte aber offensichtlich, für ihre Tante stark zu sein. Sie hatte sich zu Isabell gedreht und an sie gekuschelt. Ihren Teddy hatte Cathleen zwischen sich und Isabell gelegt und immer, wenn Isabell wieder in Tränen ausbrach, streichelte Cathleen ihr mit der Tatze von Benjamin über das Gesicht, um so ihre Tränen zu trocknen und sie zu trösten.

»Eve?«, fragte Isabell und richtete ihren Kopf ein wenig dabei auf.

»Ja, meine Liebe?«

»Ist er wirklich fort?«

»Ja, Isabell. Er ist gegangen!«

Eve stand langsam auf und ging Richtung Tür und sagte dabei: »Ich mach uns jetzt mal etwas Warmes zu trinken und vielleicht eine Kleinigkeit zu essen. Wir müssen jetzt alle etwas essen!«

»Eve?«

»Ja?«

»Ich möchte zu ihm. Können wir zu Nick fahren?«

»Ja, können wir. Dr. Smith hat gesagt, wir können jederzeit kommen, wenn du dich verabschieden möchtest.«

»Ja das möchte ich.«

»Wir fahren gleich, nachdem wir etwas gegessen haben und ich die Nachbarin erreicht habe, damit sie auf Cathleen aufpassen kann.«

Isabell schaute auf Cathleen, die wieder eingeschlafen war.

»Hat sie es verstanden?«

»Ich glaube ja. Sie ist noch zu klein, um wirklich verstehen zu können, was das alles bedeutet. Ich habe es ihr direkt gesagt, als meine Eltern sie heute Morgen gebracht haben.«

Isabell saß auf dem Beifahrersitz von Eves Auto.

Sie fuhren langsam in die Einfahrt zum Krankenhaus hoch und plötzlich tauchten die Bilder der letzten Nacht vor ihrem geistigen Auge auf. Überall war Dunkelheit. Dann flackerten in der Ferne verschwommen die Lichter des Krankenhauses auf und der davorstehenden Krankenwagen. Dann sah Isabell die Gesichter von Dr. Smith und den Krankenschwestern vor sich. Ein eiskalter Schauer lief ihr über den Rücken.

Eve stellte den Motor ab, nachdem sie den Wagen auf dem Besucherparkplatz auf der gegenüberliegenden Seite der Notaufnahme geparkt hatte. Isabell wirkte wie erstarrt. Eve legte ihrer Freundin die Hand auf den Schoß und versuchte, sie mit dieser Geste zu beruhigen.

»Isabell, bist du bereit?«

Isabell schluckte und versuchte, nicht wieder in Tränen auszubrechen.

»Bereit? Wie kann ich dafür bereit sein, Eve? Gestern war ich noch verheiratet.«

Isabell schaute auf ihren Ehering. Dann drehte sie ihn mit ihrem linken Daumen und Zeigefinger hin und her. Die Steine auf ihrem Ring begannen, nacheinander zu funkeln. Dann sammelten sich erneut Tränen in ihren Augen.

»Heute bin ich Witwe.«

Eve beugte sich zu Isabell und gab ihr so die Möglichkeit, sich an ihrer Schulter anzulehnen.

»Lass es raus! Wir haben alle Zeit der Welt.«

Eine ganze Weile saßen die beiden im Auto. Isabell am Schluchzen und Weinen und Eve, die ihre Freundin beruhigend über den Kopf streichelte. Nachdem sich Isabell in ihrem Autositz wieder aufgerichtet hatte und sich die letzten Tränen aus dem Gesicht wischte, versuchte sie, langsam wieder ihre Gedanken zu ordnen.

»Wann hast du mich gestern abgeholt?«

»Es muss so gegen zehn Uhr gewesen sein. Dr. Smith rief mich an und erzählte mir, was passiert ist. Ich bin sofort zu Hause los und ins Krankenhaus gekommen. Du warst noch ziemlich weggetreten, als ich bei dir eintraf. Dr. Smith berichtete mir, dass sie dir wegen deinem Zusammenbruch eine Spritze zur Beruhigung gegeben haben.«

»Dr. Smith?«

»Ja, Dr. Smith. Er war sehr in Sorge um dich. Dann war er so lieb und hat mir auch noch ein Mittel für meine Kopf- und Gliederschmerzen gegeben. Ich muss wohl auch nicht ganz so gut ausgesehen haben, als ich hier eingetroffen bin.«

Als sie ausstiegen, erblickte Isabell als erstes ihren Austin Healey und schaute fragend in Eves Richtung.

»Ich habe den Wagen weggefahren. Sie wollten ihn schon abschleppen. Du hattest mitten in der Einfahrt der Notaufnahme geparkt.«

»Danke, Eve. Danke für alles!«

Eve nahm Isabell an die Hand und drückte sie so fest wie sie konnte. Isabell wusste, dass sie nicht alleine war. Sie wusste, dass sie die nächsten so schwierigen Schritte nicht alleine bewältigen musste.

KAPITEL 6

Isabell war wie von Sinnen. Der halbe Kleiderschrank war im ganzen Flur verteilt. Auf dem Boden lagen überall kreuz und quer Nicks Hemden, Pullover, T-Shirts, Hosen, Socken, Krawatten … Die Schubladen ragten komplett aus der Kommode heraus. Der Bilderrahmen mit dem Hochzeitsfoto und ihrem Eheversprechen lag auf der Kommode nach unten gedreht. Daneben stand eine fast leere Flasche Weißwein und noch ein halb volles Glas.

Immer wieder rief Isabell: »Wie konntest du nur, Nick? Wie konntest du mir das nur antun? Wie konntest du mich nur verlassen wollen? Wie konntest du mich nur …?«

Die Haustür fiel ins Schloss und die Stimmen von Eve und Peter waren zu hören.

»Isabell? Wo bist du?«

»Folge der Spur der Verwüstung, Peter!«, hörte man Eve sarkastisch sagen.

Peter schaute Eve gereizt an und antwortete: »Eve, ich bin mit dir hier und will nach meiner Freundin sehen und ihr helfen, ja?«

»Ja, ist schon gut, Peter. Lass uns suchen.«

Peter und Eve blieben im Türrahmen der Ankleide stehen und schauten schockiert auf Isabell. Isabell saß in der Mitte des Zimmers auf dem Boden. Die Beine angezogen vor ihrer Brust und den Kopf auf den Knien abgelegt. Beide Arme umklammerten ihre Beine.

Ohne ihren Kopf zu erheben, fragte Isabell in einem leicht angetrunkenen Ton ihre Freunde: »Was wollt ihr hier?« Dann drehte sie ihren Kopf langsam zur Seite und schaute in die Richtung von Peter und Eve.

Eve antwortete: »Was wir hier wollen? Wir wollten nachschauen, ob du noch lebst! Seit drei Tagen bist du nicht mehr ans Handy gegangen und auf Nachrichten hast du auch nicht reagiert. Wir haben uns ein wenig Sorgen gemacht. Und das, wenn ich mich hier so umsehe, zu Recht!«

»Wieso? Was meinst du?«

»Hier sieht es aus, als wenn eine Bombe eingeschlagen wäre. Überall liegen Pizzakartons von Tonis und leere Weinflaschen herum.«

»… und ich glaube du hast schon seit mehreren Tagen nicht mehr geduscht, Isabell, oder?«, traute sich jetzt auch Peter hinzuzufügen.

»Einer Frau, die am Boden ist, zu sagen, dass sie unordentlich ist, ist das eine, aber einer Frau zu sagen, dass sie stinkt, Peter, ist eine ganz andere Sache«, lallte Isabell ihren Freunden säuerlich entgegen.

»So, das reicht, Prinzessin«, erwiderte Eve energisch und ging auf ihre Freundin zu und versuchte, sie bei dem Versuch, aufzustehen, zu stützen.

»Wir beide gehen jetzt erst einmal unter die Dusche. Peter, du gehst schon mal in die Küche. Mach eine große Kanne Kaffee und fang mit dem Chaos da unten an!«

»Sehr gerne. Wenn du mich so lieb bittest, Eve.«

Peter wollte Eve nicht widersprechen und fügte sich ihrem Befehl. Er wusste, dass Widerworte jetzt nichts bringen würden.

Peter hatte bereits alle Kartons zusammengeräumt und raus in die Mülltonne gebracht, alle Flaschen in eine leere Kiste im Abstellraum gestellt und einmal durch Küche und Wohnzimmer gesaugt, als Isabell und Eve die Treppe runterkamen. Isabell ließ sich direkt neben Peter auf die Bank am Esszimmertisch fallen. Peter trank bereits seinen Kaffee und Eve schüttete zwei weitere Tassen Kaffee für sich und Isabell ein, nahm diese und setzte sich auf die andere Seite neben Isabell.

Alle nahmen einen tiefen Schluck und keiner traute sich recht, das Schweigen zu durchbrechen. Eve nahm Isabells linke Hand und streichelte ihr über den Handrücken. Dann nahm sich Eve ein Herz und versuchte, mit ruhiger Stimme Isabell anzusprechen.

»Isabell. Ich versteh, dass du traurig bist. Dein Herz muss in zwei Teile gesprungen sein und anscheinend siehst du momentan keinen Sinn mehr, wirklich weiterzumachen. Aber das Leben geht weiter, Isabell, wie absurd sich dies auch gerade für dich anhört. Du musst langsam wieder zu dir kommen. Es sind jetzt schon vier Wochen vergangen seit Nicks Tod. Du sollst ja trauern, so viel weinen, wie du willst, aber nicht alleine. Er hat dich geliebt und er wird immer ein Teil von dir bleiben.«

Isabell schaute jetzt Eve in die Augen mit einem starken, klaren Blick. Eine einzige Träne lief ihr über die Wange. Jetzt rutschte Peter noch ein bisschen näher an Isabell heran, sodass sie sich an seiner Schulter anlehnen konnte. Isabell holte tief Luft und überlegte genau ihre Worte, bevor sie diese aussprach.

»Nick hat mich nicht geliebt. Nicht mehr! Ja, mein Herz ist gebrochen. Aber nicht nur, weil Nick mich verlassen hat, sondern weil er mich auch verlassen wollte.«

Eve und Peter verstanden nicht, was Isabell sagte, aber sie wollten sie beide nicht unterbrechen und hörten ihr weiter aufmerksam zu.

»Er hatte seit ein paar Monaten jemand anderes. Eine andere Frau. Direkt vor meiner Nase. Er liebte mich nicht mehr. Er liebte eine andere.«

Eve und Peter schauten sich mit offenem Mund an und verstanden nichts mehr.

»Wie kommst du darauf?«, fragten fast beide zeitgleich.

»Er hat dich geliebt. Es gab keine andere. Ja, er hat viel gearbeitet in den letzten Wochen, aber er hatte bestimmt keine andere, Isabell!«

»Ich sage euch, woher ich das weiß.«

Eve schaute ihre Freundin mit ernstem Blick an. »Was meinst du damit?«

»Eve. Erinnerst du dich daran, was Dr. Smith im Krankenhaus zu uns gesagt hat, als ich mich von Nick verabschiedet habe?«

Eve zuckte mit den Schultern.

»Er hat uns gesagt, woran Nick gestorben ist.«

»Nein, das meine ich nicht. Er erwähnte eine Frau, die sich kurz nach seiner Einlieferung nach ihm erkundigt hatte. Nachdem sie keine Auskunft bekommen hatte, verließ sie das Krankenhaus wieder. Das Einzige, was sie der Krankenschwester erzählt hat, war, dass sie eine Geschäftspartnerin sei und er den Herzinfarkt in ihrer Anwesenheit bekommen hat. Sie hat den Notarzt gerufen.«

»Ja und? Das heißt doch nicht, dass er dich mit ihr betrogen hat«, warf Peter ein. »Nick hatte doch viele Geschäftspartner und darunter waren halt auch viele Frauen.«

»Aber Peter, warum ist sie dann nicht im Krankenhaus geblieben und hat auf mich gewartet, um zu erfahren, wie es Nick geht?«

Jetzt zuckte Peter mit den Schultern. Erwartungsvoll schaute Eve Isabell an.

»Was hast du noch? Das kann ja nicht alles sein?«

»Nein. Das ist es auch nicht. Ich erhielt zwei Tagen nach Nicks Tod einen Anruf. Zuerst bin ich nicht drangegangen, aber dann nach dem sechsten Anruf habe ich den Hörer doch abgenommen. Am anderen Ende des Apparats war eine Frauenstimme zu hören.

‚Ist er wieder zu Hause? Geht es ihm gut?‘, fragte die mir unbekannte Frau.

Ich fragte, wer da dran ist und sie legte sofort wieder auf. Schnell vergaß ich den Anruf wieder. Doch einen Tag nach Nicks Beerdigung klingelte das Telefon wieder. Da war die Frauenstimme erneut, die exakt dasselbe wie ein paar Tage zuvor fragte. Nur mit dem Unterschied, dass sie jetzt konkret nach Nick fragte. Ich schrie die Frau fast an und teilte ihr mit, dass es ihm nicht gut geht und dass er nie wieder nach Hause kommt … Nick ist … TOT! Dann hörte ich auf der anderen Seite die Frauenstimme leise weinen und ich fragte wieder, wer sie ist. Dann sagte sie nach langem Schweigen und mit gebrochener Stimme: ‚Mein Name ist Cloe und ich habe Nick … geliebt und … er mich!!'

Dann legte sie auf und ich wusste, mein Mann war schon lange nicht mehr mein Mann.«

»WAS?? WIE BITTE???«, stieß Eve voller Entsetzen aus sich hervor. »Was für ein Arschloch.«

»Ihr wisst doch gar nicht, ob das wirklich stimmt«, versuchte Peter beide Freundinnen zu beruhigen.

»Da hat dich eine völlig fremde Frau angerufen und irgendwas behauptet. Vielleicht kannte sie Nick und hat sich nur was eingebildet. Nick hat doch gerne mal geflirtet, gerade wenn es ihm im Job weitergeholfen hat. Aber ich kann mir nicht vorstellen, dass er dir untreu war, Isabell. Er hat dich doch geliebt. Ihr wisst doch, wie Frauen sein können. Die können sich auch Dinge einbilden, die gar nicht da sind. Verrückte Weiber halt!« Schnell verstummte Peter in seiner Ansprache, als ihn die nicht ganz so liebevollen Blicke von Eve und Isabell trafen.

»War es das, Peter? Im Ernst?«, fragte Eve stinksauer und schüttelte nur den Kopf.

Peter entschuldigte sich bei beiden, drückte Isabell fest an sich und versuchte abzulenken.

»Und was hast du da oben gesucht, Isabell?«

»Ich habe nach einem Beweis gesucht für das, was die Frau am Telefon gesagt hat. Ich brauche einen Beweis. Einen Beweis dafür, dass er nicht mehr der Mann war, den ich noch vor kurzer Zeit geliebt habe. Wir hatten unsere Probleme. Probleme, die jedes Paar mal in seiner Ehe hat. Es gibt Höhen und Tiefen, aber damit habe ich nicht gerechnet und ich muss wissen, ob ich mich so getäuscht habe in ihm.«

Eve griff sich eine der noch offenen Flaschen Wein und drei frische Gläser mit den Worten: »Jetzt habe ich verstanden, warum du getrunken hast. Auf den Schock brauche ich jetzt auch einen großen Schluck!«

Peter füllte alle drei Gläser auf.

»Wir helfen dir suchen, Isabell.«

Die drei Freunde suchten und suchten. Das Schlafzimmer, die Ankleide, das Wohnzimmer, alles stand Kopf. Alles hatten sie durchsucht, aber nichts gefunden. Sie sanken ratlos nach mehreren Stunden auf der Couch zusammen.

Plötzlich schreckte Peter hoch. »Der Wagen. Nicks Wagen. Vielleicht ist dort etwas?«

Isabell winkte ab und erklärte, dass sie dort ebenfalls schon alles durchsucht hatte.

Nachdenklich fragte Eve Isabell: »Wo hältst du dich nie groß auf, Isabell? Wo war meistens nur Nick alleine hier im Haus?«

»Was meinst du, Eve? Es ist unser Haus. Wir haben uns beide hier aufgehalten. Überall!!«

Isabell fing an zu überlegen und murmelte vor sich hin. »Wo war Nick meistens alleine? Wo war er und ich nicht?«

Dann fiel es ihr wie Schuppen von den Augen und Isabell sprang auf.

»Küche. Die Küche. Nick hat oft … ach was … immer nur alleine gekocht!«

Peter und Eve folgten Isabell sofort. Isabell ging direkt auf die Schublade in der Küche zu, in der Nick sein Rezeptbuch und seine eigenen Kochutensilien, wie Kochschürze etc. aufbewahrte.

Sie riss die Schublade komplett aus dem Schienensystem raus und kippte, ohne zu überlegen, den Inhalt auf den Küchenboden aus. Alle drei setzten sich auf den Boden und durchsuchten den Inhalt der Schubladen.

»Hier ist nichts. Das sind doch alles nur Rezepte«, sagte Peter entmutigt.

»Was ist mit seinem Handy?«, fragte Eve.

»Das habe ich im Krankenhaus mit seinen übrigen Sachen mitbekommen. Das war meine allererste Idee. Aber ich wusste den Pin nicht und habe das Handy gesperrt durch mehrere falschen Eingaben.«

»Isabell!! Nicht dein Ernst!«, platzte es jetzt aus Peter heraus.

»Du musst doch nur den PUK-Code eingeben! Den hat Nick bestimmt noch in seinen Unterlagen im Schrank. Wir brauchen das Handy und Nicks Handyunterlagen.«

Isabell sprang auf und ging hastig in Richtung Büro. Peter und Eve folgten ihr. Isabell suchte alle Ordner, die Nick gehört hatten und las sich die Etiketten durch.

»Eve. Hol das Handy. Es liegt in einer kleinen schwarzen Schachtel im Schlafzimmer.«

Eve verließ das Zimmer.

»Und bring das Aufladekabel mit. Es müsste noch eins in der Schublade am Bett sein«, rief Isabell ihr hinterher.

Peter half Isabell beim Durchsuchen der Ordner.

»Hier! Der Ordner müsste es sein!«

Peter blätterte die Seiten nach und nach durch, bis er den PUK-Code gefunden hatte.

»Ich habe ihn! Eve? Hast du das Handy?«

In dem Moment kam Eve wieder ins Büro zurück. In der rechten Hand hielt sie das Handy und das Ladekabel hoch in die Luft.

»Es geht nicht an. Der Akku ist komplett leer. Wir müssen es erst einmal ein wenig aufladen.«

»OK. Lasst uns das unten machen«, schlug Isabell vor.

Die Freunde setzten sich wieder in die Küche und schlossen das Handy an. Nach quälenden zehn Minuten ließ sich das Handy anschalten, ohne direkt wieder auszugehen. Peter nahm es und gab den PUK-Code ein. Es funktionierte. Das Handy ging an. Kaum war es eingeschaltet, ertönte mehrmals hintereinander ein Signalton für eine eingegangene Nachricht. Alle drei schauten auf das Handy, das gefühlt nicht aufhörte, Nachrichten zu erhalten. Dann verstummte es. Peter blickte fragend zu Isabell.

»Soll ich nachschauen?«

Isabell nickte zustimmend.

»OK. Es sind sechs Anrufe auf der Mailbox gelandet, aber ohne Nachricht. Hinzu kommen acht Textnachrichten. Alles kommt von ein und derselben Nummer.«

»Welche Nummer?«, wollte Isabell wissen.

»Cloe. Cloe Meier.«

»Du hattest mit deiner Vermutung recht, Isabell. Er hatte eine andere«, fügte Eve hinzu, die es noch nicht recht glauben wollte.

Peter gab das Handy an Isabell weiter und sie fing an, Stichworte aus den letzten SMS-Nachrichten vorzulesen.

»… mit Dir ist alles so leicht … ich darf Dich nicht wieder sehen … Issi … was ist mit Issi? Sie ist meine Frau … Ich vermisse Dich, Cloe! … Ich bin verheiratet … Wir müssen das beenden … Ich vermisse Dich … Was soll ich tun … Die Nacht war wunderschön … Isabell hätte fast etwas bemerkt … Das Wochenende war unvergesslich … Ich liebe Dich … Ich will mit Dir zusammen sein … Ich werde Isabell verlassen, für Dich …

Ich liebe Dich, Cloe …«

Das reichte Isabell. Das war zu viel für sie. Er hatte nicht nur eine andere. Er hat diese andere auch wirklich geliebt. Er wollte Isabell verlassen. Er wollte sie, SEINE FRAU, verlassen. Isabell wusste nicht, wie sie auf diese Nachricht, diese Worte reagieren sollte. Sie wollte weinen, aber es kam keine einzige Träne hervor. Wut machte sich in ihrem ganzen Körper breit. Sie schmiss das Handy mit einem so kräftigen Wurf an die Küchenwand, dass es zu Bruch ging und in mehreren Teilen auf dem Boden aufkam.

Peter und Eve waren verstummt und wussten nicht, wie sie ihrer Freundin Trost geben konnten. Peter umfasste ihre rechte Hand und Eve tat dasselbe mit der linken. So saßen sie eine ganze Weile zusammen. Das Schweigen wurde von Isabell selber gebrochen.

»Meine lieben Freunde. Ich danke euch von ganzem Herzen, dass ihr hier bei mir seid und mir geholfen habt, die Untreue meines Mannes aufzuklären. Ich möchte aber jetzt alleine sein. Ich brauche Zeit. Ich muss meine Gedanken ordnen und definitiv auch mein Haus aufräumen.«

»Aber Isabell. Wir können dir doch …«

Isabell unterbrach Eve, bevor sie den Satz zu Ende sprechen konnte. »Nein, das könnt ihr nicht. Jetzt nicht. Ihr habt mir schon sehr geholfen.«

Peter und Eve verstanden, dass ihre Freundin jetzt alleine sein musste.

Eve nahm Isabell fest in den Arm und Peter drückte beide an sich.

»Wir gehen, Isabell. Aber bitte ruf an, wenn du Hilfe brauchst und du reden willst. Wir kommen sofort vorbei.«

»Danke, das mach ich. Versprochen.«

Isabell brachte beide zur Tür, verabschiedete sich und bat Peter noch um den Gefallen, dass er im Büro Bescheid geben sollte, dass sie noch ein paar Tage länger zu Hause bleiben würde.

An dem Abend räumte Isabell nicht mehr das Haus auf. Sie ging die Treppen rauf in ihr Schlafzimmer, legte sich auf den Rücken ins Bett, schaute lange die Decke an und ließ ihre Gedanken kreisen über Nick, die letzten Jahre und die Frage, was passiert war mit ihnen. Aber die Puzzleteile ließen sich einfach nicht zusammensetzen. Es ergab keinen Sinn für sie. Irgendwann schloss Isabell ihre Augen vor Erschöpfung und schlief mit einem tiefen Loch in ihrem Herzen ein.

KAPITEL 7

In den ersten Tagen nach dem schrecklichen Beweis von Nicks Untreue und seinem Verrat herrschte in Isabell das reine Gefühlschaos. Sie fühlte sich zerrissen und befand sich permanent zwischen Hass, Trauer und einer tiefen Leere.

Immer wieder überlegte Isabell, ob es ihr helfen würde, noch einmal mit dieser Cloe Kontakt aufzunehmen. Aber Isabell verwarf den Gedanken fortwährend. Sie war gefühlsmäßig nicht in der Lage, die andere Frau in Nicks Leben kennenzulernen. Und was sollte ein mögliches Treffen bringen? Sollte Isabell sich mit Cloe anfreunden und gemeinsam mit ihr um Nick trauern? Sicherlich nicht! Cloe wusste von ihr und sie war bereit, eine Ehe zu zerstören. Isabells Ehe! Und anscheinend hatte sie das ja auch erfolgreich geschafft. Am Ende entschied Isabell, dass ein Treffen oder irgendeine andere Form von Kontakt mit dieser Frau ihr keinen Frieden geben wird. Ganz im Gegenteil! Um ihre endgültig getroffene Entscheidung zu besiegeln, fiel das Handy dem Hammer zum Opfer und landete im Müll. Hier versuchte Isabell auch, in irgendeiner Form ihre bösen Gedanken über Nick zu entsorgen, was ihr einfach nicht gelingen wollte.

In der Hoffnung, dass es ihr helfen würde, fing Isabell an zu schreiben. Bereits in der Jugend schrieb sie oft Gedanken und Gefühle, die sie beschäftigten, in Form von Gedichten auf.

Wie damals suchte sich Isabell einen ruhigen Ort und notierte alles, worüber sie nachdachte. Die Arbeit, ihre Gefühle, ihre Freunde. Einfach alles!

Inzwischen hatte sich Isabell schon ein drittes Buch anschaffen müssen, da die anderen Exemplare bereits gefüllt waren.

Auch wenn mittlerweile einige Monate vergangen waren, änderte es nichts an der Tatsache, dass Isabells Herz gebrochen war. Der Verlust von Nick und der gleichzeitige Verrat von ihm taten einfach nur weh. Dieser Schmerz, von heute auf morgen alles verloren zu haben, woran man geglaubt hatte, erschien unerträglich. Daran linderte auch die Zeit nichts.

Isabell spielte in ihren Gedanken immer wieder Szenarien durch, was vielleicht passiert wäre, wenn Nick nicht den Herzinfarkt gehabt hätte und gestorben wäre. Hätte er sich wirklich getrennt? Hätte er wirklich die letzten Jahre mit ihr einfach so weggeschmissen und vergessen wollen? Vielleicht hätten sie ihre Ehe doch noch reparieren können. Vielleicht hätte es einen zweiten, einen Neuanfang gegeben für sie und Nick.

Vielleicht hätten sie doch noch viele glückliche Jahre miteinander verbracht. Oder es wäre genauso passiert, wie Nick es geplant hatte. Er hätte sie erst einmal weiter betrogen, hätte Isabell dann irgendwann für diese Cloe verlassen und sie wäre einsam und alleine zurückgeblieben. Doch all das waren nur Theorien, die niemals gelöst werden sollten. Isabell wusste das und versuchte, sich von diesen Gedanken und Fragen zu befreien.

Isabell hatte sich nach Nicks Tod eine längere Auszeit von insgesamt drei Monaten genommen. Besuche lehnte sie in dieser Zeit ab. Sie wollte einfach nur für sich sein, um zu sich zu finden. Als das aber nicht so wirklich gelingen wollte, entschied Isabell, dass der Sonderurlaub vorbei sein musste. Sie nutzte die Arbeit zur Ablenkung. Was in der Regel auch immer gut funktionierte. Im

Büro waren die Kollegen und Isabell hatte von Anfang an wieder viel Kundenkontakt, so dass sie eher selten alleine war. Anders sah es an den Wochenenden aus. Hier hatte sie immer viel Zeit, um nachzudenken. Peter, die Kinder, Eve und Cathleen luden Isabell zwar oft ein oder kamen selber auf eine Stippvisite vorbei, aber trotzdem gab es auch viele Tage, an denen Isabell allein war oder sich einfach alleine fühlte. An den Tagen ging sie immer an der Küste spazieren, ließ die Gedanken schweifen und suchte sich irgendwo ein ruhiges Plätzchen, um ihre Gedanken aufzuschreiben. So wie am heutigen Tag.

Auch wenn es Juli war, lud das Wetter an diesem Wochenende nicht unbedingt zu einem sommerlichen Spaziergang ein. Dennoch entschloss sich Isabell, sich mit Regenjacke und Gummistiefeln frischen Wind um die Nase wehen zu lassen. Nach einem nicht ganz so langen Spaziergang wie sonst mit viel Wind und Regen wollte sich Isabell in einem der Cafés direkt an der Küste bei einem heißen Tee trocknen und aufwärmen.

In das von Isabell ausgesuchte Café The Cove hatten sich an diesem trüben Nachmittag nur sehr wenige Leute verirrt und so konnte sich Isabell an einen gemütlichen Tisch direkt am Fenster setzen.

Während Isabell vorsichtig an ihrem heißen Pfefferminztee nippte, nahm sie eines ihrer Tagebücher in die Hand, blätterte es durch und begann zu lesen. An manchen Stellen hielt sie inne und las einige der aufgeschriebenen Gedichte.

Ich habe dich geliebt
Warum? Wieso bist du nicht mehr bei mir?
Ich habe dich geliebt
Warum? Wieso tust du mir so weh?
Ich habe dich geliebt
Warum? Wieso hast du mich verlassen?
Ich habe dich geliebt
Warum? Wieso hast du mich nicht mitgenommen?

Ich habe dich geliebt
Warum? Wieso hast DU mich nicht mehr geliebt?
ICH HABE DICH GELIEBT

Ich hasse dich
Ich hasse dich, Nick
Wie konntest du nur
Wie konntest du mir das antun
Mich so zu verletzen
Wir haben uns Treue geschworen
In guten und in schlechten Zeiten
Ich hasse dich
Ich hasse dich, Nick

Ich versuche aufzustehen
Ich schaffe es aber nicht
Mein Kopf ist leer
Mein Herz ist leer
Ich versuche aufzustehen
Ich schaffe es aber nicht
Ich habe dich geliebt
Du warst mein Leben
Mein Partner, mein bester Freund, mein Mann
Ich habe dich geliebt
Du warst mein Leben
Jetzt bist du fort von mir
Jetzt bin ich alleine hier

Versuche mich zu erinnern,
wie du mich im Arm gehalten hast,
wie du mir in die Augen geschaut hast,
wie du mir über das Gesicht gestreichelt hast,
wie du mich geküsst hast,
wie du sagtest, dass du mich liebst

Aber all das ist nicht mehr da
Ich kann mich nicht erinnern
Mein Herz kann es einfach nicht
Du hast es gebrochen mit deinen Lügen
Mit ihr und mit deinem Tod

Wie konntest du mich verlassen wollen
Wie konntest du mich verlassen

Wie immer an dieser Stelle nahm Isabell ihren Stift in die Hand, um ein neues Gedicht zu Papier zu bringen. Doch bevor sie anfing, stoppte sie wieder. Dann klappte Isabell das Buch zu und schaute aufs Meer hinaus. Isabell dachte nach und man konnte ihr ansehen, dass sie gerade ganz woanders war.

»Miss. Kann ich Ihnen noch etwas bringen?«, riss die junge Kellnerin Isabell aus ihren Gedanken.

Isabell zuckte leicht erschrocken auf.

»Ähm ... nein, danke. Die Rechnung bitte.«

»Gerne.«

Die Kellnerin ging kurz zur Kasse und kam mit der Rechnung wieder. Sie legte Isabell diese kommentarlos hin und verschwand wieder. Isabell legte passend das Geld auf die Rechnung und öffnete wieder ihr Buch und schrieb.

Mein Herz ist schwer, immer noch so schwer.
Es kann nicht so weitergehen
Ich muss, nein, ich werde einiges ändern.
Du hast mich verlassen, Nick.
Du wirst nicht wiederkommen und
ich muss endlich wieder anfangen zu leben.
Der Job, das Haus, dieser Ort …
alles habe ich mir hier mit Dir aufgebaut.
Das alles hier gehört zu uns beiden,
aber nicht zu mir.
Ich muss endlich mein eigenes Leben finden.
Ich muss hier weg!!! Ich werde weggehen und
versuchen, neu anzufangen.

Mit dem gefassten Entschluss fühlte sich Isabell auf einen Schlag erleichtert. Sie schloss das Buch, zog sich an und trat vor die Tür des Cafés. Sie schaute aufs Meer, dann schloss sie die Augen und atmete die frische Luft tief ein. Isabell musste dabei lächeln. Sie hatte zwar noch keinen konkreten Plan, aber alleine ein Ziel vor Augen zu haben, ein neues Leben beginnen zu wollen, zu wissen, was sie dafür tun muss, machte ihr Hoffnung und ein kleiner Strahl der Wärme durchzog ihr so verletztes Herz.

KAPITEL 8

Es klingelte. Isabell quälte sich förmlich von der Couch. Sie hatte sich nach dem jährlichen Ausflug an die Küste zu ihrer Mutter die bequemsten Sachen angezogen, die ihr Kleiderschrank am späten Vormittag hergegeben hatte und den bisherigen Tag eingemummelt unter einer dicken, kuschligen Wolldecke auf der Couch vor dem Fernseher verbracht. Sie hatte für heute nichts geplant. Sie wollte einfach nur ihre Ruhe haben und alleine sein. Alle hatten von ihr den Wunsch geäußert bekommen, keine Anrufe zu tätigen oder Nachrichten zu schicken oder vorbeizukommen. Umso mehr war Isabell geschockt, dass jemand diesem Wunsch nicht nachkam. Noch nicht ganz an der Tür angekommen, ertönte die Klingel abermals.

»Ich komm ja schon!«, rief Isabell etwas genervt.

Isabell schaute, bevor sie die Tür öffnete, erst einmal durch den Spion. Etwas verwundert war sie, als sie niemanden erblicken konnte. Isabell öffnete die Tür.

Vor ihr stand Cathleen mit einer riesigen Schokoladengeburtstagstorte, die sie in Richtung von Isabell hochhielt. Die Torte war umrandet von einigen bunten Kerzen, die natürlich auch angezündet waren. In der Mitte des Kuchens stand in einem roten Schriftzug geschrieben »Happy Birthday» und die Zahl 37. Cathleen schaute Isabell freudestrahlend an. Die dunklen, glatten Haare hatte sie eindeutig von Eve. Mit ihren dazu wunderschönen, großen, grünen Augen war Cathleen ein bildhübsches Mädchen von mittlerweile vier Jahren. Bei diesem so zuckersüßen Anblick konnte Isabell keine Sekunde länger genervt sein und all ihre bösen Gedanken waren verflogen.

»Cathleen, meine Süße. Was machst du denn hier?«, fragte Isabell und nahm Cathleen die augenscheinlich schwere Geburtstagstorte ab, öffnete ihre Arme und beugte sich zu Cathleen hinunter.

»Wir wollten dir alles Liebe zum Geburtstag wünschen und mit dir Torte essen!«

»Oh wie schön, meine Liebe. Da freu ich mich aber.«

Isabell löste langsam die Umarmung und begann, sich fragend umzuschauen.

»Für ein wir bist du aber ganz schön alleine! Wo ist denn deine Mama?«

Da sich nichts rührte, rief Isabell mit lauter Stimme: »Eve! Komm raus. Dein kleiner Bote hat die Wogen geglättet. Verstecken sinnlos!«

Kaum hatte Isabell die letzten Worte ausgesprochen, schaute Eve mit einem zaghaften Blick um die Ecke.

»Happy Birthday!«, sagte Eve und kam mit einem breiten Grinsen auf den Lippen zum Vorschein.

»Was an den Worten ‚Ich möchte heute niemanden sehen und den Tag alleine verbringen‘ hast du fehlinterpretiert?«

»Ich würde sagen fehlinterpretiert gar nichts, sondern einfach nur die nicht ausgesprochenen Worte zwischen den Zeilen gelesen.«

Eve ging zu ihrer Tochter und dem Geburtstagskind und nahm Isabell in den Arm.

»Komm, lass dich drücken, meine Liebe. Du bleibst heute nicht alleine. Dein Patenkind und ich hatten nichts Besseres vor und haben beschlossen, unsere Wünsche über deine zu stellen.«

Isabell war sprachlos und brachte nicht mehr als ein »So so« heraus.

Dann meldete sich Cathleen zu Wort. »Reingehen? Mir ist so kalt und ich habe HUNGER!«

Beide Frauen schauten auf die kleine Cathleen hinunter.

»Na, wenn ihr schon mal da seid und so eine leckere Kalorienbombe mitgebracht habt, dürft ihr auch reinkommen.«

»Yeah, ich bekomme das größte Stück«, rief Cathleen voller Vorfreude und stürmte an Eve und Isabell ins Haus hinein.

Einige Stunden, eine Schokotorte und zwei Flaschen Prosecco später lagen nun Eve und Isabell vollgefuttert und angetrunken auf der Couch gemeinsam unter der Wolldecke. Cathleen schlief bereits seit drei Stunden seelenruhig in Isabells Bett. Seit Nicks Tod vor nun über einem Jahr waren Eve und die kleine Cathleen wirklich ein großer Halt in Isabells Leben gewesen. Oft kamen die beiden zu Besuch und blieben über Nacht. Abends gab es meistens irgendeine Pasta, danach einen Film und dann kuschelten sich alle drei Mädels in das große Bett von Isabell. In diesen Nächten schlief Isabell durch. War sie alleine, sah das leider anders aus. Sie wachte mindestens ein bis zweimal die Nacht auf mit einem tiefen Gefühl der Leere. Dann hatte sie immer Schwierigkeiten, wieder zur Ruhe zu kommen und erneut in den Schlaf zu finden.

Isabell schaute Eve an und sagte: »Ich werde die Agentur verlassen und mir meinen Anteil auszahlen lassen.«

Eve schaute Isabell grinsend an.

»Ich glaube, du hattest etwas viel Prosecco, meine Liebe. Die Agentur ist dein Leben. Das würdest du nie aufgeben.«

»Jetzt schon, Eve. Mein Leben hat sich geändert. Ich habe mich geändert! Ich bin nicht mehr glücklich. Zu viel erinnert mich an mein altes Leben mit Nick.«

Eve setzte sich auf und schaute Isabell unglaubwürdig an.

»Das kann ich nicht glauben. Bist Du verrückt?«

»Ich wäre verrückt, wenn ich es nicht tun würde!«

»Was hast du vor? Was willst du machen? Und jetzt sag nicht, dass du das noch nicht weißt!«

»Genau so sieht es aus. Ich habe keine Ahnung, aber das werde ich noch rausfinden. Wenn ich es weiß, bist du die erste Person, die es erfährt.«

Eve hob ihr noch fast volles Glas Prosecco mit den Worten: »Auf meine verrückte Freundin und auf den Neuanfang!«

Isabell hob ebenfalls ihr Glas und stieß mit Eve an. »Eve, du darfst es aber noch nicht Peter sagen. Ich weiß nicht, wann es soweit sein wird und ich will nicht vorher die Pferde scheu machen. Versprich es, Eve. Eve verdrehte die Augen und antwortete widerwillig mit einem: »Von mir aus. Es ist deine Entscheidung. Von mir erfährt er nichts.«

»Apropos Neuanfang«, prustete Eve in ihr Glas.

Mit einem nicht ganz so gekonnten Satz von der Couch auf den Boden und einem anschließend lauten Gelächter von beiden versuchte Eve, ihre Handtasche neben der Couch zu greifen. Als sie endlich mit einer Hand an die Tasche kam, zog sie einen Umschlag heraus. Sie hielt den Umschlag vor Isabells Gesicht.

»Happy Birthday, meine Liebe. Ich würde sagen, dass wir hiermit deinen Neuanfang starten lassen.«

»Was ist das?«

»Mach auf. Dann wirst du sehen, was es ist. Und nur zur Vorwarnung … ich werde kein Nein akzeptieren!«

Isabell öffnete den Umschlag und las die sich darin befindende Karte laut vor.

MEINE ALLERLIEBSTE FREUNDIN,
MEINE SCHWESTER
DAS LETZTE JAHR WAR EINES DER
SCHLIMMSTEN DEINES LEBENS

Isabell hielt inne, versuchte mit den Tränen zu kämpfen, was ihr nicht wirklich gelang. Dann las sie weiter.

ABER ES MUSS WEITERGEHEN.
EIN JAHR HAST DU DICH ZURÜCKGEZOGEN,
VERSTECKT UND VERSUCHT,
DEIN LEBEN ZU ÜBERLEBEN.

DAMIT IST JETZT SCHLUSS. ES WIRD ZEIT,
DASS DU WIEDER ANFÄNGST ZU LEBEN.
ICH BIN AN DEINER SEITE UND ICH
HELFE DIR DABEI.

Die Tränen schossen Isabell über die Wangen. Sie nahm Eve in den Arm. »Ohne dich hätte ich das letzte Jahr nicht überlebt. Ich bin so glücklich, dich und auch Cathleen zu haben.«

Eve, die sich die Tränen auch schon aus dem Gesicht wischte, lächelte und befahl Isabell, weiterzulesen, was sie auch tat.

WIR FAHREN IN ZWEI WOCHEN FÜR
ZWEI NÄCHTE NACH LONDON.
NUR WIR BEIDE. TAGSÜBER WIRD MAL WIE-
DER RICHTIG KOHLE RAUSGEHAUEN UND
GESHOPPT, WAS DAS ZEUG HÄLT UND AM
ABEND ZIEHEN WIR MAL WIEDER RICHTIG
UM DIE HÄUSER.
DICKEN KUSS

Isabell lächelte und nahm Eve erneut in den Arm.

»Danke, Eve. Das ist vielleicht genau das Richtige. Wann geht es los?«

»Freitag in zwei Wochen. Sonntag kommen wir dann am Nachmittag wieder. Cathleen ist bei meinen Eltern über das Wochenende.«

Als Eve gerade das Glas erneut erhob und mit Isabell auf das bevorstehende Wochenende anstoßen wollte, stoppte Eve.

»Alles OK, Eve?«, fragte Isabell ihre Freundin, die plötzlich gar nicht mehr so gut aussah.

»Nein, nicht wirklich. Nur Kuchen und Prosecco war vielleicht keine gute Idee.«

Eve sprang von der Couch, hielt sich die Hand schützend vor den Mund und lief aus dem Wohnzimmer. Isabell hörte nur noch die Badezimmertür zuknallen, den Toilettendeckel an die Wand schlagen, gefolgt von einem mehrmals aufeinander folgenden Geräusch des Übergebens. Zum Glück hatte Isabell dieses Geräusch schon länger nicht mehr hören müssen.

Als feststand, dass Eve wohl noch etwas wegbleiben würde, erhob Isabell ihr Glas in Richtung Badezimmer mit dem Trinkspruch: »Auf meinen 37. Geburtstag und den Neuanfang.«

KAPITEL 9

Isabell suchte vergeblich in der Menschenmenge nach Eve. Der Bahnhof war einfach zu voll. Überall, wo man hinschaute, waren Menschen und noch mehr Menschen. Isabell hasste es, mit dem Zug zu fahren und gerade fiel ihr wieder ein, warum.

Dann endlich, nach zehn Minuten des Wartens, hörte Isabell die Stimme von Eve hinter sich, die nach und nach lauter wurde.

»Huhu, Isabell. Liebes! Isabell, hier bin ich!«

Isabell drehte sich um und konnte ein paar Meter entfernt Eve winkend in der Menschenmenge entdecken. Beide kämpften sich einen Weg aufeinander zu. Als sie sich endlich erreicht hatten, fielen sich die Freundinnen begrüßend in die Arme.

»Oh mein Gott, Eve. Was ist denn hier los? Gibt es irgendwo was umsonst? Ich hoffe, die wollen nicht alle mit dem Zug nach London fahren!«

»Viel los? Du fährst wirklich nicht oft mit dem Zug. Da musst du mal montagmorgens gegen acht mit dem Zug nach London fahren. Dann weißt du, was viel los bedeutet.«

Isabell verdrehte die Augen.

»Ich fahr wirklich nicht oft mit dem Zug und ich weiß auch, warum, wenn ich mich so umschaue.«

Eve hakte sich mit ihrem Arm bei Isabell ein und zog sie leicht in die Richtung des richtigen Zuges.

»Komm, entspann dich, Isabell. Jetzt suchen wir erst mal unser Abteil und unsere Sitzplätze und dann habe ich auch etwas dabei, was dich auf jeden Fall aufmuntern wird.«

»Ach ja? Du weißt doch, dass ich keine harten Drogen vor zehn einnehme.«

»Na zum Glück haben wir schon kurz vor zehn«, grinste Eve Isabell an.

Einigermaßen pünktlich mit nur sechs Minuten Verspätung setzte sich der Zug in Bewegung und Eve zog aus ihrer Handtasche zwei Piccoloflaschen Prosecco heraus.

»Eine für dich und eine für mich.«

»Stößchen«, prosteten sich beide zu und tranken einen ordentlichen Schluck aus der Flasche.

»Dass du schon wieder Prosecco trinken kannst. Mein Geburtstag und deine damit verbundene Toilettenarie sind noch gar nicht so lange her«, sagte Isabell grinsend.

»Da kann aber doch der Prosecco nichts für«, erwiderte Eve nur und stieß erneut mit Isabell an.

Die drei Stunden Zugfahrt verflogen zum Glück recht schnell. Eve und Isabell hatten sich viel zu erzählen, oder besser gesagt hatte Eve viel zu erzählen und Isabell hörte zu. Die ersten zwei Stunden erzählte Eve über ihre letzten großen Eroberungen. Nachdem Eve alle Neuigkeiten der letzten Wochen losgeworden war, wollte sie wissen, wie weit voran die Zukunftspläne ihrer besten Freundin geschritten waren.

»So, Isabell. Jetzt bist du bei mir wieder auf dem neusten Stand! Jetzt erzähl mal, was es bei dir Neues gibt. An deinem Geburtstag hast du von einem Neuanfang gesprochen. Hast du inzwischen eine Idee, wie es weitergehen soll?«

Eve schaute Isabell mit großen, erwartungsvollen Augen an. Die Neugier stand ihr förmlich ins Gesicht geschrieben.

»Das kann man so sagen! Die letzten zwei Wochen drehten sich meine Gedanken nur noch um dieses eine Thema. Anscheinend musste ich meinen Wunsch nur einmal laut vor dir aussprechen.«

»Ja und? Was hast du jetzt vor? Erzähl!«, forderte Eve ihre Freundin auf.

Isabell überlegte, wie sie ihrer Freundin ihre Pläne am besten erklären sollte. Dann fasste sie sich ein Herz.

»Wehe, du lachst, Eve!«, mahnte Isabell. »Versprich es!«

Eve verdrehte die Augen, kam dem Wunsch ihrer Freundin aber nach und versprach hoch und heilig, nicht zu lachen.

»Also? Erzähl, oder muss ich noch einen Blutschwur abgeben?«

»Ok. Noch kurz vor Studienbeginn wusste ich nicht, was ich studieren wollte. Ich stand vor der Wahl, Marketing zu studieren oder Modedesign. Ich habe lange gegrübelt, was das richtige Studium für mich wäre. Wie du weißt habe ich mich für Marketing entschieden und war mit dieser Wahl auch immer sehr glücklich.«

»Das wusste ich gar nicht, Isabell. Du willst also noch einmal studieren?«

»Nein. Auf gar keinen Fall bekommt mich noch einmal jemand in die Uni! Einmal hat vollkommen gereicht.«

»Was ist dann dein Plan?«

»Ich will Baby- und Kindermode designen! Seit meiner Jugend hat mich Modedesign interessiert. Schon damals habe ich Outfits selber gezeichnet. Hinzu kommt, dass ich nähen kann, eine Marketingspezialistin bin und ich durch die Werbeagentur den einen oder anderen Kontakt in die Branche habe. Ich kann mir zu Hause ein Atelier einrichten, von dort zeichnen, schneidern und verkaufen. Platz genug habe ich ja schließlich!«

Isabell schaute Eve abwartend an. Doch Eve war verstummt und schaute dumm aus der Wäsche.

»Wenn dir die Worte fehlen, musst du es echt schlimm finden, oder? Bitte Eve, was meinst du? Sag mir deine ehrliche Meinung!«

»Wow, Isabell. Ich hatte mit viel gerechnet, aber damit auf keinen Fall. Ich dachte, jetzt sagst du mir, dass du eine Detektei aufmachen und auf Verbrecherjagd gehen willst oder so. Aber Baby- und Kindermode designen, finde ich eine großartige Idee!«

»Ehrlich?« Isabell guckte etwas ungläubig.

»Ja, ganz ehrlich und vielleicht bekommen wir ja dein Patenkind oder besser noch alle deine Patenkinder dazu, als kleine Models mitzuwirken.«

»Ich bin so erleichtert, Eve, dass du die Idee gut findest und nicht als total schwachsinnig abgetan hast!«

»Du kennst mich, Isabell. Wenn die Idee nicht gut wäre, würde ich es dir sagen.«

»Das freut mich so! Aber jetzt verrat mir doch mal, wieso ich eine Detektei aufmachen sollte?«

»Ich sag ja, das wäre verrückt gewesen! Vielleicht hättest du aber was total Verrücktes gebraucht.«

»Soso, Eve. Etwas Verrücktes. Ich wollte einen Neuanfang und nicht ein Selbstmordkommando beginnen. Ich und Verbrecherjagd! Ich hoffe nur, dass du mir das ausgeredet hättest!«

»Vielleicht. Aber vielleicht wäre ich ja sogar miteingestiegen und wir hätten uns ‚Die Handschellen mit Herz‘ genannt oder so?«

Mit großen Augen nahm Isabell wortlos Eve den mittlerweile zweiten Piccolo aus der Hand und stellte diesen neben ihren Sitz. Eve wusste, warum! Die Situation war so lustig, dass beide aus voller Brust heraus anfingen, so lautstark zu lachen, dass sie die komplette Aufmerksamkeit des Abteils auf sich zogen.

Mit einem dicken Stein weniger auf dem Herzen und etwas in sich gekehrt, beendeten die beiden die Zugfahrt.

Nach einem sehr anstrengenden Tag, gefüllt mit Shopping und ein paar Blasen mehr an den Füßen, fielen beide Frauen auf das große Doppelbett in ihrer kleinen Suite in dem Mittelklassehotel Flying Castle, lediglich fünfzehn Gehminuten von der London Bridge entfernt.

»Zimmerservice?«, fragte Eve total erschöpft.

»Ja. Bitte!! Ich will heute keinen Schritt mehr gehen.«

»Wir können immer noch morgen Abend weggehen. Wir machen es uns heute hier schön gemütlich und morgen gehen wir schön etwas essen und danach tanzen.«

Isabell hatte eh keine große Lust, auszugehen. Aus dem Grund war sie über ihre müden Füße und Eves Vorschlag sehr dankbar.

»Gute Idee, so machen wir es.«

Die Shopping-Tour fiel am nächsten Tag wesentlich kürzer aus und Eve und Isabell machten es sich lieber ein wenig in dem sehr kleinen Spa-Bereich des Hotels bequem. Eve wollte am Abend unbedingt ausgehen und ließ sich von diesem Gedanken auch nicht abbringen, wenngleich Isabell immer wieder andere Vorschläge zur Abendgestaltung machte.

Später machten sich die beiden dann ganz in Ruhe fertig und Isabell zog ihr neuerrungenes dunkelblaues Kleid mit Spitze an. Eve trug, wie fast immer, ein hautenges, kurzes schwarzes Kleid mit einem nicht jugendfreien Ausschnitt. Durch dieses Kleid hatte Eve in der Vergangenheit schon den einen oder anderen Drink ausgegeben bekommen.

Nach einem leckeren Essen bei dem angesagten Italiener La Rosa di Roma entschieden sich Eve und Isabell für einen Pub, in dem ordentlich etwas los zu sein schien. Der Pub hieß Waxy O'Connors. Er gehörte zu den bekanntesten Pubs in London und erstreckte sich über vier verschiedene Ebenen. Jede Ebene wurde von den Besitzern optisch anders gestaltet. Durch die erste Ebene, also den Eingangsbereich, zog sich eine riesige Theke mit mehreren Bierzapfhähnen und einer enormen Anzahl von Spirituosen. Isabell konnte sich nicht dran erinnern, jemals so viel Alkohol auf einmal gesehen zu haben. Eve und Isabell quetschten sich durch die Menschenmassen auf der Suche nach einem Platz. Wahrscheinlich durch das Wochenende bedingt war der Pub brechend voll. Wohin das Auge blickte, Menschen über Menschen. Laute Livemusik wurde im Erdgeschoss von einer vierköpfigen Männergruppe gespielt und über die Lautsprecher in jeden Winkel der Bar übertragen. Die kräftigen Männerstimmen waren einfach überall zu hören, begleitet von ihren Instrumenten Gitarre, Schlagzeug und

Geige. Die Stimmung war ausgelassen. Eve und Isabell hatten Glück und konnten auf der dritten Ebene einen gemütlichen Platz auf einer Couch ergattern. Diese Ebene war komplett mit urigen Couchmöbeln gestaltet. Alt, aber keineswegs unschön. Von ihrem Platz hatten beide eine gute Sicht auf den kompletten Raum.

Nach drei Whisky on the Rocks waren beide Damen etwas beschwipst. Dennoch entging es Isabell nicht, dass Eve öfter als sonst die Toilette aufsuchte und immer in eine bestimmte Ecke des Raumes schaute.

»Eve? Wie heißt er?«

»Was? Wen meinst du?«

»Eve. Ich kenn dich jetzt schon ein paar Jahre und du kannst mir nicht wirklich was vormachen. Ich merke doch, dass du jemanden in deinem Visier hast. Also, wo ist der Glückliche?«

»In meinem Visier habe?«

Isabell schaute Eve mit einem Grinsen und einer hochgezogenen Augenbraue fragend an.

»Ja, genau da. Also? Wo ist er?«

»Du kennst mich wirklich sehr gut. Die Detektei wäre vielleicht doch keine schlechte Idee? Er heißt Conner! Ist das nicht ein hübscher Name?«

»Wo ist er? Ich sehe zwar die Richtung, in die du die ganze Zeit guckst, aber da stehen gefühlt 30 Männer!«

Eve versuchte Isabell zu erklären, wo sich Conner versteckte.

»Siehst du an der Treppe die Männergruppe? Fast alle haben kurze Haare, außer einem. Der Typ mit den schulterlangen, hellen Haaren in dem schwarzen T-Shirt. Siehst du ihn? Das ist Conner. Ist der nicht süß?«

»Ja ich sehe ihn. Nicht schlecht, aber Eve, ist er nicht etwas jung für dich?«

»Hallo?? Was heißt das denn? Der ist bestimmt in meinem Alter!«

»Definitiv ist der nicht in unserem Alter!«

»Oh, nein. Er hat gesehen, wie wir über ihn reden. Er kommt rüber! Und, oh nein, er bringt einen Freund mit. Was sollen wir machen? OK. Bleib einfach ganz cool.«

»Eve!!! Alles klar? Was ist denn mit dir los?«

»Was soll denn los sein? Nichts! Wir machen uns jetzt einen schönen Abend mit den Jungs.«

»Eve. Ich weiß nicht, ob das so eine gute Idee ist. Ich bin da noch nicht bereit für!«

»Isabell! Keine Sorge. Wenn es dir zu viel wird, gib mir ein Zeichen und wir verabschieden uns freundlich. Aber lass uns doch erst einmal ein wenig mit den Herren unterhalten. Vielleicht wird es ja ganz nett!«

Isabell rollte mit den Augen und sagte nur widerwillig: »OK! Ich trete dir vors Schienbein, wenn ich gehen will.«

Conner und sein Freund Steve stellten sich kurz vor. Conner setze sich zu Eve auf die Seite und Steve zu Isabell. Conner hatte nur Augen für Eve und nachdem die beiden nach einer ca. zehnminütigen Unterhaltung gefühlt nur noch am Rumknutschen waren, versuchten sich Steve und Isabell im Smalltalk.

Steve hatte ein ebenfalls schwarzes, enges T-Shirt an, welches sich schmeichelnd um seinen muskulösen Oberkörper schmiegte. Seine kurzen, schwarzen zurückgegelten Haare passten gut zu seinen dunklen Augen und seinem dunklen Teint und machten sein Auftreten perfekt. Wahrscheinlich wäre jede andere Frau dahingeschmolzen, aber irgendwie wollten bei Isabell keinerlei Gefühle aufflammen. Steve sah zwar gut aus, aber für Isabells Geschmack hatte Steve doch etwas zu viel Muskeln statt Köpfchen. Steve hatte ebenfalls schon einiges getrunken, was eine normale Konversation erschwerte. Isabell ließ hauptsächlich Steve von sich erzählen und antwortete selber kurz und knapp und ging auf seine Fragen nicht richtig ein. Was sollte sie ihm auch erzählen?

»Vor fast einem Jahr ist mein Mann gestorben, der mich vorher schon länger betrogen hatte und mich für das Miststück sogar verlassen wollte. Seitdem habe ich mich total zurückgezogen und versuche langsam, wieder ins Leben zu finden. Das würde ihn bestimmt begeistern!«, dachte Isabell nur.

Nach einer Dreiviertelstunde und noch einen Whisky später waren die Gesprächsthemen mit Steve endgültig ausgeschöpft. Aber anstatt sich zu verabschieden und wieder zu seinen Freunden zu gehen, drehte sich Steve in Isabells Richtung. Dann hob Steve seinen rechten Arm an und ließ ihn hinter Isabell auf der Kopflehne wieder nieder. Isabell brauchte einen Moment, bis sie die Situation richtig einschätzen konnte. Dann spürte sie plötzlich Steves Hand auf ihrem linken Oberschenkel. Seine Hand strich langsam an ihrem Schenkel weiter hoch. Dabei beugte sich Steve näher zu Isabell. Isabell war in Panik. Sie wusste, was er vorhatte und es war ihr sichtlich unangenehm. Sie wollte das nicht. Es war zu früh und vor allem nicht mit diesem Typen. Sie sah nur noch einen Ausweg. Isabell trat zu, Eve schrie auf und Steve zuckte zurück und ließ sofort von Isabell ab.

»Aua. Isabell!«

Isabell guckte Eve mit einem unschuldigen Gesicht und hochgezogenen Schultern an. Sie hatte Eve wie angekündigt doch nur vor das Schienbein getreten. Nur anscheinend fester, als sie in dem Moment geplant hatte.

»Was ist los?«

»Ich bin müde, lass uns gehen.«

»Wirklich?«

»Ja, bitte!«

»Dein Ernst?«

»Ja, mein vollkommener Ernst.«

»Ok … dann lass uns los.«

Eve verabschiedete sich bei Conner mit einem letzten Kuss. Steve bekam lediglich ein kurzes »Bitte entschuldige« zu hören. Das Geld für die Getränke legten die beiden auf den Tisch und verließen fast fluchtartig den Pub. Ohne große Worte torkelten die beiden Hand in Hand zurück zum Hotel.

Nach einer kurzen Nacht und keinem besonders großen Frühstück, aufgrund einer leichten Übelkeit, saßen die beiden gegen 11 Uhr wieder im Zug Richtung Preston.

Beide nippten immer wieder an ihrem Coffee-to-go-Becher und dem mitgenommenen Wasser aus der Minibar. Eve und Isabell waren beide mit ihren Kopfschmerzen beschäftigt und redeten nur das Nötigste. Isabell schaute fast die gesamte Fahrt aus dem Zugfenster und Eve auf ihr Handy.

»Eve. Wem schreibst du denn die ganze Zeit?«

Eve antwortete mit einem dicken Lächeln.

»Mit niemanden?«

»So so … mit niemanden. Und wie heißt Niemand mit Vornamen?«

»Ach, mit wem schreibe ich wohl? Conner!«

Für einen kurzen Moment erwachte Isabell aus ihrem Dämmerschlaf.

»Conner? Conner von gestern?«

»Von wann denn sonst?«

»Aber wann habt ihr denn die Handynummern ausgetauscht? Und seit wann tauschst du überhaupt Handynummern aus?«

»Das hatten wir schon, bevor die beiden zu uns gekommen sind«, zwinkerte Eve Isabell zu.

»… und ich habe das gemacht, weil Conner irgendwie anders ist. Ich weiß nicht, was da gestern passiert ist. Mal sehen!«

»Oh ah. Das sind ja mal ganz neue Töne von dir, Eve. Das hast du ja noch nie gesagt.«

Eve zuckte mit den Schultern, grinste und schrieb weiter mit den Worten: »Mal sehen, mal sehen.«

»Ja, mal sehen. Vielleicht finde ich auch irgendwann noch mal ein neues Glück«, murmelte Isabell vor sich hin und schaute aus dem Fenster.

Und es sollte sich zeigen, dass Eve und Conner sich doch mehr als nur gut verstanden. Beide wollten sich nach dem Wochenende schnell wiedersehen und da Conner nicht weit von Preston entfernt wohnte, gab es hier auch keine räumlichen Hindernisse. Sollte Eve tatsächlich den Deckel zu ihrem ganz eigenen widerspenstigen Topf gefunden haben? Die, die niemals überhaupt an einen Deckel gedacht hatte. Sie wollte immer ohne Deckel kochen. Das hat sie all die Jahre getan und das wollte sie auch eigentlich weiter so machen. Schließlich ist so noch nie ein Essen angebrannt.

Kapitel 10

Der Ausflug nach London hatte Isabell nachdenklich gemacht. Wenn sie jetzt an die Zukunft dachte, fühlte sie nicht mehr nur Leere und Schmerz, sondern nach und nach blitzten durch die dicken dunklen Wolken auch schon mal Sonnenstrahlen. Nicht immer und auch nicht lange, aber es war ein Anfang.

Ein paar Tage nach der Rückkehr aus London war Isabell wieder viel zu spät dran für die Fahrt ins Büro. Doch trotz der fortgeschrittenen Zeit blieb Isabell nach der Dusche wie angewurzelt vor ihrem Spiegel im Badezimmer stehen. Sie ließ das Handtuch zu Boden fallen und musterte ihren nackten Körper. Sie betrachtete sich von allen Seiten und strich sich dabei über den Bauch, den Hintern, das Gesicht und ihre Brüste. Zufrieden mit sich selbst, verkündete sie ihrem Spiegelbild: »So schlecht siehst du doch mit deinen 37 Jahren gar nicht aus, meine Liebe. Du hast kaum Falten, alles hängt noch an der richtigen Stelle und es wäre doch gelacht, wenn das nicht auch noch jemand anders so sieht.«

Das war der Moment, in dem Isabell beschloss, wieder ein bisschen mehr zu leben und Spaß zu haben.

Für eine neue Liebe war sie nicht bereit. Dafür war ihr Herz viel zu kaputt. Aber »Spaß« könnte vielleicht funktionieren für sie.

Mit dieser neu gewonnenen Einstellung achtete Isabell wieder mehr auf ihr Äußeres und versuchte bei passenden Gelegenheiten auch mal, auf den einen oder anderen Flirt einzugehen. Nicht einfach, wenn man so aus der Übung war, aber nach und nach klappte es immer besser. Bei einer Person sogar mehr als gedacht und denjenigen hatte Isabell bestimmt nicht im Sinn gehabt.

Es war Dienstag und Isabell war wie gewohnt bei der Arbeit. Von ihren neuen beruflichen Plänen hatte sie außer Eve noch keinem etwas erzählt. Isabell befand sich noch irgendwie in der Planungsphase und sie wollte alles fertig durchdacht haben, bis sie ihren Ausstieg verkündete.

Es war schon Mittag und Isabell hatte noch nichts gegessen. Eigentlich nicht ungewöhnlich für Isabell. In den letzten Wochen war ihre erste Mahlzeit am Tag oft erst das Mittagessen. Aber heute meldete sich ihr Magen doch außergewöhnlich lautstark. Isabell legte sich die Hand schützend vor ihren Bauch und sagte: »Ja ja, ist ja gut. Es gibt sofort was.«

»Na, sprichst du wieder mit dir selber?«, ertönte eine tiefe Männerstimme und Alex trat in die Küche. Isabell würdigte Alex keines Blickes und schob seelenruhig ihr Tiefkühlgericht in die Mikrowelle und stellte diese an. Ohne sich umzudrehen, fragte sie mit einem leicht angehauchten Unterton: »Auch Hunger oder was verschlägt dich in die Küche?«

Kaum hatte Isabell den Satz zu Ende gesprochen, spürte sie, wie Alex seine starken Hände auf ihre nackten Oberarme legte.

»Und wie ich Hunger habe. Ich habe schon den ganzen Morgen Heißhunger … auf dich!«

Jetzt wurde Alex' Griff fester, sodass seine Hände fast beide Oberarme umschlossen. Alex zog Isabell von der Mikrowelle weg und schob sie gegen die gegenüberliegende Küchenwand. Sie konnte und wollte sich aus seinem Griff nicht befreien und folgte seinen Bewegungen. Auf ihrem ganzen Körper bekam Isabell Gänsehaut und ihr Puls schlug unweigerlich wesentlich schneller als zuvor. Der Abstand zwischen beiden war so minimal, dass Isabell Alex' Atem an ihrem Hals spüren konnte. Dann presste er seinen ganzen Körper an ihren, so dass sie jedes einzelne Körperteil spüren konnte.

»Alex … nicht. Das ist keine gute Idee!«, flüsterte Isabell mit den letzten Worten, die sie noch hervorbringen konnte. Doch Alex war nicht zu stoppen. Mit bestimmendem Ton antwortete er: »Und ob das eine gute Idee ist. Wir sind alleine. Peter ist in einem Meeting, das gerade erst begonnen hat und die anderen sind gerade zum Mittagessen weg. Ich will dich. Ich will dich jetzt und hier!«

Isabell hatte keine Chance mehr, NEIN zu sagen und ließ ihn gewähren.

Mit einer Hand strich Alex ihr offenes Haar behutsam über ihre linke Schulter zur Seite und begann ihren freien Nacken zu küssen. Parallel ließ er seine andere Hand über Isabells rechten Oberschenkel immer weiter nach oben gleiten. Höher und höher … Isabell verspürte ein unerträgliches Ziehen in ihrem Unterleib in der Hoffnung, dass Alex sich nicht mehr allzu viel Zeit lassen würde. Isabell wusste, warum sie sich an diesem Morgen für ihr schwarzes Kostüm mit dem kurzen, engen Bleistiftrock entschieden hatte. Dann endlich glitt seine warme Hand unter ihren Rock und stoppte kurz vor ihrem schwarzen Spitzentanga. Im Bruchteil einer Sekunde lag dieser neben ihr auf dem Fliesenboden. Dann schob er mit beiden Händen ihren Rock über ihren Po, sodass ihr nackter Hintern komplett zu sehen war.

»Mmm. Deine Rückseite ist echt zum Anbeißen.«

»Komm schon, Alex«, hauchte Isabell voller Sehnsucht. »Lass mich nicht warten!«

»Warum warten lassen? Ich bin doch hier!«, erwiderte er und gab ihr mit der flachen Hand einen ordentlichen Klapps auf den Hintern. Isabell zuckte kurz und stellte dann auffordernd ihr rechtes Bein etwas weiter nach rechts, sodass sie breitbeinig vor Alex stand. Diese Geste brauchte keine weitere Erklärung und Alex öffnete seine Hose. Endlich war es so weit und Isabell spürte, wie sein Glied in sie eindrang. Er erregte sie so sehr, dass alles um sie herum verschwand. Wo sie waren, wer sie erwischen könnte und welche Konsequenzen es dann hätte. Bei jedem festen Stoß, den er ihr gab, lechzte sie nur nach mehr. Und das bekam sie auch! Es dauerte nicht lange, bis sie beide voller Ekstase innehielten. Beide kamen wie immer voll auf ihre Kosten, aber es war ein Spiel mit dem Feuer. Das wussten beide, aber genauso heizte das ihre gemeinsamen Treffen nur umso mehr an. Etwas Verbotenes zu machen war einfach zu reizvoll.

Das Ganze ging mit den beiden vor ein paar Wochen los. Auslöser war ein spontanes Afterwork-Treffen. Es waren fast alle aus der Firma dabei und aus einem Drink wurden zwei Drinks und so weiter. Isabell und Alex blieben aus der Runde als letzte übrig.

Attraktiv fand Isabell Alex immer schon und dass Alex keine hübsche Frau von der Bettkante stößt, war ja allen bekannt. Beide hatten ordentlich getrunken und Alex zog an dem Abend alle Register seiner Charmeoffensive. Wahrscheinlich, weil Isabell ihm bisher immer die kalte Schulter gezeigt hatte und auf seine Anspielungen nie einging. Anders an diesem Abend. Isabell stieg voll auf seine anzüglichen Sprüche und seine unmissverständlichen Gesten ihr gegenüber ein. Isabell war betrunken, hatte ewig keinen Sex mehr und fand Alex im Laufe des Abends immer heißer. In Anbetracht der Umstände konnte Isabell Alex nicht länger widerstehen und so führte eins zum anderen! Sie gingen zurück ins Büro und verbrachten dort einige nicht jungendfreie Stunden. Danach trafen sich die beiden je nach Terminlage spontan in einem Hotel ein paar Straßen vom Büro weg. Ein Treffen zu Hause bei Alex oder Isabell kam für Isabell nicht in Frage. Sie wusste, was das mit Alex war und was es auf keinen Fall werden sollte.

»Warum machen wir das nicht öfter, Isabell?«, fragte Alex mit einem dicken Grinsen auf den Lippen.

»Weil wir Arbeitskollegen sind, du und ich eine andere Vorstellung vom Zusammensein haben und ich gar nicht mehr von dir will!«, erklärte Isabell Alex mit sehr klarer Stimme.

»Das tut weh, Isabell!«, sagte Alex, grinste dabei und gab Isabell noch einen Kuss auf den Mund.

»Aber wir können diese eine Sache verdammt gut.« Isabell lachte und stimmte Alex zu.

Auf einmal hörten die beiden Stimmen. Peter war früher als gedacht mit dem Meeting fertig und kam mit seinem Kunden aus dem Büro raus. Schnell verstaute Alex alles an seinem richtigen Platz, schloss seine Hose wieder und verschwand aus der Küche. Isabell schaffte es gerade noch, ihren Rock runterzuziehen, ihren Tanga aufzuheben und in den Saum ihres Rockes zu klemmen. Sie drehte sich zur Mikrowelle und knöpfte sich die Bluse wieder zu. Dann schnappte sich Isabell ihr nur noch lauwarmes Essen, strich sich kurz durch die Haare, um wieder ein bisschen Ordnung reinzubekommen und verschwand, so schnell es ging, in ihrem Büro und schloss die Tür hinter sich.

»Buh … das war mal wieder knapp!! Isabell, Isabell … böses Mädchen …«, murmelte sie vor sich hin.

Nachdem sie ihre Unterwäsche wieder vollständig angezogen hatte, ließ sie sich mit ihrem lauwarmen Essen in ihren großen schwarzen Ledersessel fallen.

Die Büroräume waren alle sehr modern eingerichtet, aber diesen uralten Sessel hatte Isabell von Anfang mit in ihrem Büro stehen, da er ihr unheimlich viel bedeutete. Der Sessel gehörte ihrem Vater und sie konnte sich immer noch daran erinnern, wie sie sich früher abends in sein Büro schlich, wenn sie nicht schlafen konnte und ihn bei der Arbeit überraschte. Anstatt sie wieder ins Bett zu schicken, unterbrach er seine Arbeit, setzte sich in den Sessel, nahm Isabell auf seinen Schoß und wickelte sie in die dicke Wolldecke ein, die extra für diesen Fall neben dem Sessel bereitlag. Er erzählte ihr dann Geschichten über ihre verstorbene Mutter. So war es für Isabell, als wenn sie immer irgendwie da gewesen wäre. Jeden Tag ihres Lebens. Vor lauter Müdigkeit schlief dann Isabell doch irgendwann in den Armen ihres Vaters ein. Dann trug er sie liebevoll ins Bett, deckte sie zu, gab ihr einen Kuss und verabschiedete sich immer mit den Worten: »Schlaf gut, mein Engel. Deine Mutter und ich wachen über deine Träume. Wir lieben dich.«

Die Tür des Kinderzimmers blieb immer einen Spalt auf, damit ein wenig Flurlicht in ihr Zimmer fallen konnte. Nur so hatte sie keine Angst und konnte beruhigt weiterschlafen.

Es klopfte an Isabells Bürotür.

»Herein.«

Peter stand in der geöffneten Tür und fragte, ob er einen Moment reinkommen kann. Isabell nickte zustimmend.

»In welchen Gedanken warst du denn gerade noch vertieft?«

»Ach«, seufzte Isabell und schaute verträumt in Peters Richtung.

»Ich musste an meine Eltern denken.«

»Und das hat dich traurig gemacht?«

»Ein wenig.«

»Du vermisst deinen Vater, oder?«

»Beide. Auch wenn ich meine Mutter ja nie kennengelernt habe, vermisse ich sie beide jeden Tag. Sie haben sich so geliebt. Ob ich das irgendwann auch noch erleben darf?«

»Ach, meine Liebe. Das wird schon. Du bist jung, hübsch und die verrückteste Frau, die ich kenne!«

»Hallo? Was heißt denn verrückt?«, wollte Isabell wissen und warf gleichzeitig ihren kleinen roten Antistressball nach Peter, der neben ihr auf dem Tisch lag. Bei der Geste fiel Isabell fast ihr Mittagessen aus der Hand. Peter, der noch versucht hatte, sich vor dem Zorn seiner besten Freundin zu ducken, hatte keine Chance und bekam den Ball mitten auf die Stirn.

»Genau wegen sowas, Isabell«, lachte Peter Isabell aus.

»Aber jetzt mal im Ernst. Das wird schon. In letzter Zeit hast du doch schon mal wieder ein paar Dates gehabt und mit Alex scheint da ja auch irgendwas zu laufen.«

Isabells Gesichtsfarbe veränderte sich schlagartig auf rot. Nicht dieses leichte, etwas verlegene rosa, sondern rot.

»Alex? Wie kommst du denn darauf? Mit Alex doch nicht!«

»Isabell! Alle in der Agentur haben bereits gemerkt, dass da was läuft. Wie ihr euch anseht und immer wieder plötzlich, ganz unerwartet, gemeinsam irgendwo auftaucht oder verschwindet.«

»Oh Scheiße … Wirklich alle?«

»Ja. Alle!«

»Fuck … Ach mit Alex … Das ist doch nichts. Wir haben ein wenig Spaß. Guten, sehr guten und heißen Spaß, aber mehr nicht. Da sind keine Gefühle und werden auch nie welche sein. Ich dachte, dass ich noch nicht so weit bin, aber vielleicht bin ich es doch.«

»Such nicht danach, Isabell. Wenn es so weit ist, wird die Liebe dich wiederfinden. Halt die Augen auf und sei bereit.«

Isabell schaute Peter an und atmete einmal tief ein, bevor sie ihre Frage laut aussprach.

»Und was ist, wenn ich meine Chance auf meine für mich bestimmte Liebe schon hatte?«

»Ach Isabell«, Peter ging auf seine beste Freundin zu und setzte sich auf den gegenüberstehenden Stuhl.

»Nick war vielleicht deine erste große Liebe, aber sicherlich war er nicht deine letzte große, echte Liebe. Lebe dein Leben, versuch, wieder glücklich zu sein und halt die Augen offen nach dem Mann, der dein Herz wieder zum Glühen bringt.«

Isabell nahm Peter in den Arm und drückte ihn fest.

»Clarissa ist so dumm, dass sie dich hat gehen lassen!«

KAPITEL 11

Isabell schloss ihre Haustür auf, machte das Licht an und ließ die
Tür hinter sich ins Schloss fallen. Sie schaute sich um und spürte, dass irgendetwas anders war.

Ohne ihre Jacke oder die Schuhe auszuziehen, setzte sich
Isabell auf die ersten Stufen der Treppe im Flur und ließ ihren
Blick im Flur umherschweifen, in der Hoffnung, eine Antwort
auf ihr Gefühl zu finden. Ihre Handtasche rutschte ihr währenddessen unachtsam vom Arm auf den Boden vor sich, so
dass sich die Hälfte des Inhaltes auf dem Flurboden verteilte.
Unbeeindruckt verzog Isabell keine Miene. Sie grübelte weiter, was auf einmal nicht mehr stimmte. Warum verspürte sie
plötzlich ein so komisches Gefühl, als wenn etwas nicht richtig, nicht in Ordnung sei? Nach ein paar kurzen Augenblicken
wurde es ihr klar. Es war dieser Ort! Dieses Haus! Sie horchte
tief in sich und stellte fest, dass sie kein Gefühl von Geborgenheit oder Liebe mehr für diesen Ort empfand. Und sie war sich
sicher, dass dieses Gefühl wohl auch nicht wiederkehren würde. Es war Nicks und ihr Zuhause gewesen und jetzt, da Nick
fort war, war es nicht länger ihr Zuhause. Es war nur noch ein
Haus voller Erinnerungen an längst vergangene Tage, indem

sie als Gast wohnte. Sie hatte ihr Zuhause verloren, zusammen mit ihrem Ehemann.

Sie brauchte einen Neuanfang! Das hatte sie Eve bereits an ihrem Geburtstag gesagt. Sie wollte sich auszahlen lassen und etwas Neues beginnen. Aber es gehörte wohl mehr dazu als nur ein neuer Job. Sie musste aus dem Haus raus. Sie musste das Haus verkaufen und irgendwo ein neues Leben beginnen. Aber wo? Wo sollte sie nur hin? Wo war sie immer glücklich? Wo hat sie sich immer wohl gefühlt? Isabells Blick hielt abrupt an, als dieser auf das Foto im Flur fiel, auf dem sie als neunjähriges Mädchen auf dem Schoß ihres Vaters sitzend, auf der großen Veranda ihres Elternhauses zu sehen war. Sie stand von der Treppe auf, nahm das Foto in die Hand und betrachtete es ganz genau.

Dann fing Isabell an zu lächeln.

»Ja. Hier war ich wirklich glücklich.«

Plötzlich stand Isabells Entschluss fest. Sie hatte das Gefühl, endlich das fehlende Puzzlestück gefunden zu haben, um jetzt für den Neustart bereit zu sein.

Alles auf null! Ein neuer Beginn.

Peter und Alex konnten die Welt nicht verstehen, als Isabell sie eines Abends zu sich nach Hause einlud und ihnen ihre Anteile zum Verkauf anbot.

Isabell war es so unangenehm, dass alle in der Agentur von Alex und ihr wussten, dass sie nach einem weiteren Treffen mit ihm die Affäre beendete. Alex würde niemals zu etwas Ernstem für sie werden. Er war zwar anderer Ansicht und dachte, dass es nur eine Frage der Zeit war, bis er Isabell wieder in seinen Bann ziehen würde, aber da hatte er sich verrechnet. Isabell ließ ihn bei jedem erneuten Versuch der Annäherung abblitzen.

Alex bezog Isabells Entscheidung natürlich auf ihr kleines Liebesabenteuer und versuchte, Isabell in den darauffolgenden Tagen immer wieder umzustimmen und die Agentur nicht zu verlassen. Ohne Erfolg. Irgendwann verstand Alex, dass Isabell ihre

Entscheidung nicht mehr ändern würde und er zu hundert Prozent nicht der Grund für diesen Schritt war. Sie wollte einen Schlussstrich unter ihrem alten Leben.

Für Peter kam diese Entscheidung ebenfalls überraschend, aber er war nicht wütend und akzeptierte sie. Peter konnte Isabell sogar gut verstehen. Neu anfangen! Das hatte er auch schon das ein oder andere Mal überlegt, sich aber wegen der Kinder nie getraut. Umso trauriger wirkte er nun, dass er seine gute Freundin ziehen lassen musste, die so oft für ihn da gewesen war in den letzten Jahren. Peter nahm Isabell nach dem Platzen der Bombe in die Arme, drückte sie wie immer herzlich an sich und flüsterte ihr ins Ohr: »Ich wünsch dir all das Glück der Welt. Dass du ein neues Kapitel aufschlagen kannst und glücklich wirst.«

Isabell erwiderte seine Umarmung genauso herzlich.

»Du weißt, dass ich dich nicht verlasse, mein Lieber. Ich bin immer noch deine gute Freundin und die Patentante deines Kindes! Ich verlasse nur die Firma und ziehe in eine andere Stadt.«

»Das will ich dir auch geraten haben.«

Als Isabell am gleichen Abend noch zu Eve fuhr, um ihr ebenfalls reinen Wein einzuschenken, war Isabell etwas angespannt, da sie nicht wusste, wie Eve auf ihre Pläne reagieren würde. Zu Recht, wie sich herausstelle.

Da Eve die neuen Jobpläne von Isabell bereits kannte, war sie nicht sonderlich überrascht und freute sich zuerst sehr für Isabell, dass sie jetzt endlich den Mut gefasst hatte und alles in die Tat umsetzte. Sie öffnete direkt eine Flasche Prosecco zum Anstoßen, füllte zwei Gläser und gab Isabell eines der beiden. Die Stimmung kippte erst dann, als Eve erfuhr, wohin Isabell ziehen wollte. Sie verstand die Welt nicht mehr!

»Du willst wohin ziehen, Isabell?« Eve schüttelte ihren Kopf fassungslos.

»Das kann doch nicht dein Ernst sein, Isabell. Nach Kendal? Was willst du denn in Kendal? Da ist doch niemand mehr. Alle sind mittlerweile fortgegangen oder tot, die du noch von früher kennen könntest!«

Isabell wusste nicht, ob sie lachen oder weinen sollte. Eve ging in ihrem Wohnzimmer auf und ab. In der rechten Hand ihr Glas Prosecco, von dem allerdings weniger in ihrem Mund als auf dem Boden landete. Immer, wenn sie eine wilde Geste mit ihren Armen machte, um ihr Missfallen zu verdeutlichen, schwappte wieder ein großer Tropfen auf den Boden.

»Eve. Beruhige dich doch mal wieder. Kendal mag für dich nichts Besonders sein, aber für mich. Ich hatte dort eine sehr glückliche Kindheit. Ich habe mich immer wohlgefühlt, nie etwas vermisst und war glücklich!«

»Ja, aber da warst du doch noch ein Kind, Isabell. Jetzt bist du …«

»Sag jetzt bloß nichts Falsches, meine Liebe«, unterbrach Isabell ihre aufgebrachte Freundin mit einer hochgezogenen Augenbraue.

»Du weißt, was ich meine! Kendal ist kein großer Ort. Deine Wurzeln sind vielleicht dort, aber sonst keiner mehr, den du vielleicht noch kennst oder zu dem du eine Beziehung hättest.«

»Das ist mir nicht wichtig. Ich brauche eine Umgebung, in der ich mich wieder zuhause fühlen kann. Ein Heim, mein Heim! Wo könnte ich das besser als dort, wo ich aufgewachsen bin?«

Langsam verstand Eve Isabell und setzte sich zu ihrer Freundin auf die Couch.

»Bist du dir sicher? Ich dachte, wenn du aus Fleetwood wegziehst, dann kommst du wieder näher zu mir und Cathleen gezogen. Vielleicht eine kleine Wohnung am Rande von Preston. Sodass wir uns wieder häufiger sehen können und wir uns nicht erst für fast eine Stunde in den Wagen setzen müssen.«

»Ach Eve. Wir sehen uns doch immer, wenn wir wollen. Der Weg wird doch nur anders und nicht länger. Du fährst nach Kendal gerade mal 40 Minuten mit dem Auto. Das ist doch fast gar nichts. Außerdem werde ich DICH wohl weniger sehen. Conner ist ja fast schon hier eingezogen.«

Nur der Gedanke an Conner ließ Eves Wangenfarbe sich rötlich färben.

»Conner ist ein echter Traummann.« Eve stockte und versuchte sich wieder zu konzentrieren, schließlich führte sie mit Isabell ein sehr ernstes Gespräch.

»Aber du, meine Liebe wirst immer an erster Stelle kommen. Zusammen mit Cathleen natürlich! Da kommt auch kein Conner dazwischen!«

Isabell schaute Eve an und Eve sah nur das breite Lächeln in ihrem Gesicht.

»Oh Mann, Eve. Ein echter Traummann?? Dich hat es ja volle Kanne erwischt! Dass du mal rote Wangen wegen eines Kerls bekommst, hätte ich nie zu glauben vermocht.«

Eve räusperte sich und füllte noch einmal ihr mittlerweile leeres Glas auf.

»Wo willst du eigentlich wohnen in Kendal?«, versuchte Eve abzulenken.

»Themenwechsel war noch nie deine Stärke, Eve!«, erwiderte Isabell und nahm noch einen Schluck Prosecco.

»Ich habe seit ein paar Wochen wieder engeren Kontakt zu den Millers.«

»Den Millers? Müsste ich wissen, wer das ist?«

»Du weißt nicht, wer die Millers sind?«

Eve schüttelte den Kopf ratlos und antwortete mit einem fragenden »Nein?«

»Ich habe damals mein Elternhaus an die Millers verkauft und wir haben über die ganzen Jahre Kontakt gehalten. Mal mehr, mal weniger, aber in den letzten Wochen hatten wir wieder mehr Kontakt. Ich bin vor ein paar Wochen einfach mal vorbeigefahren, um mir das Haus anzuschauen. Ich sagte, dass ich zufällig in der Nähe gewesen sei. Helen Miller und ich haben in Ruhe einen Kaffee getrunken. Dabei erzählte sie mir, dass sie überlegen, das Haus zu verkaufen oder zu vermieten und nach London zu ihren pflegebedürftigen Eltern zu ziehen. Von Kendal aus ist es schwierig, ein Auge auf die beiden zu werfen und kurze Besuche sind auf die Entfernung nicht möglich. Ich habe schnell reagiert und mich als Käuferin angeboten. Irgendwie fanden Helen und ihr Mann den Gedanken wirklich schön, das Haus wieder in die Hände des ursprünglichen Besitzers zu geben, dass beide nach nur zwei Tagen meinem Angebot zugestimmt haben und mir das Haus verkaufen wollen.«

»Ach was? Das gibt es doch nicht. Wenn das kein Schicksal ist! Und wann kannst du einziehen?«

»Momentan suchen die Millers noch ein bezahlbares neues Haus in London. Das gestaltet sich bei der hohen Nachfrage am Immobilienmarkt als nicht ganz so einfach. Aber wenn sie etwas Passendes gefunden haben, wollen sie zeitnah ausziehen. Den Kaufvertrag haben wir bereits aufgesetzt und nächste Woche steht der Notartermin an.«

»Oh Mann. Du machst also wirklich ernst. Na ja. Wenn das dein Wunsch ist, freut es mich sehr für dich, Isabell. Hauptsache, du wirst glücklich! Wieso hattest du das Haus eigentlich verkauft damals?«

»Blöde Frage. Wegen des Geldes. Ich war auf einmal Waise. Das Haus war noch nicht ganz abbezahlt und ich musste mein Studium ja auch noch irgendwie bezahlen. Das habe ich dann von dem Verkaufserlös geschafft.«

»Und womit willst du das Haus jetzt finanzieren?«

»Ich verkaufe Nicks und mein Haus. Von dem Kredit ist nur noch ein kleiner Teil übrig. Wenn ich das Haus verkauft habe, reicht es, um den Kredit auszulösen und das Haus in Kendal zu bezahlen. Ein bisschen Geld für die Renovierung und ein paar neue Möbel kann ich noch aus dem Verkauf der Firmenanteile abzwacken. Hier will ich erst einmal nicht drangehen. Wer weiß, wie viel Geld ich noch ins Geschäft stecken muss!«

»Es scheint, als hättest du alles sehr gut durchdacht, Isabell. Ich wünsch dir von Herzen alles Gute und dass alles so klappt, wie du es dir vorstellst.«

KAPITEL 12

Weihnachten und Silvester waren vorüber und auch die ersten Tage des neuen Jahres sind nur so verflogen. Isabell hatte die Festtage bei Eve, Cathleen und größtenteils Conner verbracht, der die beiden nur schweren Herzens alleine ließ.

Isabell hatte sofort nach ihrer Entscheidung, Fleetwood zu verlassen, das Haus zum Verkauf inseriert. Isabell hatte sich bewusst gegen einen Makler entschieden. Sie wollte die Menschen kennenlernen und selbst aussuchen, wer hier in ihr altes Zuhause einzieht. Es dauerte nur wenige Tage, bis sich mehrere Kaufinteressenten das Haus anschauten. Ein junges Paar erhielt den Zuschlag von Isabell. Die beiden erinnerten Isabell an Nick und sie selbst. Sie wünschte den beiden genauso viele glückliche gemeinsame Tage in diesem Haus, wie sie und Nick hatten, aber ein schöneres Ende. Zum Glück übernahmen die neuen Besitzer viele Möbel von Isabell. So fiel es ihr leichter, richtig auszumisten. Möbel mit behafteten Erinnerungen oder aber auch Möbel, die nicht ins neue Haus passten, musste sie so nicht wegschmeißen oder einlagern.

Ein paar Wochen später war es geschafft. Notartermine hatten stattgefunden und Kaufzahlungen wurden getätigt. Das Elternhaus von Isabell wurde bereits renoviert und etwas modernisiert. Die Verkäufer zogen doch früher als erwartet aus. In zwei Wochen sollte Isabell offiziell einziehen können. Einiges von ihrem Hausrat war schon im neuen Haus in Kendal. Allerdings mussten die übriggebliebenen großen Möbelstücke aus ihrem alten Haus und aus ihrem Büro doch auf das Umzugsunternehmen warten. Isabell war voller Vorfreude auf ihren Neuanfang und hatte sich fest vorgenommen, ihr altes Leben hinter sich zu lassen.

Eine Woche vor dem großen Umzug luden Eve und Conner ein paar Freunde zu sich nach Hause ein.

»Einfach nur so«, war die Begründung von Eve gewesen, als Isabell nach dem Grund fragte.

»Darf man seine Freunde nicht mal einladen? Wir wollen, dass sich unsere Freunde mal näher kennenlernen. Conner und ich fanden das eine schöne Idee.«

Das Wetter war wirklich nicht das beste für eine Feier. Seit Tagen hatte es immer wieder starke Regenfälle gegeben und für die Nacht war ein großer Sturm angesagt. Aber nichtsdestotrotz waren alle eingeladenen Freunde zur Feier gekommen und der Abend war wirklich nett. Conner grillte für alle auf der überdachten kleinen Dachterrasse von Eve, auf der gerade ein Grill, ein kleiner Tisch und drei Stühle Platz fanden. Isabell hatte schon im Vorfeld angekündigt, dass sie nicht allzu lange bleiben wollte. Sie hatte noch vor, ein paar Sachen zu packen, um diese am nächsten Tag ins neue Haus zu bringen. Sie wollte vor dem eigentlichen Umzug schon mit dem Dekorieren und Möbelrücken anfangen.

Als der Abend bereits fortgeschritten war und alle neuen und alte Bekanntschaften mit Smalltalk versorgt waren, wollte sich Isabell langsam auf den Weg machen, als Conner sie aufhielt und sie anflehte, noch einen Moment zu bleiben. Er hätte noch eine Überraschung für alle. Auch der Hinweis von Isabell, dass sie vor dem Unwetter gerne zu Hause wäre, half ihr nicht wirklich. Allerdings durchschaute Conner sofort, dass das nur eine lahme Ausrede von Isabell war, um die Feier schneller verlassen zu können. Geschlagen von Conners Bitte, verdrehte Isabell leicht die Augen und willigte dann lächelnd ein. Also nahm sich Isabell noch ein Glas alkoholfreien Sekt, der natürlich nicht im Entferntesten so gut schmeckte wie einer, der Alkohol enthielt, und setzte sich noch einmal auf die Couch zurück neben Cathleen, um auf die große Überraschung zu warten.

Auf einmal war ein lautes Gedudel aus der Stereoanlage zu hören. Isabell überlegte einen Moment, warum ihr die Musik so bekannt erschien.

Dann fiel es ihr ein! Es war die Musik, die den ganzen Abend in dem Pub in London gespielt wurde, als sie und Eve ausgegangen waren. Plötzlich fiel ihr schlagartig noch etwas ein.

»Das war das Wochenende, an dem Conner und Eve sich kennengelernt haben!«, sagte Isabell leise. Isabell wirkte nachdenklich und nahm einen großen Schluck aus ihrem Glas. Dann musste sie auf einmal kräftig in ihr Glas prusten und verschluckte sich fast dabei.

»Er wird doch nicht … nein quatsch … die beiden kennen sich doch erst ein paar Monate … NIE IM LEBEN … oder doch???«

Isabell schaute sich suchend nach Eve und Conner um. Eve unterhielt sich gerade mit Peter auf der kleinen Terrasse. Conner stand in der Küche, wirkte aber sichtlich angespannt. Dann beobachtete Isabell, dass Conner die Fernbedienung von der Stereoanlage in die Hand nahm und das Gedudel auf eine unerträgliche Lautstärke stellte. Es dauerte nicht mal zwei Sekunden, bis Eve von der Terrasse in die Wohnung stürmte und direkt zur Stereoanlage lief, um den Ton herunterzudrehen. Conner drehte die Musik aber sofort wieder auf und Eve erneut herunter. Es dauerte einen Moment, bis Eve merkte, dass sie da jemand auf den Arm nahm. Sie drehte sich um und sah Conner, wie er einige Meter von ihr entfernt stand und die Fernbedienung in der Hand hielt. Alle merkten, dass hier irgendetwas nicht stimmte und schauten gespannt auf Conner und Eve.

»Ha, ha«, brachte Eve mit einem leichten Lächeln hervor.

»Das findest du wohl sehr lustig, du Spaßvogel?«

»Du hast gar nicht auf die Musik gehört, Eve. Was für ein musikalischer Banause du doch bist!«, lachte Conner seine Eve an. Eve zog beide Schultern hoch und schaute Conner fragend an. Conner stellte die Musik wieder lauter. »Hör doch mal genau hin. Woran erinnert dich die Musik?«

Eve hörte aufmerksam hin. Aber bis der Groschen endlich fiel und sie die Melodie erkannte, dauerte es.

»Ist das die Musik, die an dem Abend in London in dem Pub lief?«

Conner lächelte wieder und wirkte gleichzeitig noch nervöser als schon zuvor.

»Ja, genau. Das ist sie. Zu dieser Musik habe ich das erste Mal dein wundervolles Gesicht gesehen und wusste: diese oder keine!!!!«

Conner schaute sich in der Wohnung um und rief nach Cathleen.

»Cathleen, wo bist du?«

Dann entdeckte Conner Cathleen auf der Couch neben Isabell und gab ihr ein Zeichen, dass sie zu ihm kommen sollte. Das machte Cathleen auch. Isabell fiel aber erst jetzt die kleine rote Schachtel auf, die sie anscheinend die ganze Zeit versteckt in ihrer Hand gehalten hatte. Conner ging in die Knie und umarmte Cathleen fest. Conner blieb knien und Cathleen stellte sich neben ihn, so dass Conner ungefähr die Größe von Cathleen hatte. Er hielt sie mit dem linken Arm fest umschlungen an sich gedrückt, als wenn er sie brauchte, um sich Mut zu machen.

»Meine liebe Eve. Ich hatte mit Cathleen ein ernstes Gespräch in den letzten Tagen und habe sie gefragt, ob sie sich vorstellen kann, dass ich ganz offiziell ihr Papa werde. Nach einer knallharten Verhandlung und der Einwilligung meinerseits zu gestellten Forderungen von Cathleen hat sie sich irgendwann bereit erklärt, diesem Gesuch zuzustimmen.«

Cathleen grinste und sagte nur lachend: »Einmal im Monat wird Conner mit mir zum Schwimmen gehen und danach gibt es ein Eis mit mindestens drei Kugeln und ich darf jeden zweiten Freitag den Film für unseren Filmabend aussuchen.«

Alle fingen laut an zu lachen und Cathleen erhielt tosenden Beifall. Conner wartete, bis sich alle wieder etwas beruhigt hatten und sprach dann weiter.

»Ja, die Verhandlungen waren nicht einfach. Aber da Cathleen zustimmt, dachte ich, dass ich es jetzt riskieren kann und nun dich, Eve, fragen kann, ob du mich auch als Papa von Cathleen und als deinen Ehemann annimmst.«

Conner flüsterte Cathleen ins Ohr: »Jetzt!«

Cathleen nickte und öffnete die kleine rote Schachtel und ging langsam auf Eve zu und Conner sprach weiter.

»Ich liebe dich, Eve, und auch wenn wir uns erst ein paar Monate kennen, waren diese Monate die schönsten Wochen meines Lebens. So eine kluge, hübsche, aufregende Frau und tolle Mutter werde ich nie wiederfinden. Ich liebe dich. Bitte werde meine Frau!«

Eve war fassungslos. Damit hätte sie nie im Leben gerechnet und alle anderen im Raum auch nicht. Alle, die Eve kannten, hätten niemals gedacht, dass EVE irgendwann mal heiraten würde. Unsere männerfressende Eve doch nicht. Aber anscheinend war es jetzt soweit! Eve hielt sich beide Hände vor den Mund, ging einen Schritt auf Cathleen zu und ging ebenfalls auf die Knie, um ihre Tochter in den Arm zunehmen. Cathleen überreichte ihr die Schachtel mit einer Bitte. »Sag ja, Mama! Ich habe den Ring mitausgesucht und ich will unbedingt Blumenmädchen werden. Du musst einfach nur ja sagen.«

Eve gab Cathleen einen dicken Kuss auf die Wange und schaute Conner an, dann den Ring und dann wieder Conner.

»Also, wenn ich bei dem Mann und dem Ring nicht JA sage, wäre ich, glaub ich, total verrückt.«

Conner lächelte erleichtert und riss Cathleen und Eve in seine Arme. Alle klatschten und prosteten den dreien zu. Was für eine Überraschung!! Die war echt gelungen. Nach und nach gratulierte jeder der Partygäste den beiden persönlich. Isabell war nicht die erste, da sie diese Nachricht erst einmal verdauen musste. Auch wenn sie sich für ihre beste Freundin von tiefstem Herzen freute, kamen auf einmal Gefühle voller Trauer und Gedanken an Nick, ihre eigene Hochzeit, seinen Betrug an ihrer Liebe und dem Versprechen, das sie sich gaben, und seinen Tod hoch. Isabell versuchte alles, um diese schweren und traurigen Gefühle beiseitezuschieben und zu unterdrücken. Irgendwann gelang ihr dies, so dass sie auch endlich dem glücklichen Paar gratulieren konnte. Isabell ging auf die beiden zu und nahm beide gleichzeitig in den Arm.

»Eve, Conner! Es freut mich so für euch. Ich kann es nicht fassen, dass du Eve tatsächlich heiraten wirst. Was hast du nur mit ihr gemacht, Conner?«

Conner schaute Isabell an und dann seine Verlobte.

»Ich habe sie dazu gebracht, sich in mich zu verlieben. Wie ich das allerdings geschafft habe, weiß ich selber nicht!«

Wortlos küsste Eve ihren Conner und vergoss dabei eine Träne. In diesem so rührenden Moment konnte sich nun auch Isabell nicht mehr zurückhalten und fing an, vor Freude für die beiden zu weinen.

»Warum weint ihr denn alle?«, fragte Cathleen verwirrt.

»Es ist doch nicht schlimm, dass Conner und Mama heiraten wollen, oder?«

Verzückt von Cathleens unschuldiger Aussage wischten sich die Freundinnen ihre Tränen aus dem Gesicht und Isabell hob Cathleen hoch auf ihren Arm und gab ihr mehrere aufeinanderfolgende Küsse auf die Wange.

»Erwachsene weinen, wenn sie traurig sind, aber auch, wenn etwas besonders Schönes passiert, das einen sehr glücklich macht.«

»Und ihr weint jetzt alle, weil …?«

»Weil wir alle überglücklich sind«, vervollständigte nun Eve den Satz ihrer Tochter.

Beruhigt über die Erklärung ihrer Mutter warf sich Cathleen freudestrahlend mit einem Satz in Eves Arme.

Aufgrund der ereignisreichen Nachrichten blieb Isabell doch noch etwas länger und verschob gedanklich das Packen auf morgen. Aber los musste sie trotzdem irgendwann, um noch ein paar Stunden schlafen zu können und auch um die Nachricht des heutigen Abends zu verarbeiten. Isabell verabschiedete sich von allen und Eve brachte sie zur Tür.

»Willst du wirklich noch fahren, Isabell? Das Wetter sieht gar nicht gut aus. Der Himmel ist schon ganz dunkel und der Sturm scheint bald loszugehen.«

Isabell nahm Eve zur Verabschiedung in den Arm und sagte nur: »Mach dich nicht lächerlich, Eve. Das bisschen Regen. Bevor das richtig schlechte Wetter da ist, bin ich schon zu Hause.«

Eve rief ihrer Freundin noch hinterher: »Melde dich bitte, wenn du zu Hause angekommen bist.«

Ohne sich umzudrehen, winkte Isabell Eve noch einmal zu und verschwand aus dem Sichtfeld von Eve im Treppenhaus.

»… und fahr vorsichtig, ich brauch dich schließlich noch als meine Trauzeugin!«

»Ach so, so würde ich also drum herumkommen?«, schallte es durch das Treppenhaus zurück.

»Nein, würdest du nicht!«, schrie Eve noch, ohne zu wissen, ob Isabell die letzten Worte noch gehört hatte.

KAPITEL 13

Es war dunkel und es regnete mittlerweile in Strömen.

Die Scheibenwischer hatte Isabell bereits auf die höchste Stufe eingestellt. Trotzdem konnte sie die Straße vor sich kaum mehr erkennen. Es waren nur noch sehr wenige Autos auf der Straße zu sehen. Lediglich alle paar Minuten kam Isabell mal wieder ein Auto entgegen, dessen Scheinwerfer in der Dunkelheit blendeten. Die Regentropfen, die überall aufs Auto schlugen, hörten sich an wie tausende Steine, die versuchten, sich durch den Lack in den Wagen zu bohren.

Wohlweislich, dass das nicht ihre beste Idee war, an dem Abend noch nach Hause zu fahren, obwohl der Sturm angekündigt war, fing Isabell an, mit sich ein kritisches Selbstgespräch zu führen.

»Wieso musste ich ausgerechnet heute noch nach Hause fahren? Du hättest jetzt schön bei Eve auf der Couch sitzen und mit Peter bei dem fünften Glas Prosecco über die neuen seltsamen Freunde von Conner herziehen können.«

Obwohl ja alle Freunde von Conner wirklich sehr nett waren, musste sich Isabell eingestehen.

»Aber nein, du musstest ja unbedingt noch fahren! Das hast du jetzt davon. Und warum hast du eigentlich so schlechte Laune, Isabell? Ist es denn so schlimm, dass Eve endlich ihr Glück gefunden hat und heiraten will? Ihr seid beste Freundinnen und du solltest dich für sie freuen! Verdammt, Isabell! Sie und Cathleen waren immer für dich da. Reiß dich zusammen!!«

Ein lauter Knall riss Isabell aus ihren Gedanken.

»Oh nein, auch noch Gewitter. SCHEISSE!«

Isabell hatte, wenn sie draußen war, echtes Unbehagen bei Gewitter. Es war nie was passiert. Aber alleine die Vorstellung, es könnte etwas passieren, machte ihr Angst. Zu oft hörte man in den Medien, dass wieder Leute von einem Blitz tödlich getroffen wurden.

»Verrat mir doch noch, warum du zu allem auch noch die Küstenstraße nehmen musstest, Isabell?«

Gefühlt regnete es immer stärker. Blitz und Donner wechselten sich ab. Isabells Hände begannen langsam, weh zu tun. Beide Hände umfassten das Lenkrad so stark, aus Angst, die Kontrolle verlieren zu können. Ein Ortsschild, welches Isabell gerade so erkennen konnte, zeigte noch vier Kilometer bis nach Blackpool an.

»Zum Glück. Gleich bin ich schon in Blackpool. Dann ist es nicht mehr allzu weit bis nach Hause.«

Kaum hatte Isabell diesen Satz ausgesprochen, gab es erneut einen lauten Knall und circa fünfzig Meter vor Isabell schlug der Blitz in die Baumreihe am rechten Fahrbahnrand ein. In den nächsten Sekunden sah sie nur noch einen der großen Bäume in Richtung der Straße fallen. Isabell trat mit aller Kraft auf die Bremse. Sie merkte aber sofort, dass die Bremse nicht reagierte und sie keine Gewalt mehr über ihren Wagen hatte. Die Straße war einfach zu nass. Der Wagen zog auf die Gegenspur, begann sich dann nach links zu drehen und rutschte immer weiter quer in Richtung Baum. Isabell wusste, was unausweichlich war und gleich passieren würde. Ohne das Lenkrad loszulassen oder von der Bremse zu gehen, schloss sie die Augen. Mit voller Wucht prallte Isabell mit ihrem Wagen seitlich mit der Fahrerseite gegen den umgestürzten Baum. Durch den starken Aufprall wurde Isabell mit einer solchen Kraft an die Innenseite der Fahrertür geschleudert, dass sie dabei so heftig mit dem Kopf gegen die

Fensterscheibe schlug und das Fensterglas zersprang. Isabell verlor sofort das Bewusstsein.

Der kleine Austin Healy stand quer auf der Straße, parallel zu dem umgestürzten Baum. Die Fahrerseite war völlig eingedrückt. An vielen Stellen hatten sich die massiven Äste des Baumes durch das Metall des Wagens gefressen. Der Motor des mitgenommenen Austin Healys lief immer noch und die Scheibenwischer bewegten sich im Regen von einer Seite zur anderen. In dem noch funktionierenden linken Scheinwerferlicht sah man den niederschlagenden Regen. Isabell wachte von den Donnerschlägen des immer noch stark tobenden Gewitters auf und versuchte, die Augen zu öffnen. Ihr tat der ganze Körper weh, aber die stärksten Schmerzen kamen von ihrem Kopf und ihrem rechten Bein. Sie versuchte zu realisieren, was passiert war, konnte aber keinen klaren Gedanken fassen. Sie packte sich mit der rechten Hand an ihren Kopf. Sie fühlte eine kalte, klebrige Flüssigkeit. Es war Blut, das wusste sie sofort. Dann wurde ihr schwindelig und Isabell verlor abermals das Bewusstsein.

Es dauerte einige Minuten, bis Isabell wieder ein wenig zu sich kam. Es schien so, als wenn sie träumen würde. Sie saß immer noch in ihrem Austin Healy hinter dem Steuer. Die Schmerzen waren auf einmal weg und Isabell wollte aussteigen. Sie versuchte, ihre rechte Hand in Richtung Tür zu bewegen. Schaffte es aber nicht. Ihre Hand blieb da, wo sie war. Isabell war wie aus Stein. Sie konnte sich nicht bewegen und war gefangen. Panik stieg langsam in ihr auf. Dann hörte sie plötzlich etwas und Scheinwerfer von einem heranfahrenden Auto blendeten sie, obwohl sie die Augen kaum geöffnet hatte. Sie kniff ihre Augen instinktiv zu und drehte ihren Kopf in die andere Richtung, um dem Licht auszuweichen. Dann meinte Isabell, Umrisse einer Person erkennen zu können, die sich eilig dem Wagen näherte.

»Ms.? Können Sie mich hören? Ms.?«

Isabell hörte die Stimme des Mannes, aber die Worte, die er sagte, schienen in weiter Ferne zu sein.

»Ms.? Können Sie mich hören? Ms.?«

Isabell versuchte ihre Augen weiter offen zu halten, aber ihre Augen waren einfach zu schwer.

»Wie heißen Sie, Ms.? Geht es Ihnen gut? Tut Ihnen etwas weh?«, fragte die Stimme besorgt.

Isabell nahm all ihre Kraft zusammen. »Isabell …« Mehr brachte sie nicht hervor.

»Keine Angst. Sie schaffen das. Ich bin jetzt da! Hören Sie mir zu, Isabell. Ich bekomme die Beifahrertür nicht auf. Ich muss Sie von hinten aus dem Wagen holen. Ich versuche, Sie durch den Kofferraum zu ziehen. Verstehen Sie, was ich sage?«

Isabell versuchte erneut, zu antworten, aber sie schaffte es einfach nicht. Stattdessen nickte sie, in der Hoffnung, dass ihr Retter das Signal sehen würde.

»OK. Isabell. Ich werde die ganze Zeit weiter mit Ihnen sprechen und Ihnen sagen, was ich mache. Schritt für Schritt. Hören Sie auf meine Stimme und bleiben Sie wach. Sie müssen um jeden Preis wach bleiben!!!«

Isabell versuchte, auf die Stimme zu hören, doch sie verlor den Kampf. Sie verlor erneut für mehrere Minuten das Bewusstsein. Dann spürte sie, wie zwei Arme ihren Brustkorb umklammerten und sie auf dem Rücken liegend aus dem Kofferraum herausgezogen wurde. Isabell schrie vor Schmerzen laut auf und fiel wieder in einen tiefen Schlaf.

Als Isabell aus ihrer Ohnmacht wieder leicht erwachte, spürte sie, dass sie auf etwas Weichem lag und eine Jacke oder Decke sie warmhielt. Sie musste in einem fahrenden Auto liegen. Anders konnte sie sich die Geräusche und das Rappeln nicht erklären. Isabell versuchte, etwas zu sagen und ihre Augenlider zu öffnen, um etwas zu erkennen. Aber ihr Körper hatte einfach keine Kraft mehr.

»Isabell … Isabell«, murmelte Isabell leise vor sich hin. Als wenn sie immer wieder versuchte, ihren Namen mitzuteilen. Isabell kam langsam zu sich. Sie hatte starke Kopfschmerzen und die komplette rechte Seite ihres Körpers tat weh. Sie war verwirrt und konnte nicht direkt zuordnen, wo sie war und was geschehen war. Sie lag in einem Bett. Auf Grund der Helligkeit musste es Tag sein. Jetzt versuchte Isabell, ihre Augen vorsichtig zu öffnen. Dies fiel ihr sichtlich schwer. Dann packte sie sich mit der Hand an ihre rechte Seite des Kopfes, wo der Schmerz am stärksten war. Sie spürte einen dicken Verband um ihren Kopf. Sie versuchte sich zu erinnern. Immer wieder tauchten unterschiedliche Bilderfetzen auf. Dann spürte sie die starken Arme, die sie aus dem Wagen gezogen haben und hörte die Stimme des Mannes, der ihr zu Hilfe kam. Sie hatte etwas Beruhigendes. Aber das war es. Mehr gab ihre Erinnerung nicht her.

Als sie endlich die Kraft hatte, die Augen komplett offen zu halten, sah Isabell, dass ihr rechter Arm, genauso wie ihr rechtes Bein, ebenfalls mit dicken Verbänden umwickelt war. Aus ihrer linken Hand ragten zwei Schläuche, die an einen Tropf angeschlossen waren. Isabell realisierte, dass sie in einem Krankenhaus sein musste. Sie versuchte, einen der beiden Körperteile zu bewegen. Aber außer einem leichten Zucken ihres Beins und ihres Armes passierte nichts. Lediglich plötzlich auftretende starke Schmerzen machten sich breit und Isabell kniff ihre Augen zusammen und versuchte den Schmerz durch die Nase herauszuatmen. Dann nahm Isabell wahr, dass sie nicht alleine im Zimmer war und entdeckte Eve, die schlafend auf einem Sessel neben ihrem Bett saß.

»Eve?« krächzte Isabell leise vor sich hin.

»Eve? Wach auf.«

Eve schreckte aus dem Sessel hoch und schaute erschrocken zu Isabell. Als wenn sie gerade aus einem Albtraum erwacht war. Dann sprang sie fast mit einem Satz auf und setzte sich auf die Seite ihres Bettes, nahm die Hand ihrer Freundin und drückte mit der anderen den roten Knopf für die Krankenschwester.

»Isabell, du bist wach? Wie geht es dir?«

»Es geht. Ich habe totale Kopfschmerzen und mir tut alles weh, aber vor allem habe ich Schmerzen in meinem Bein und meinem Arm.«

»Oh Mann, Isabell. Du hast so Glück gehabt. Ich hatte so Angst um dich!«

»Seit wann bin ich hier und was ist genau passiert und woher wusstest du, wo ich bin?«

»Nachdem du dich nicht gemeldet hattest wie versprochen, habe ich es mehrmals auf dem Handy probiert und dann auch auf dem Festnetz und dir gefühlt zwanzig Nachrichten auf den Anrufbeantwortern hinterlassen. Als du auf keine der Nachrichten reagiert hast, wusste ich, es muss was passiert sein. Da ich dich kenne, hatte ich schon die Befürchtung, dass du so dumm bist und die Küstenstraße gefahren bist. Also habe ich in allen Krankhäusern in der näheren Umgebung angerufen, bis ich einen Treffer hatte.«

»Oh Mann, das tut mir so leid. Ihr habt doch so schön gefeiert. Ich hoffe, Conner ist nicht böse?«

»Böse?? Ach quatsch, Isabell. Conner hat sich genauso viele Sorgen um dich gemacht wie ich und Cathleen.«

»Wo ist Cathleen?«

»Wir sind zu dritt hierhergekommen. Conner ist dann nach zwei Stunden mit Cathleen wieder mit dem Taxi nach Hause gefahren. Ich wollte hier bei dir bleiben und warten, bis du wach bist.«

»Du hättest aber nicht …«

Die Tür des Zimmers ging auf und das Gespräch der Freundinnen wurde abrupt von dem eintretenden Arzt und einer Schwester unterbrochen.

Der Arzt kam auf Isabell zu mit den Worten: »Hallo Isabell. Schön, dass Sie aufgewacht sind.«

Die Stimme kam Isabell so bekannt vor und das Gesicht auch. Als sie endlich das Namensschild erkennen konnte, wusste sie nicht, was sie sagen sollte und begann zu stottern.

»Dr … äh … Dr. Smith? Sind Sie es? Ich bin im Krankenhaus von Blackpool? Nein, das kann nicht sein. Nicht hier!!«

»Ja. Ich bin es. Hallo, Isabell!«

Dr. Smith setzte sich auf die Seite von Isabells Bett und legte beruhigend seine Hand auf ihre.

»Es war auch ein Schock für mich, Sie gestern bei der Einlieferung in der Notaufnahme zu sehen. Nach dem Verlust Ihres Mannes konnte ich nicht glauben, dass Sie selbst jetzt meine ärztliche Hilfe brauchten.«

Isabell war immer noch benommen, fühlte aber eine gewisse Ruhe und Dankbarkeit ihm gegenüber. Er war nach dem plötzlichen Tod von Nick sehr behutsam ihr gegenüber gewesen und hatte ihr immer wieder seine Hilfe angeboten, sollte es ihr einmal nicht gut gehen. Nach einem Moment des Innehaltens fing Isabell an, Fragen zu stellen.

»Was ist passiert gestern? Ich kann mich nur noch an Bruchstücke erinnern. Ich war bei Eve und wollte nach Hause. Dann ging das Unwetter los. Danach ist alles verschwommen. Ich erinnere mich nur noch an starke Schmerzen, die ich hatte.«

Isabell packte sich bei dem Wort Schmerzen an den Kopf und kniff die Augen zusammen.

»Haben Sie Schmerzen, Isabell?«

Isabell nickte zustimmend.

»Sie erhalten über den kleinen Schlauch in Ihrer Vene kontinuierlich Morphin. Das ist ein Schmerzmittel. Wir werden die Dosis ein klein wenig erhöhen.

Schwester. Bitte erhöhen Sie die Dosis auf 10 mg.

Gleich werden die Schmerzen weniger.«

Isabell nickte wieder, bedankte sich und fragte erneut, was geschehen war.

»Isabell, Sie hatten einen schweren Unfall gestern Nacht. Sie haben die Kontrolle über Ihren Wagen verloren und sind mit ihm vor einem umgestürzten Baum gefahren, der durch das Gewitter auf der Straße lag. Sie hatten großes Glück, dass Sie frühzeitig hier waren. Ich bin froh, dass der Mann, der Sie hergebracht hat, Sie anscheinend kurz nach dem Unfall gefunden haben muss. So konnten wir Ihnen rechtzeitig helfen und Sie werden mit dem Schrecken davonkommen!«

Wieder blitzten Bilderfetzen vor Isabell auf, nur dass diese langsam klarer wurden.

»Der Sturm! Mein Auto! Ich konnte nichts machen. Der Wagen hat sich gedreht und der Baum kam immer näher.«

»Sie haben ein paar starke Prellungen und offene Wunden am Bein und Arm. Hinzu kommt eine Gehirnerschütterung. Es wird ein paar Tage dauern, aber Sie werden wieder gesund.«

Isabell lächelte erleichtert, genauso wie Eve.

»Ihr Retter musste Sie aus dem Kofferraum ziehen, um Sie zu befreien. Das hat wahrscheinlich die Schmerzen an Ihrem Bein und Ihrem Arm noch ein wenig verstärkt. Aber Sie haben wirklich großes Glück gehabt. Ein paar Stunden in der Kälte da draußen mit den offenen Wunden …«

»Ich will gar nicht daran denken«, schluchzte jetzt Eve von der Seite.

Isabell begann langsam zu realisieren, wie knapp es war und was für einen Schutzengel sie gehabt haben musste.

»Ist er noch hier?«

»Wer?«, schaute Dr. Smith Isabell fragend an.

»Der Mann, der mich hergebracht hat. Ich will ihm danken.«

Dr. Smith drehte sich fragend zu seiner Kollegin um, die das Antworten übernahm.

»Nein. Tut mir leid. Er blieb so lange, bis er wusste, dass mit Ihnen alles in Ordnung ist. Dann hat er das Krankenhaus verlassen.«

Jetzt schaltete sich Eve ein und begann, Fragen zu stellen.

»Hat er einen Namen oder eine Telefonnummer hinterlassen?«

»Ja, tatsächlich. Das hat er! Bitte entschuldigen Sie, dass ich nicht direkt daran gedacht habe. Er hat uns eine Nachricht für Sie gegeben. Ich hol sie sofort!«

Die Krankenschwester ging schnellen Schrittes aus dem Zimmer und kam nach nur wenigen Sekunden wieder zurück mit einem Zettel in der Hand.

»Hier! Das ist seine Nachricht. Er fragte nach Ihrem vollständigen Namen. Aber aus Datenschutzgründen durfte ich ihm keine Daten von Ihnen geben. Dann schrieb er den Zettel mit der Bitte, Ihnen diesen zu geben, wenn Sie wach werden.«

Die Krankenschwester hielt den Zettel in Richtung Isabells Hand, die diesen aber nicht entgegennehmen konnte.

»Eve, bist du so lieb und liest die Nachricht vor?«

Eve ließ sich nicht lange bitten und schnappte sich den Zettel und las.

Hallo Isabell,

ein Glück, dass ich Sie gefunden habe. Ich hoffe, dass Sie sich schnell von den Unfallfolgen erholen. Die Ärzte sagen, dass Sie über den Berg sind, aber noch ein paar Tage Erholung brauchen und im Krankenhaus bleiben müssen. Erst jetzt kann ich beruhigt fahren, wo ich weiss, dass Sie gesund werden. Nur schade um Ihren Wagen. Ein echtes Schmuckstück, für den, glaube ich, jede Hilfe zu spät gekommen ist.

Wenn Sie genesen sind, würde ich mich über einen Anruf von Ihnen freuen. Bis hoffentlich bald

Taylor

1327555386

Eve war sofort hin und weg.

»OH MEIN GOTT. Ist das nicht süß? Taylor, dein Retter in der Not!«

119

Eve schaute die Schwester an.

»Und wie sah er aus, Schwester?«

Die Wangen der Krankenschwester färbten sich rötlich und sie fing an zu grinsen, sagte aber nichts und verließ das Zimmer. Jetzt schaute Eva Isabell mit einem breiten Grinsen an.

»Oh Mann. So gut? Volltreffer, meine Liebe!«

»Ich liege in einem Krankenhausbett und bin anscheinend nur knapp dem Tod von der Schippe gesprungen und du denkst ernsthaft an einen Volltreffer?«

»Vielleicht war das ja Schicksal, Isabell.«

Aber Isabell konnte nicht an Schicksal denken, sondern nur ihren armen kleinen Austin Healey.

»Wo ist mein Auto? Wo wurde er hingebracht? Ich will ihn sehen.«

Jetzt übernahm Dr. Smith wieder das Gespräch.

»Isabell. Der Unfall ist erst wenige Stunden her. Wir werden Sie noch mindestens drei Tage zur Beobachtung hierbehalten, um sicherzustellen, dass Sie sich auch ohne Folgen oder Komplikationen erholen. Eine Gehirnerschütterung braucht viel Ruhe. Ihre Freundin Eve hat sich bereits um Ihren Wagen gekümmert«, sagte er und drehte sich zu Eve um.

Eve nickte zustimmend mit dem Kopf.

»Ich habe den Wagen in eine Werkstatt in der Nähe bringen lassen. Sie rühren den Wagen aber nicht an, bevor du sagst, was damit passieren soll.«

»So, Isabell. Sie ruhen sich jetzt aus. Ich werde später wieder nach Ihnen sehen.«

Dr. Smith entfernte sich und war gerade dabei, das Zimmer zu verlassen, als er sich erneut umdrehte.

»Ich bin wirklich froh, dass ich Ihnen helfen konnte und Sie am Leben sind!«

Eve schaute Isabell an und wiederholte mehrmals: »Ich auch, ich auch!«

Eve schaute ihre Freundin an und lächelte erleichternd.

»Kann ich dich für ein paar Stunden alleine lassen? Ich muss ein paar Erledigungen machen und mich um Cathleen kümmern.«

»Ja, mach das. Ich schlaf ein wenig.«

Eve küsste Isabell zum Abschied auf die Stirn, legte leise ihre Handtasche und Jacke über ihren Arm und ging aus dem Zimmer. Kaum war die Tür ins Schloss gefallen, schloss Isabell die Augen und schlief fest ein.

Kapitel 14

Ein kleiner Verband zierte Isabells Kopf. An ihrem rechten Unterarm war eine Stützschiene angebracht und sie humpelte leicht beim Gehen.

Gegen den Rat von Dr. Smith und immer noch anhaltender Schmerzen entschied sich Isabell nach nur drei Tagen im Krankenhaus, dieses zu verlassen. Die verordneten Schmerzmittel konnte sie nach ihrer Ansicht auch außerhalb ihres Krankenhauszimmers einnehmen. Im Gegenzug zu den unterschriebenen Entlassungspapieren versprach Isabell, sich zu schonen und sich bei ihrem Hausarzt zur Nachsorge zu melden.

Nach der Entlassung wollte Isabell nur eins, und zwar ihren Wagen sehen. Eve, die Isabell kaum im Krankenhaus alleine gelassen hatte, holte sie ab und fuhr mit ihr direkt zu der Werkstatt, wo der Wagen hingebracht wurde nach dem Unfall.

Isabell brach das Herz, als sie vor ihrem geliebten Austin Healey stand und sah, wie er zugerichtet war.

Die komplette rechte Seite des Wagens war kaputt. Es gab keine Stelle des Bleches, die nicht eingedrückt war. Das Glas des rechten Scheinwerfers war zerbrochen, genauso wie die Fenster auf der rechten Seite des Sportwagens.

Es war für Isabell nur schwer zu ertragen, ihn so zu sehen. Sie hatte ihn gehegt und gepflegt, seitdem sie ihn gekauft hatte. Es war Liebe auf den ersten Blick, als sie ihn damals bei dem Oldtimerhändler gesehen hatte. Eigentlich wollte sie damals nur mal schauen, was man so für sein Geld bekommen kann. Da stand er dann und Isabell wusste sofort, dass das ihr Wagen ist. Wenn ein Oldtimer, dann dieser!

»Was wollen Sie jetzt mit dem Wagen machen?«, schaute der Mechaniker Isabell fragend an.

»Ich habe KEINE Ahnung!«

»Eine Reparatur lohnt sich beim besten Willen nicht. Sie könnten den Wagen an einen Bastler verkaufen. Bastler haben oftmals Interesse an Oldtimern, die sich in solch einem schlechten Zustand befindet. Ich kenne ein paar aus der Szene und höre mich gerne um für Sie.«

»Ich weiß nicht. Ich hänge sehr an dem Wagen. Aber ihn komplett wieder restaurieren zu lassen, macht wahrscheinlich wirklich keinen Sinn für mich. Mmmhh …«, seufzte Isabell unglücklich über ihre Optionen, die nicht wirklich welche waren.

»OK. Dann hören Sie sich gerne einmal um. Vielleicht finden Sie ja jemanden, der echtes Interesse hat.«

»Ich muss ein paar Anrufe tätigen. Ich kann allerdings nichts versprechen. Aber wenn Sie mir ein paar Tage Zeit geben, versuche ich mein Möglichstes. Für die Vermittlung würde ich allerdings eine kleine Vermittlergebühr bekommen wollen. Ich hoffe, das geht in Ordnung.«

Isabell nickte und hinterließ ihre Telefonnummer.

»Rufen Sie mich an, wenn Sie jemanden gefunden haben.«

Isabell drehte sich noch einmal zu ihrem Austin Healey um, bevor sie zu Eve in den Wagen einstieg. Beim Verlassen des Grundstückes musste Isabell tief seufzen.

Obwohl Isabell Dr. Smith versprochen hatte, sich noch zu schonen, stürzte sie sich wenige Tage nach ihrer Entlassung in den geplanten Umzug. Die neuen Besitzer hätten in der vorliegenden Situation wahrscheinlich Verständnis für eine Verzögerung der Übergabe des Hauses gehabt, aber Isabell wollte sich einfach ablenken und nach vorne schauen. Zusätzlich zum Umzugsunternehmen, das mit drei Männern an dem Tag gekommen war, halfen auch Eve, Conner und Peter ihrer Freundin beim Umzug. Alleine eine Kiste zu tragen fiel Isabell noch sehr schwer. So scheuchte Isabell ihre Helfer lieber hin und her und packte nach und nach die Kisten aus, als plötzlich ihr Handy anfing zu klingeln.

»Hallo?«

»Hallo. Spreche ich mit Ms. Johnson? Hier ist Leon von der Werkstatt.«

»Oh. Hallo Leon. Haben Sie etwa einen Käufer gefunden?«

»Ja, das habe ich tatsächlich.«

»Das ging aber schnell. Ich war doch erst diese Woche bei Ihnen.«

»Wo kommt die Couch hin, Ms.?«, unterbrach einer der Umzugsleute Isabell schroff in ihrem Gespräch.

Isabell hielt mit einer Hand kurz den Hörer zu, machte eine Bewegung mit dem Kopf nach links ins geplante Wohnzimmer und sagte nur, »Dort hin. Mit der Rückseite ans Fenster, aber bitte mit mindestens zwei Metern Abstand.«

»Hallo Ms., sind Sie noch dran?«

»Ja, bin ich. Entschuldigen Sie bitte, Leon. Ich ziehe momentan um und hier geht es drunter und drüber.«

Um ein wenig Ruhe zu haben, verließ Isabell das Haus und stellte sich auf die Veranda.

»Leon, ich hoffe, Sie hören mich jetzt besser und wir werden nicht wieder unterbrochen. Erzählen Sie noch einmal von vorne.«

»Ok, Ok … Also ich musste gar keinen meiner Kontakte anrufen, da die Woche ein Händler vorbeikam, der sich sehr für Ihren Wagen interessiert hat. Er meinte nur, das sei genau der Wagen, nachdem er schon so lange Ausschau gehalten hätte.«

»Und das in dem Zustand?«

»Er restauriert wohl sehr gerne hoffnungslose Fälle.«

»Na, dann ist mein Wagen ja vielleicht bei dem Herrn genau richtig aufgehoben. Was zahlt er und wann will er ihn abholen?«

»Er wollte den Wagen gerne Ende nächster Woche abholen. Und er würde Ihnen noch 16.000 Pfund geben. Und dann wäre dann ja noch meine Provision, die ich für die Vermittlung bekomme.«

»16.000 Pfund ist ja sogar noch ein gutes Angebot. Aber viel gemacht haben Sie ja dann nicht wirklich, Leon!«

»Man muss auch mal Glück haben.«

»Sind 500 Pfund in Ordnung für Sie?«

»Sagen wir 700 Pfund. Schließlich stand der Wagen auch einige Tage bei mir in der Garage!«

»Na gut, Leon. Ist OK. Dafür kümmern Sie sich aber bitte um den kompletten Verkauf, wenn das geht. Ich möchte meinen Wagen nicht sehen, wenn er abtransportiert wird.«

»Deal!«

»Ich komm die Woche vorbei und bringe Ihnen die Papiere, Schlüssel etc. vorbei. Den Kaufvertrag können Sie ja schon fertigmachen.«

»Ok. Dann noch einen erfolgreichen Umzug. Bis in ein paar Tagen.«

Eve streckte vorsichtig den Kopf um die Ecke und wollte wissen, ob alles in Ordnung sei.

Isabell zuckte mit den Achseln und ging auf ihre Freundin zu.

»Er hat einen Käufer gefunden.«

»Wow, so schnell? Das ist ja der Wahnsinn.«

»Das hätte ich auch nicht gedacht!«

»Aber das ist doch gut, Liebes! Jetzt guck doch nicht so traurig. Du findest bestimmt auch wieder einen neuen Oldtimer, der zu dir passt.«

»Ich weiß nicht.«

»Ach komm schon, Isabell.«

»Mal schauen, jetzt habe ich erst noch den Leihwagen für zwei Wochen. Mal sehen, was ich dann mache.«

»Ms. Johnson?«, rief wieder einer der Umzugshelfer, »Wo kommt der große, weiße Kleiderschrank hin?«

Isabell verdrehte die Augen und gab Eve ein Zeichen mit der Hand, dass die beiden doch mal in Richtung der fragenden Stimme gehen sollten, um nach dem rechten zu schauen.

»Bin ich froh, wenn alles, aber wirklich alles bald an seinem Platz steht und wir später endlich zu viert sind, dann stoßen wir erst einmal an und bestellen eine riesige Pizza.«

»Na, dann lass uns weitermachen! Wir sollten es bald geschafft haben.«

Kapitel 15

Mittlerweile waren knapp vier Wochen seit Isabells Umzug vergangen. Obwohl immer noch mehrere Kartons im ganzen Haus verteilt standen und diese nur darauf warteten, von Isabell endlich ausgepackt zu werden, hatte Isabell ihr neues Heim doch schon sehr wohnlich eingerichtet. Auf der rechten Seite der unteren Etage befand sich die großzügig gestaltete Küche. Die Front bestand aus weißem Glas und die Arbeitsplatte war aus einer dunklen Keramik gefertigt. Die Vorbesitzer hatten die Küche erst vor zwei Jahren einbauen lassen. Für Isabell war das zwar fast schon Verschwendung bei ihrem Talent in der Küche, aber da die Küche im Kaufpreis mit enthalten war, sagte Isabell nicht nein. Vor der modernen Kochinsel standen vier Barhocker. Das anschließende offene Esszimmer fiel durch die große Küche etwas kleiner aus, aber der alte Esszimmertisch passte genau dort hin. Auf der anderen Seite des Erdgeschosses war das Wohnzimmer. Hier befand sich zu Isabells Glück ein wundervoller Kamin.

Isabell hatte sich extra eine große neue Eckcouch gekauft, auf der man sich schön in zwei verschiedene Richtungen legen konnte, sodass sie entweder den Blick auf den Kamin richten konnte oder, wenn sie sich anders herumsetzte, den Fernseher in perfekter Sicht hatte. Genügend Holz für ein paar Tage stapelte Isabell immer unter dem Kamin in der dafür vorgesehenen Öffnung. Die Couch war aus einem grauen feinen Stoffbezug. Zahlreiche Kissen in verschiedenen Pastellfarben und Größen tummelten sich auf ihr zusammen mit drei Wolldecken. Isabell hatte bei der Dekoration ordentlich zuschlagen, da sie sich einfach nicht entscheiden konnte. Auch Eve hatte sie nicht zügeln können.

Zwischen dem Wohnzimmer und der Küche führte eine dunkle große Holztreppe in die obere Etage. Auf der rechten Wandseite der Treppe hatte Isabell Bilder angebracht. Hier zu sehen waren Bilder von Eve mit Cathleen, Cathleen alleine mit Isabell, ein Foto von Isabells Eltern, ein Foto von Peter und den Kindern, sogar ein Foto von Peter und Alex. Das hatte Isabell zum Abschied bekommen. Das Foto zeigte Peter und Alex vor der Agentur, im Hintergrund war der Name der Firma zu sehen. Beide hielten gemeinsam ein Schild vor sich hoch. »WIR WERDEN DICH VERMISSEN«, konnte man darauf lesen. Aber auch das Bild, das Isabell erst auf die Idee gebracht hatte, in ihre Heimatstadt zu ziehen, hatte seinen Platz gefunden an der Wand. Welches Motiv man an der Wand vergebens suchte, war Nick. Isabell hatte zwar alle Fotos aufgehoben, jedoch verband sie mit ihnen schlechte Erinnerungen und Gefühle. Ihr Hochzeitsfoto hatte Isabell in ihrer Nachttischschublade, um es immer griffbereit zu haben, sollte sie es sehen wollen.

Für die andere Wandseite hatte sich Isabell etwas Kreatives ausgedacht. Sie hatte in den letzten Monaten so viele Gedichte geschrieben, dass sie es als zu schade empfand, die Worte lediglich in einem Buch in Vergessenheit geraten zulassen. Die Zeilen sollten sie positiv an die letzten Monate erinnern. Also suchte sie sich ein paar besondere heraus und hielt sie mit verschiedenen Farben und einem Pinsel auf drei großen Leinwänden fest.

Im oberen Geschoss erstreckten sich zwei große Räume. Einmal ein großes Schlafzimmer mit angeschlossenem Bad und ein weiterer großer Raum, den Isabell zukünftig als Arbeitszimmer nutzen wollte. So war zumindest der Plan. Wirklich angefangen hatte Isabell noch nicht. Sie wollte erst einmal im Haus ankommen und alles in Ruhe einrichten. Bisher beherbergte das Arbeitszimmer einen Schreibtisch mit einem Computer, der noch nicht angeschlossen war, einen großen Arbeitstisch mit einer noch verpackten Nähmaschine, zwei unterschiedlich große Schneiderpuppen und ein großes offenes Regal, in dem Isabell ihre Stoffe unterbringen wollte. Da es nur zwei Zimmer im Obergeschoss gab und Isabell dringend ein Arbeitszimmer brauchte, musste Isabell leider auf ihr so sehr geliebtes Ankleidezimmer verzichten. Dafür war jetzt einfach kein Platz mehr. Es gab zwar noch einen Dachboden, aber der musste noch komplett ausgebaut werden, um ihn nutzen zu können. Das wollte sich Isabell aber beim besten Willen jetzt nicht antun.

Isabell hatte sich den restlichen Kartons im Wohnzimmer gewidmet und gar nicht bemerkt, dass es draußen bereits dunkel geworden war. Sie schaute durch das große Wohnzimmerfenster in die Ferne. Es hatte in den letzten Tagen noch einmal richtig geschneit und bei den momentanen Minusgraden war von dem Schnee auch noch nichts geschmolzen. Die Lichter auf der Veranda und die Lampen auf dem Gehweg leuchteten so schön den Schnee an, dass Isabell sich schon fast losreißen musste von diesem bezaubernden Bild.

»Ein perfekter Abend, um den Kamin anzumachen, würde ich sagen«, sprach Isabell laut aus.

Inzwischen hatte Isabell keine Probleme mehr, das Feuer im Kamin anzubekommen. Die ersten Male sah dies allerdings ganz anders aus. Nachdem sie beim ersten Versuch lediglich einen ihrer Lieblingspullover angesengt hatte und beim zweiten Versuch mit einem der brennenden Holzscheite zwischen der Kaminzange rückwärts zu Boden ging und dabei nur knapp ein riesiges Loch in ihre neue Couch gebrannt hatte, bat Isabell einen der Nachbarn um Hilfe, die ebenfalls einen Kamin im Haus hatten. Magda und Chris waren ein älteres Ehepaar, das ca. 300 Meter neben Isabell wohnte. Beide hatten Isabell herzlich zum Einzug begrüßt und ihr Hilfe angeboten, sollte sie jemals etwas benötigen. Sie selbst lebten erst seit drei Jahren in Kendal.

Ein paar Tage später stand Isabell vor der Tür von Magda und Chris, mit mehreren schwarzen Rußflecken im Gesicht und zerzausten Haaren. Die wild ins Gesicht fallenden Haarsträhnen, versuchte Isabell mit einem kräftigen Luftstoß aus ihrem Mund aus ihrem Gesicht zu pusten und sagte dabei etwas verzweifelt: »Chris, zeig mir bitte, wie man Feuer macht. Ich schaffe es nicht!!!« Chris freute sich wie ein kleiner Junge, weil er endlich wieder was tun konnte und gebraucht wurde. Das ruhige Rentnerleben in einem kleinen Vorort war wohl für Chris doch manchmal etwas zu langweilig.

Chris zeigte Isabell alles, was mit dem Kamin zu tun hatte. Wie und wann man das Holz hacken muss. Wann das Holz trocken ist und wie sie den Kamin damit anbekommt. Was man tun muss, damit der Kamin lange und schön brennt und wie man den Kamin auch wieder richtig säubert.

Nachdem Isabell den Kamin angemacht und die Holzscheite ordentlich Feuer fingen, suchte sie sich aus ihrer Musiksammlung ein Album mit melancholischen Songs heraus. Dann kuschelte sie sich mit einem Glas Wein auf ihre neue Couch, lauschte dem Klang der Musik und ließ ihre Gedanken schweifen.

Sie erinnerte sich an die letzten Monate. Es war so viel passiert. Nicks Tod, sein Betrug, der Ausstieg aus der Agentur, der Verkauf des alten Hauses, der Umzug in ihr Elternhaus, Eves Verlobung, der Unfall.

»Der Unfall«, flüsterte Isabell vor sich hin und strich sich dabei über die Verletzung am Kopf. Hier war nur noch eine kleine Narbe zu spüren, wenn man darüber streifte. Und auf einmal hörte Isabell wieder diese Stimme.

»Keine Angst. Sie schaffen das. Ich bin jetzt da!« Isabell wiederholte diese drei Sätze immer wieder.

Dann stand sie auf und nahm sich ein kleines Fotoalbum aus dem Bücherschrank neben dem Kamin. Hier waren ein paar Fotos von ihrem geliebten Austin Healey zu sehen. Wehmütig schaute sie sich die Fotos an. Sie vermisste den Wagen. Jetzt war er nicht mehr da und ein bisschen bereute sie es, ihn verkauft zu haben. Vielleicht hätte sie ihn doch irgendwie reparieren lassen sollen. Aber jetzt war es zu spät. Der Wagen war weg. Isabell schlug die letzte Seite des Albums auf. Hier hatte sie zusammen mit den Erinnerungen an ihr Schmuckstück den Zettel von Taylor versteckt. Zwischendurch nahm sie sich den Zettel und las ihn laut vor.

Hallo Isabell,

...ück, dass ich Sie g... ...den ...e. Ich hoffe, dass Sie sich schnell ...n den Unfallfolgen erholen. Die Ärzte sagen, dass Sie über den Berg sind, aber noch ein paar Tage Erholung brau... ...en und im Kranken- haus bleiben müssen. E... ...t Kann ich beruhigt fahren, wo ich weiss, dass Sie gesund werden. Nur schade um Ihren Wagen. Ein edles Schmuckstück, für den glaube ... ...ede Hilfe zu spät gekommen ist. Wenn Sie genesen sind, würde ich mich über einen Anruf von Ihnen freuen. Bis hoffentlich bald
Tayler

Oder sollte man lieber sagen, Isabell las das von dem Zettel vor, was noch leserlich war.

Isabell war nach dem Unfall so aufgewühlt, dass sie beim Verlassen des Krankenhauses die Nachricht von ihrem Retter einfach unachtsam in ihren Mantel gesteckt hatte. Als ihr dann der besagte Zettel wieder einfiel, weil Eve sich nach dem gutaussehenden fremden Retter erkundigte, musste Isabell zu ihrem Entsetzen feststellen, dass der Zettel in ihrer offenen Manteltasche nass geworden war. Einzelne Wörter waren so stark verschmiert, dass man sie gar nicht mehr entziffern konnte. Leider gehörte dazu auch die Telefonnummer. Die fehlenden Worte bekam Isabell zusammen, aber an die Telefonnummer konnte sie sich beim besten Willen nicht mehr erinnern. So blieben ihr nur die wenigen Fetzen der Erinnerung an die starken Arme, die sie aus dem Wagen gezogen hatten und die Stimme, die immer wieder sagte: »Keine Angst. Sie schaffen das. Ich bin jetzt da!«

Auch wenn Isabell wusste, dass die Wahrscheinlichkeit sehr gering war, einen hübschen Mann, wie beschrieben, im besten Alter nur anhand seines Vornamens zu finden, ohne ihn nur einmal gesehen zu haben, gab es ihr trotzdem ein hoffendes Gefühl.

Vielleicht war da ja wirklich noch jemand für sie. Vielleicht würde sie das Glück doch noch einmal finden. Vielleicht gab es für sie ja doch ein Happy End.

Kapitel 16

Das Frühjahr war da. Der Schnee war getaut, die ersten warmen Sonnenstrahlen konnte man immer öfter auf der Haut spüren und Isabell war bereit, bereit für einen neuen Oldtimer. Isabell hatte sich für die Wintermonate einen schwarzen Audi A3 gekauft. Sie hatte ihn als Jahreswagen zu einem vernünftigen Preis bekommen und dachte sich, dass ein solider Wagen, auf den Verlass ist, vielleicht nicht verkehrt sei. Die Entscheidung war auch genau richtig. Um zu Cathleen und Eve zu kommen oder in die nächste größere Stadt, musste Isabell immer ein paar Kilometer fahren. Sie wohnte schließlich doch ein wenig außerhalb. Die Vernunft war gestillt, aber jetzt musste wieder etwas für ihr Oldtimer-Herz her.

»Wenn schon kein Mann, dann doch bitte wieder einen richtig schönen Wagen«, murmelte Isabell vor sich hin, als sie in ihren A3 stieg, um in die Stadt zu fahren.

Es dauerte nicht lange und Isabell wollte Taten sprechen lassen. Aber zuerst wollte sie sich einmal ein paar Anregungen holen, und wo könnte man das besser als auf einer Oldtimerausstellung. Also fuhr sie zwei Wochenenden später nach Lancaster. Am Lancaster Castle fand einmal im Jahr eine große Oldtimerausstellung statt, bei der man eine Vielzahl von Wagen bewundern konnte. Die Aussteller waren teils Privatleute, die ihre Schätze lediglich zu Ausstellungszwecken aus der Garage holten und präsentierten, andere waren dort, um die guten Stücke an den Mann oder die Frau zu bringen.

Isabell war im Paradies. Überall standen Autos, die ihr Herz höherschlagen ließen. Egal, wo man hinschaute, waren Oldtimer positioniert und gekonnt in Szene gesetzt. Das Wetter war ein Segen für die Veranstaltung. Es war ein sehr milder Frühlingstag und zwischendurch schaffte es sogar die Sonne, sich den Weg durch die Wolken zu bahnen. Einige Oldtimer konnte man bereits auf dem Weg zum Castle bestaunen. Andere standen auf dem Vorhof und ein paar wenige hatten sogar einen der begehrtesten Plätze im Schloss bekommen. Damit nicht die Gefahr bestand, dass einer der Oldtimer eine Beschädigung davontrug, stand jeder für sich unter einem Pavillon und war mit einer dunkelroten Kordel aus Samt großräumig von den Besuchern abgesperrt. Die einen standen einfach auf dem Boden auf einem dunkelroten Teppich, andere standen sogar erhöht auf kleinen Podesten.

Isabell hatte sich heute für ihr helles Strickkleid entschieden. Dazu trug sie ihren dunklen leichten Lieblingsmantel und schwarze Stiefel. Nachdem Isabell sich ganze zwei Stunden die Oldtimer an der frischen Luft angeschaut hatte und die Sonne wieder hinter den Wolken verschwunden war, wurde es Isabell langsam etwas frisch und sie beschloss, ins Schloss zu gehen. Zwar waren die ausgestellten Wagen sehr schön und die Gespräche mit den Ausstellern sehr interessant, aber der perfekte Wagen war leider noch nicht dabei gewesen für sie.

Als Isabell die Innenräume des Schlosses betrat und sich in der großen Halle wiederfand, wurde ihr schlagartig wärmer. Es sah so majestätisch aus. Die komplette Halle war festlich angestrahlt und mit Blumen geschmückt. Die fünf ausgestellten Oldtimer standen hier alle auf großen, sich drehenden Podesten.

Sehr nah am Eingangsbereich standen ein schwarzer Mercedes Benz 190SL Baujahr 1960 und ein roter Porsche 356C Coupé

Baujahr 1964. In der Mitte waren ein dunkelgrüner MG A MKII Kabriolett Baujahr 1961 und ein silbernen Bentley Continental Baujahr 1986 positioniert. Alles atemberaubende Autos, die den Platz in der Schlosshalle wirklich verdient hatten. Dann fiel Isabells Blick aber auf das letzte Schmuckstück am anderen Ende der Ausstellung. Isabell versuchte den Wagen zu erkennen, während sie sich immer weiter näherte. Nach und nach liefen die einzelnen Besucher weiter und es kam eine Chevrolet Corvette Stingray L88 in Gelb zum Vorschein.

Eine Stingray stand direkt hinter einem Austin Healey auf Isabells Wunschliste. Sie fand, eine Stingray hatte das gewisse Etwas. Ein schnittiger Sportwagen mit einer gefährlichen Eleganz. Für anscheinend mehr als nur für Isabell ein sehr reizvoller Wagen. Der Andrang vor der Stingray war sehr hoch. Unter anderem fiel Isabell eine Gruppe von Männern auf, die sich gerade hitzig über etwas unterhielten. Wahrscheinlich über den Preis der Stingray, dachte sich Isabell. Da sie den Wagen in seiner vollen Pracht sehen wollte ohne die ganze Menschenmenge, wollte Isabell warten, bis die besagte Gruppe von Männern irgendwann Platz machte. Und endlich, nach einer gefühlten Ewigkeit, setzte sich die Gruppe in Richtung des dunkelgrünen MGs in Bewegung und Isabell freute sich darauf, den Wagen nun richtig bestaunen zu können. Doch plötzlich wurde ihr Blick abgelenkt. Ihr Blick fiel auf einen der Männer, den sie aber nur von der Seite sehen konnte. Sie hatte das Gefühl, als wenn sie ihn kennen würde, verwarf den Gedanken aber wieder.

»Vielleicht ein alter Kunde aus der Agentur?« Isabell versuchte, sich wieder auf die Stingray zu konzentrieren. Was ihr aber nicht wirklich gelang. So musste sie immer wieder zu dem Mann schauen. Er sah gut aus, keine Frage, aber was war es, was ihn so interessant machte? Er unterhielt sich mit drei anderen Männern. Einer war mittelgroß, etwas dicklich und glatzköpfig und die anderen beiden waren etwas jünger, sehr dünn und großgewachsen.

»Wahrscheinlich ein Vater mit seinen Söhnen, aber wer war er?«, grübelte Isabell. »Ein Verkäufer oder ein Aussteller oder nur ein Besucher wie ich?« Isabell schätzte ihn auf circa 1,90 m. Er hatte etwas wilde, ohrenlange schwarze Haare, die grau meliert waren und einen leichten Bartansatz. Das weiße Hemd mit blauem Kragen passte gut zu seiner blauen Jeans. Schick, aber trotzdem leger. Je länger Isabell ihn anschaute, desto anziehender fand sie den gutaussehenden Fremden. Dann passierte es und Isabell rutschte ein lautes »WOW« heraus. Als wenn er genau dieses WOW gehört hätte, blickte er augenblicklich in Isabells Richtung und sah sie an. Die Distanz zwischen beiden schien keine Rolle zu spielen. Beide schauten sich an, keiner bewegte sich, beide hielten den Blick des anderen fest. Isabells Herz raste und als er sie dann auch noch anlächelte, konnte Isabell nicht mehr. Isabell wurde knallrot und ihre Körpertemperatur stieg rasant an. Das Gefühl, jeden Moment zerfließen zu müssen und vom Teppich aufgesaugt zu werden, ließ sie den Blick lösen und auf die nächste Toilette fliehen. Vor dem Spiegel blieb sie stehen und fragte sich laut: »Was war das denn? Was für ein Mann. Der Wahnsinn!« Isabell schaute sich im Spiegel an und versuchte durchzuatmen. Das brachte aber nicht viel. Ihr Puls war immer noch jenseits von normal. Also machte sie das, was ihr am sinnvollsten erschien. Sie nahm ihr Handy und schrieb Eve.

16:07
»Eve. Hilfe!!!!!! Hier ist ein Mann.«

16:08
»Also, wenn auf der Oldtimerausstellung keine Männer wären, würde ich das etwas bedenklich finden.«

16:08
»EVE!! Ich meine, da ist ein Mann! Der ist der Wahnsinn. Ich habe ihn gesehen und mir ist fast das Herz stehen geblieben.«

16:09
»Ja und? Was ist passiert?«

16:10
»Wir haben uns lange angeschaut und dann hat er mich angelächelt.«

16:10
»Und was ist dann passiert?«

16:12
»Ich habe Panik bekommen und bin auf die Toilette gegangen oder besser gesagt, geflüchtet.«

16:12
»WAS?? Isabell! Das ist definitiv die falsche Art, dem Mann zu zeigen, dass er dich interessiert.«

16:13
»Was soll ich machen?«

16:13
»Ich hoffe, er ist noch da! Wirf noch einmal einen Blick in den Spiegel und guck, ob alles sitzt und dann sofort wieder aus der Toilette raus. Such ihn und lächle ihn an. Geh nicht direkt zu ihm. Er soll zu dir kommen!!! Verstanden? … und bleib cool. Schließlich bist du umwerfend!!!«

16:13
»OK. Alles klar. Mache ich. Drück mir die Daumen!!«

16:14
»Mach ich. ☺ Los schnapp ihn dir!!«

Wenige Minuten nach der Ansage von Eve schaute Isabell vorsichtig um die Ecke der Toilette in die Richtung des MGs, wo sie den Fremden vermutete. Doch dort war er nicht mehr. Isabell war enttäuscht. Hätte sie doch nicht so lange auf der Toilette gewartet.

»Nun ja, dann kein Fremder für mich heute«, brummte Isabell vor sich hin. Schnurstracks trat sie jetzt aus der Toilette heraus und lief auf direkten Weg auf die nächste Kellnerin zu, die mehrere Gläser Prosecco und Wein durch die Gegend trug. Isabell nahm sich ein Glas Weißwein und schaute sich im ganzen Raum um, aber nirgendwo konnte sie ihn entdecken.

»Wahrscheinlich hat er noch nicht mal mich angelächelt«, sagte Isabell zu ihrem Glas und trank einen Schluck.

»Doch, das hat er«, erwiderte eine tiefe, aber gleichzeitig sanfte Stimme hinter Isabell. Isabell verschluckte sich vor Schreck und hustete, drehte sich aber nicht um. Dann spürte Isabell, wie der Mann seine Hände auf ihre Oberarme legte und seinen Satz wiederholte.

»Doch, das hat er.«

Isabells ganzer Körper wurde von einer Gänsehaut überzogen. Anstatt zur Seite zu gehen, sich aus der Berührung des Mannes zu lösen, bewegte sich Isabell keinen Schritt. Sie war wie erstarrt und genoss die Berührung des Fremden, denn auf eine nicht zu erklärende Weise fühlte es sich seltsam vertraut an.

Dann übten seine Hände einen leichten Druck aus, um Isabell zu signalisieren, dass sie sich zu ihm umdrehen sollte. Der Bitte kam Isabell nach. Da stand er. Immer noch seine Hände auf ihre Oberarmen gelegt, schaute er mit seinen grünen Augen tief in Isabells. Sie waren so wunderschön und sahen bei dem etwas dunkleren Teint verdammt gut aus an ihm. Eine gefühlte Ewigkeit verging. bis der Fremde wieder das Wort ergriff.

»Ich dachte, ich habe dich wieder verloren.«

Isabell lief ein eiskalter Schauer über den Rücken. Was passierte mit ihr? Isabell wurde wieder heiß, versuchte es sich aber nicht anmerken zulassen.

»Wieso wieder?«, fragte sie verwundert nach ein paar Sekunden des Schweigens.

»Ich hatte dich schon einmal fast verloren. Seitdem habe ich auf dich gewartet.«

Isabell verstand nicht, was der Fremde ihr sagen wollte.

»Auf mich gewartet? Mich verloren?«

»Isabell, ich bin es! Erkennst du mich nicht?«

Isabell war verwirrt. »Woher kennen Sie meinen Namen?«

Aber desto länger sie ihm in die Augen schaute und seiner Stimme lauschte, desto mehr wuchs die Erkenntnis darüber, dass dieser Mann kein Fremder war. Sie wusste, wer vor ihr stand.

»Nein. Das kann nicht sein.« Isabell versuchte, ein Zeichen zu entdecken. Verlor sie jetzt den Verstand, war das Wunschdenken, eine Illusion? In ihrem Kopf hörte sie einen Satz. Den Satz, den sie so oft in ihren Träumen gehört hatte. »Ich bin da. Ich hol dich hier raus, Isabell!«

Isabell schluckte. Ja, es war er!! Ihr Lebensretter.

»Taylor?«, brachte Isabell nur flüsternd heraus.

»Ja, Isabell. Ich bin es!«

Isabell schossen die Tränen in die Augen. Taylor nahm ihr das Weinglas aus der Hand und stellte es neben sich ab. Dann drückte er Isabell fest an sich und legte beide Arme um sie. Taylor war so behutsam, als wenn er Angst hätte, die zerbrechliche Isabell verletzen zu können. Beide hielten inne. Keiner wollte der erste sein, der die Umarmung lösen und damit diesen Moment zerstören würde. Eine gefühlte Ewigkeit später für Isabell suchte Taylor ihren Blick und schaute ihr tief in die Augen und fragte besorgt: »Geht es dir gut?«

»Mir geht es gut, Taylor. Mir geht es gut und das nur wegen dir!«

»Ich war nur zur richtigen Zeit am richtigen Ort!«

»Anscheinend ich ja auch irgendwie?«

»Ich habe dich gefunden!«

»Oder ich dich?«, lächelte Isabell Taylor an.

»Dieses Mal lass ich dich nicht wieder fort.«

»Was hast du vor?«, fragte Isabell Taylor.

»Wir hauen jetzt hier gemeinsam ab. Hast du Hunger?«

Wie selbstverständlich streckte Taylor Isabell seine Hand erwartungsvoll hin. Isabell zögerte keine Sekunde und ergriff sie mit einem klaren: »Ja. Lass uns gehen!«

Taylor umschloss sie fest und grinste dabei.

»Ich fahre.«

Taylor führte Isabell zu einem kleinen Parkplatz neben dem Castle. Isabell traute ihren Augen nicht, als Taylor sie zu einem grünen Ford Gran Torino führte und ihr die rechte Autotür öffnete.

»Wow!! Du hast einen Gran Torino? Das ist ja der Wahnsinn!«

Anstatt in die von Taylor geöffnete Tür zu steigen und im Wagen Platz zunehmen, schaute sich Isabell den Gran Torino ganz genau an und schlenderte langsam komplett um den Wagen herum. Dass Isabell total hin und weg von dem Wagen war, konnte sie nicht verbergen.

»Ich habe noch nie einen so gut erhaltenen Gran Torino aus der Nähe gesehen. Der müsste aus der zweiten Serie ab 1970 sein? Und dann noch ein echter US-Import!«

Taylor legte beide Arme aufs Autodach und verlor Isabell keine Sekunde aus dem Auge während ihres Erkundungsganges. Er war einfach nur fasziniert von Isabells erfrischender und ehrlicher Begeisterung. Als Isabell wieder bei Taylor an der offenen Beifahrertür ankam, trat Taylor einen Schritt zur Seite, um Isabell einsteigen zulassen. Aber Isabell dachte noch nicht daran, einzusteigen, beugte sich vor und warf stattdessen einen Blick ins Innere des schicken Oldtimers.

»Schwarzes Leder, braune Holzverkleidung und das Lenkrad, wie es sich gehört für einen US-Import, auf der linken Seite … Wow. Was für ein Wagen!«

»Was für eine Frau!«, brach es aus Taylor heraus.

Etwas verlegen beendete Isabell ihre Erkundung und stellte sich gerade vor Taylor.

»So eine Begeisterung für meinen Wagen hat bisher noch keine Frau gezeigt, die ich zum Essen ausführen wollte.«

Isabell versuchte, den Augenkontakt zu Taylor zu vermeiden und fing an, sich nervös ihre Haare hinter die Ohren zu streifen. »Bitte entschuldige!«

»Wieso entschuldigst du dich? Das ist der Wahnsinn und ziemlich sexy, wenn eine so hübsche Frau die gleiche Begeisterung für Oldtimer zeigt, wie ich sie habe. WOW!«

»Ich habe halt eine Schwäche für gut erhaltene Oldtimer.«

Taylor musste schmunzeln und mit einem Zwinkern antwortete er ungeniert: »Ich würde mich zwar noch zu den Youngtimern zählen, aber gut erhalten bin ich auch noch.«

»Das würde ich auch sagen«, erwiderte Isabell mit einem verlegenen Lächeln.

»Auch auf die Gefahr hin, dass du nur mit mir kommst, um mal in einem Gran Torino fahren zu können, sollen wir jetzt zum Essen los!«

»Tja, ganz sicher kannst du dir da auch nicht sein.«

»Und schlagfertig ist sie auch noch!« Taylor schüttelte erfreut den Kopf und hielt Isabell erneut die Tür auf. Isabell setzte sich auf den Beifahrersitz, Taylor schloss die Tür, stieg auf der Fahrerseite ein, startete den Wagen und fuhr mit laut aufheulendem Motor los.

Die Straße führte die beiden etwas über zehn Minuten aus Lancaster heraus zu einem kleinen Restaurant. Auf dem Parkplatz parkten nur sehr wenige Autos und im Restaurant waren nur vereinzelt Tische belegt. So hatten Taylor und Isabell kein Problem, eine ruhige Ecke in dem italienisch angehauchten Restaurant für sich zu finden. Großen Hunger hatten beide zwar nicht, bestellten sich aber trotzdem eine Antipastiplatte mit zwei Gläsern Rotwein.

Isabell konnte es nicht glauben. Da saß sie mit dem verloren geglaubten fremden Retter an einem Tisch bei einem Glas Wein. Sie hatte Schmetterlinge im Bauch. Sie war nervös und wusste nicht, was sie Taylor fragen sollte. Sie wollte so viel von ihm erfahren und doch brachte sie kaum eine Frage zustande. Taylor schien es nicht anders zu gehen. Sie schauten sich tief in die Augen und beide lächelten sich an. Dann fasste sich Isabell ein Herz.

»Dann erzähl doch mal, warum du so einen Wagen fährst?«

Taylor musste die gewählte Frage doch etwas belächeln.

»Du interessierst dich doch mehr für den Wagen als für mich. Ich wusste es!«

Abwehrend entgegnete Isabell nur: »Nein, nein, das stimmt nicht!! Aber ich gebe zu, ich bin nervös und schließlich haben wir uns wegen der Oldtimer ja wiedergetroffen. Oder?«

»Stimmt!«, antwortete Taylor lächelnd.

»Das ist mein Job. Ich handle mit Oldtimern. Ich im- und exportiere zwischen England und den USA.«

Man konnte förmlich hören, wie der Groschen fiel bei Isabell.

»Deshalb stand auf deiner Nachricht, dass du mir vielleicht helfen kannst wegen meines Autos.«

»Ja genau, das war der Grund.«

Taylor zögerte, bevor er weitersprach.

»Du hast meine Nachricht also bekommen? Mich aber nicht angerufen!«

Isabell merkte, wie sich ein Kloß in ihrem Hals bildete. Sie hatte ihn gerade erst gefunden und wollte ihn nicht direkt wieder verlieren. Taylor war verletzt, das spürte sie sofort. Sie schaute Taylor an und versuchte, die richtigen Worte zu finden.

»Taylor. Ich bin durch die Hölle gegangen in den letzten Monaten. Dann kam der Unfall. Wenn du nicht gewesen wärst, wäre ich wahrscheinlich gestorben. Dann deine bezaubernde Nachricht. Ich war nach dem Unfall noch so geschockt, dass ich erst ein paar Tage später nach deiner Nachricht gesucht habe, um mich bei dir zu melden. Da war es passiert. Deine Nachricht war in meiner Manteltasche nass geworden und ich konnte nicht mehr alles lesen. So wie auch deine Telefonnummer nicht mehr lesbar war. Du musst mir glauben. So oft habe ich an dich, an meinen Retter gedacht. An die Worte, die du zu mir sagtest, als du mich gerettet hast. Ich habe so gehofft, dass ich dich irgendwann finde.« Isabell senkte den Blick. »Die Hoffnung hatte ich bereits aufgegeben.«

Taylor hob Isabells Gesicht mit seinem rechten Zeigefinger an, so dass sie ihren Blick nicht von ihm richten konnte. Beide schauten sich tief in die Augen, als wenn es nichts anderes auf der Welt geben würde. Isabells Gefühle und Gedanken waren total durcheinander und gleichzeitig so klar wie nie. Sie wusste nicht, was mit ihr geschah. Sie konnte sich aus Taylors Blick nicht befreien.

»Isabell. Du hast mich gefunden. Ich bin da.«

»Ich hoffe so, dass du echt bist und du nicht nur wieder in einem meiner Träume erscheinst und ich morgen wieder allein aufwache.«

»Das wirst du nicht. Das hier ist echt!«

Taylor atmete tief durch, bevor die nächsten Worte seine Lippen verließen und Isabell schaute ihn wie gebannt weiter an.

»Du bist mir die ganzen Wochen nicht aus dem Kopf gegangen und seitdem ich dich vorhin wiedergesehen habe, will ich die ganze Zeit nur eine Sache machen.«

Taylor stoppte erneut, dann lächelte er liebevoll und fragte: »Darf ich dich bitte küssen, Isabell?«

Isabell fehlten für diese direkte Frage die Worte und so nickte sie einfach zustimmend. Taylor rutschte langsam näher zu ihr, dabei legte er seine linke Hand um ihre Hüfte und zog Isabell zu sich heran. Seine andere Hand legte er sanft auf ihre Wange und blickte ihr währenddessen die ganze Zeit tief in die Augen. Isabell stockte der Atem. Wie in Zeitlupe kam Taylor Isabell immer näher, bis endlich seine Lippen ihre berührten. Taylor küsste Isabell so leidenschaftlich und gleichzeitig sanft, als wenn er nie etwas anderes getan hätte. Als wenn er nur auf diesen Moment gewartet hätte. Isabell wusste nicht, dass sich ein Kuss so anfühlen kann. Dass ein einziger Kuss solche Leidenschaft hervorbringen kann. So lange hatte sie auf diesen Moment gewartet. Isabell war ganz woanders und hoffte, dass dieser Moment nie enden würde. Sie vergaß alles um sich herum. All die Fragen, die vor ein paar Minuten noch in ihrem Kopf herum schwirrten, waren verflogen. Wo sie war, was hier genau geschah, wie sie hierhergekommen war, sogar die letzten Monate waren für diesen Moment fort und vergessen. Isabell spürte in ihrem ganzen Körper nur noch ein Gefühl der Wärme und des Glücks.

»Bitte entschuldigen Sie!«, räusperte sich die Kellnerin, um sich bemerkbar zu machen, »Ich habe Ihr Essen.«

Leicht verlegen stand die Kellnerin vor den beiden mit zwei Tellern in der Hand.

Noch tief umschlungen, schauten beide die etwas errötete Kellnerin an und Taylor gab ihr ein Zeichen, dass sie gerne servieren darf. Bevor Isabell und Taylor sich unfreiwillig voneinander lösten, gab Taylor Isabell noch einen ganz sanften Kuss auf die Lippen und flüsterte Isabell ins Ohr: »Das war wunderschön. Das Warten auf dich hat sich gelohnt.«

Jetzt wurde Isabell knallrot. Von dem Kuss noch benebelt, nahm Isabell erst noch einen tiefen Schluck aus ihrem Weinglas, in der Hoffnung, danach wieder etwas ruhiger zu werden.

Isabell und Taylor aßen ganz in Ruhe und dem ersten Glas Wein folgte ein zweites. Sie hatten sich so viel zu erzählen. Isabell erzählte von ihrer Kindheit, warum sie jetzt wieder nach Kendal gezogen ist, von dem Agenturaufbau und dem Verkauf, von ihrer neuen Geschäftsidee, die sich gerade in der Umsetzung befand, von ihrem geliebten Austin Healey, der nach dem Unfall nicht mehr zu retten war, von Eve und Cathleen …

Nur bei dem Thema Nick war sie etwas zurückhaltender. Taylor bekam zwar auf jede Frage eine ehrliche Antwort von Isabell, aber auch er spürte, dass sie eine kleine Schutzmauer um sich und das Thema aufgebaut hatte, um nicht zu zeigen, wie sehr sie verletzt worden war. Taylor akzeptierte dies, ohne es aussprechen zu müssen. Isabell sollte so viel preisgeben, wie es für sie in Ordnung war.

»Dich hat der Himmel geschickt«, sagte Isabell.

»Das glaub ich nicht. Der Himmel und ich sind nicht gut aufeinander zu sprechen.«

»Das kenn ich. Nach dem, was ich dir erzählt habe, kannst du das wahrscheinlich verstehen. Aber wieso du?«

Jetzt wurde Taylor etwas nachdenklich.

»Bevor ich dich getroffen habe, hatte ich auch länger die Hoffnung auf Glück aufgegeben. So wie du, war ich bereits schon einmal verheiratet. Wir waren gerade drei Jahre verheiratet und wollten auch langsam sesshaft werden. Wir hatten unser gemeinsames Leben noch vor uns und waren einfach nur glücklich.« Taylor schluckte und Isabell streichelte verständnisvoll seine Hand, die die ganze Zeit in ihrer lag.

»Dann waren wir einen Abend bei Freunden und gingen zu Fuß zurück zu unserer Wohnung. Es war Winter und schon längst dunkel. Die Straßen waren vom Schnee bedeckt. Auf einmal bog ein Auto um die Ecke, das viel zu schnell unterwegs war für die Witterungsverhältnisse. Der Wagen kam ins Schleudern und steuerte direkt auf uns zu. Ich versuchte, Megan, meine Frau, noch zur Seite zu stoßen, aber der Wagen erwischte uns beide. Ich kam mit ein paar Prellungen und einem gebrochenen Bein davon. Aber Megan verstarb noch an der Unfallstelle. Sie war mit dem Kopf auf die Stufen eines Treppeneingangs geschleudert worden.«

»Oh Taylor, das tut mir so leid!« Schockiert und bewegt zugleich nahm Isabell Taylor in den Arm und drückte ihn fest.

»Isabell, vielleicht hat mich auf Grund meiner Vorgeschichte auch dein Unfall so bewegt und mich nicht losgelassen. Ich hatte das Gefühl, dass das Schicksal es genauso vorgesehen hat. Meine Chance, ein Leben zu retten, wo ich bei meiner Frau machtlos war und ich sie nicht beschützen konnte.«

Taylor schaute Isabell an, die sichtlich erschüttert war von diesem ebenso traurigem Schicksalsschlag wie ihrem eigenem.

»Es tut mir leid, Isabell. Es ist zwar schon fast vier Jahre her, aber es tut immer noch weh! Ich wollte nicht unseren Abend ruinieren und die Stimmung trüben.«

»Ich bitte dich, Taylor. Ich habe doch zuerst von meinem toten Mann gesprochen.«

Isabell versuchte zu lächeln.

»Wir sollten immer über alles sprechen können. Und es ist auch ok, wenn wir über unsere verlorenen Lieben reden wollen. Sie sind ein Teil von uns. Egal, wie lange sie schon fort sind, werden sie doch immer präsent bleiben.«

Jetzt lächelte Taylor auch und küsste Isabell erneut auf den Mund.

»Danke für diese schönen und ehrlichen Worte.«

Es wurde spät und schweren Herzens entschieden sich beide, den Abend zu beenden. Keiner von beiden musste die Frage stellen, ob sie sich wiedersehen. Beide wussten, dass ein Wiedersehen die unabdingbare Konsequenz ihres heutigen Treffens war.

Taylor brachte Isabell zurück zu ihrem Auto und warte, bis sie sicher davonfuhr.

Kapitel 17

Isabell schlief so gut wie schon lange nicht mehr.

Ihr Schlaf war so fest, dass sie sich scheinbar im Bett nicht bewegt hatte, denn sie wachte genauso auf, wie sie einschlief, auf der linken Seite liegend.

Noch bevor Isabell die Augen aufschlug, musste sie lächeln. Ihre Gedanken drehten sich direkt um Taylor.

Isabell ließ den gestrigen Tag noch einmal Revue passieren. Das unverhoffte Aufeinandertreffen, den wunderschönen Abend und den ersten, so aufregenden Kuss. Voller Vorfreude und Nervosität schaltete Isabell noch im Bett ihr Handy an. Prompt meldete es sich lautstark. Isabell schaute auf ihr Handy. Zehn Anrufe in Abwesenheit, zwei Mailboxnachrichten und mehrere SMS. Isabell verdrehte die Augen und murmelte dann mit einem Lächeln: »Meine neugierige Eve.«

23:27
»Und, was ist passiert? Hast du ihn noch gefunden?«

23:43
»Isabell, melde dich mal. Ich will alles wissen.«

00:15
»Du bist doch nicht etwa noch bei ihm, oder?«

00:20
»Isabell, melde dich bitte bei mir. Langsam mache ich mir Sorgen.«

»Oh je«, sagte Isabell nur und ging dabei ins Bad.

»Ich glaube, ich muss Eve gleich mal dringend anrufen, bevor sie noch platzt vor Neugier.«

Isabell schaute sich im Spiegel an und beschloss, erst einmal zu duschen. Nach der Dusche und bei einer heißen Tasse Kaffee rief Isabell Eve dann zurück, um ihr von den gestrigen Vorkommnissen zu berichten. Eve konnte es nicht fassen. Da schlug Isabells Herz beim bloßen Anblick eines Mannes endlich wieder höher und dann stellt sich heraus, dass der gutaussehende Fremde der verschollene Taylor ist. So einen Zufall kann es doch gar nicht geben. Eve ließ nicht locker und wollte jedes kleine Detail erfahren.

Während des Telefonats mit Eve vernahm Isabell eine neue Nachricht auf ihrem Telefon. Sofort stieg Aufregung in ihr auf. Mit einem Vorwand beendete Isabell das Telefonat, versprach aber, sich bei Eve unverzüglich zu melden, sobald es etwas Neues zu berichten gab.

10:02
»Guten Morgen, meine hübsche Autonärrin. Wie hast du geschlafen? Ich habe die ganze Nacht an dich gedacht. Taylor«

Isabell las die Nachricht und obwohl sie den Inhalt schon fast zu kitschig fand, war sie hin und weg. Ihr Grinsen hätte man ihr wahrscheinlich aus dem Gesicht schrauben müssen. Isabell wartete extra ein paar Minuten, bevor sie Taylor antworte.

10:10
»Ich habe sehr gut geschlafen nach diesem bezaubernden Abend gestern mit dir. Und du? ☺«

10:11
»Das freut mich. Mir ging es nicht anders. ☺ Wann sehe ich dich wieder?«

10:15
»Jederzeit!«

10:17
»Ich kann es nicht erwarten. Leider muss ich diese Woche in die USA. Am Freitag komme ich aber schon wieder. Wie wäre es mit Samstag?«

10:17
»Erst Samstag? ☹«

10:18
»Wartest du auf mich???«

10:20
»Mmmmhhhh. Ich weiß nicht. Ein Mann, der mich nach einem so wundervollen Abend so lange alleine lässt?«

10:21
»Bitte!! Ich verspreche dir, es lohnt sich. ☺«

10:22
»Na gut! Jetzt habe ich so lange auf dich gewartet, dann kann ich die paar Tage auch noch durchhalten.«

10:24
»Wie wäre es, wenn ich zu dir komme, und wir essen etwas Leckeres bei dir?«

10:25
»Etwas Leckeres bei mir??? Du kannst gerne zu mir kommen, aber ob ich etwas Leckeres hinbekomme, verspreche ich lie-

ber nicht. Einen Stern würde ich mit Sicherheit nicht bekommen in der Küche.«

10:26
»Aber vielleicht für den Nachtisch! ☺☺☺«

Nur der Gedanke daran, dass dieser Mann ihr nahekommen könnte, ließ Isabells Körpertemperatur rasant ansteigen und ihr Unterleib reagierte mit einem kleinen freudigen Zusammenziehen.

10:28
»Na da muss ich mal gucken, was ich dir anbieten kann. ☺ Ich überleg mir was!«

10:29
»Ich kann es kaum abwarten, dich wiederzusehen.«

10:31
»Ich auch nicht! Bis Samstag!«

Obwohl es bis Samstag noch ganze sechs Tage waren, machte sich eine gewisse Anspannung, aber auch Vorfreude bei Isabell breit.

Was sollte sie nur zum Essen kochen?

Sie wollte ihn doch nicht am ersten Abend schon vergraulen durch ihre nicht vorhandenen Kochkünste.

»Was soll ich anziehen? Soll ich noch mal zum Friseur?«

Putzen und Aufräumen setzte Isabell ebenfalls noch auf ihre gedanklich angelegte To-Do-Liste.

»Oh Mann. Vielleicht ist das ganz gut, dass wir uns erst am Samstag sehen können. Ich habe noch so viel zu tun bis dahin!«

Die Woche verging wie im Flug. Neben der zu erledigenden To-Do-Liste stürzte sich Isabell auch in die Arbeit. Und das mit Erfolg! Die Ideen sprudelten nur so aus ihr heraus. Immer mehr Entwürfe fanden den Weg auf den Skizzenblock und alle trugen ihre ganz persönliche Handschrift. Für dieses Jahr hatte sie sich vorgenommen, ihre erste Kollektion fertigzustellen und im frühen Herbst ihre Wintermode für Kinder zwischen vier und acht Jahren verkaufen zu können. Der Zeitplan war zwar sehr herausfordernd und Isabell musste sich neben der Kollektion noch um tausend organisatorische Dinge kümmern, aber Isabell hatte sich das Ziel gesetzt und wollte alles dafür geben, um dieses Ziel auch erreichen zu können.

Trotz der Zeitverschiebung verging kein Tag, an dem sich Taylor und Isabell nicht schrieben. Oftmals waren es nur kurze Nachrichten, die sehr kitschig waren. Aber genau diese Nachrichten ließen die Vorfreude auf Samstag steigen. Die Erwartungen und eine nervöse Spannung waren so groß und dann war es endlich so weit. Der Samstag war da und Isabell würde endlich Taylor wiedersehen.

Taylor wollte am Abend gegen sieben bei ihr sein. Isabell hatte den Kamin angemacht, trotz der langsam ansteigenden Plusgrade draußen. Sie hatte versucht, den Tisch im Esszimmer etwas romantisch einzudecken mit Kerzen, einem hübschen Tischläufer, zwei Weingläsern, ihrem guten Geschirr und Besteck.

Nach langem Überlegen hatte sich Isabell bei der Menüauswahl für einfache Dinge entschieden, die lecker waren und bei denen man nicht allzu viel falsch machen konnte. Das hoffte Isabell zumindestens! Eve hatte sie hierbei tatkräftig unterstützt und immer wieder Rezeptvorschläge geschickt.

Das Menü hatte sie sogar auf eine Karte geschrieben und in der Mitte des Tisches positioniert, so dass Taylor direkt die Möglichkeit bekam, nachlesen zu können, auf was er sich da kulinarisch eingelassen hatte.

Vorspiese

gekauftes, aber frisch aufgebackenes Brot, dazu Oliven,
Käse von der Frischetheke
und eine leckere selbstgemachte (aber nicht von mir)
Sauerrahmcreme

Hauptspeise

Kartoffelstampf, selbstgemacht; von mir ☺ dazu Schweinefilet
(zum Glück habe ich einen Garer)
und aufgewärmte Bohnen mit Speck aus der Dose

Nachspeise

~~*Isabell vor dem Kamin*~~
☺
Schokocreme und Vanilleeis

Dann hörte Isabell den lauten Motor des Gran Torinos aufheulen. Isabell schaute aus dem Küchenfenster und sah die Scheinwerfer, die sich langsam dem Haus näherten.

Ganz erschrocken darüber, dass es schon so spät war, sprang
Isabell für einen letzten Check vor den Spiegel an der Garderobe. Sie musterte sich von oben bis unten. Isabell trug ein neues,
aufreizendes, dunkelrotes Kleid aus Spitze, dass sie die Woche
extra noch mit Eve für den heutigen Abend gekauft hatte. Eng,
aber nicht zu kurz! Ihre Haare hatte sie leicht hochgesteckt, sodass ein paar Locken neben ihrem Gesicht herunter fielen. Dazu
hatte sie sich für dezenten Schmuck und Make-Up entschieden.

Dann schellte es. Bevor Isabell die Tür öffnete, atmete sie
noch einmal tief ein und aus.

»Du schaffst das!! Sei ganz locker und entspannt!«

»Hi Isabell.«

Da stand Taylor. Ähnlich schick und gleichzeitig locker angezogen wie bei ihrem ersten Treffen. In der Hand einen Strauß
mit weißen Lilien. Seine Augen strahlten Isabell an und sein breites Lächeln war ansteckend.

»Hi Fremder. Komm rein!«

Taylor ließ sich nicht zweimal bitten und trat ein. Gefühlt
schon fast etwas schüchtern, gab er Isabell zur Begrüßung einen
Kuss auf die Wange und überreichte ihr die Blumen.

»Die sind für dich, auch wenn die Blumen neben dir fast verblassen. Du siehst wunderschön aus, Isabell!«

Sofort stieg Isabells Temperatur an und ihre Wangen färbten sich rötlich.

»Du bist süß, Taylor. Das wäre aber nicht nötig gewesen! Ich danke dir vielmals. Das Kompliment gebe ich aber gerne zurück.«

»Das ist doch das Mindeste, wenn du schon für uns kochst.«

Isabell holte eine Vase aus dem Küchenschrank und stellte die Blumen auf den gedeckten Esszimmertisch.

»Perfekt. Blumen hatten noch gefehlt.«

Taylor verschaffte sich einen Überblick und schaute sich um.

»Du hast es echt schön hier, Isabell. Sehr geschmackvoll eingerichtet. Kompliment, gefällt mir.«

»Danke dir. Das ist lieb. Magst du ein Glas Wein?«

»Sehr gerne!«

Taylor folgte Isabell in die Küche.

»Ist Rotwein in Ordnung für dich? Ich dachte, ein schöner Merlot würde gut zum Essen passen?«

»Zu einem guten Merlot sag ich nicht nein.«

Isabell hatte die Flasche bereits geöffnet und schenkte den Wein in die Gläser am Tisch ein.

»Mmhh. Hier riecht es aber schon verdammt gut. Ich dachte, du kannst nicht kochen? So hörte es sich zumindest an.«

»Abwarten!! Ich habe mein Bestes gegeben. Meine Kochkünste sind auf jeden Fall noch ausbaufähig.«

»Ich bin gespannt.«

Isabell reichte Taylor eines der beiden Gläser und stieß mit ihm an.

»Auf einen wundervollen Abend.«

»Mit dir kann er nur wundervoll werden.«

Isabell wurde wieder rot und versuchte abzulenken.

»Hast du Hunger? Also ich schon. Wenn du magst, können wir direkt mit dem Essen starten.«

Taylor antwortete mit einem Grinsen.

»Sehr gerne. Ich habe richtig Hunger. Kann ich dir noch irgendwie helfen?«

»Du kannst gerne das Brot schneiden und es mit zum Tisch nehmen.«

»Sehr gerne. Das sollte ich hinbekommen.«

Als Taylor Isabells Auftrag ausgeführt hatte, nahm er am Tisch Platz. Dabei dauerte es nicht lange, bis sein Blick auf die Menükarte fiel. Als er die Karte in die Hand nahm und anfing, Punkt für Punkt zu lesen, wurde sein Lächeln immer größer bis hin zu einem breiten Grinsen.

»Das hört sich alles sehr gut und verdammt ehrlich an. Ich freu mich … aber Isabell?« Taylor schaute jetzt etwas strenger in Isabells Richtung.

»Warum hast du den ersten Nachtisch gestrichen? Über den hätte ich mich auch sehr gefreut!«

Jetzt war es Isabell schon fast wieder unangenehm, dass sie sich diesen Spaß erlaubt hatte. Ohne sich etwas anmerken zu lassen, antwortete sie neckisch: »Na ja. Diesen speziellen Nachtisch muss man sich erst verdienen. Vielleicht kann ich ihn ja später wieder mit ins Menü aufnehmen – zusätzlich.«

»Da würde ich auf jeden Fall nicht nein sagen.«

Zum Glück gelang Isabell alles und das Essen hatte sogar geschmeckt! Isabell war ein kleines bisschen stolz auf sich.

Während des kompletten Essens hatten sich beide ununterbrochen unterhalten. Taylor war etwas älter, als Isabell ihn schätzte. Aber wie 46 sah Taylor nun wirklich nicht aus. Nur die leicht graumelierten Haare hätten ein Indiz für sein Alter sein können. Aber ansonsten war Taylor in besserer Form als manch 30-jähriger. Seine Haut sah sehr gepflegt aus und außer ein paar Lachfalten um die Augen herum konnte Isabell keine weiteren in seinem Gesicht finden. Taylor erzählte viel über seine Arbeit mit den Oldtimern. Wie er sich für diesen Berufsweg entschieden hatte und woher die Faszination für die alten Schmuckstücke kam. Wie sich sein Tagesgeschäft gestaltete und wie oft er zwischen England und USA pendeln musste. Taylor lebte bis zu seinem 25. Lebensjahr in

England und lernte dann Megan in den USA kennen. Dort baute er seinen Hauptgeschäftssitz und sein Leben auf. Seitdem Megan nicht mehr am Leben war, pendelte er öfters zwischen England und den USA. Die Amerikaner stehen auf Oldtimer aus England und die Engländer finden großen Gefallen an alten US-Oldtimern. Für die nächsten zwei Monate hatte Taylor vor, mehr in England zu sein, da viele interessante Ausstellungen und Messen stattfinden sollten. Auch Isabell erzählte viel über ihre Familie, den Aufbau der Werbeagentur und ihren geplanten Neuanfang als Kindermode-Designerin. Auch über Nick und seinen Betrug konnte Isabell mit Taylor nun offener sprechen. Allerdings versuchte Isabell bewusst, den Part über Nick etwas kleiner zu halten, aber ohne etwas auszulassen. Nick gehörte zu ihrem Leben und hatte sie in ihren getroffenen Entscheidungen geprägt, aber Nick war Vergangenheit und an diesem Abend ging es um die Zukunft. Es ging um Taylor, um sie und sonst keinen.

Taylor streichelte Isabells Hand.

»Das Essen war hervorragend, Isabell. Ich versteh gar nicht, warum du dich so schlecht geredet hast.«

»Ich nenne es Erfahrung! Aber danke. Ich finde auch, dass ich es heute gut hinbekommen habe.«

Stolz richtete sich Isabell etwas auf in ihrem Stuhl und klopfte sich auf die linke Schulter.

»Sollen wir ins Wohnzimmer gehen und dort noch etwas trinken?«

»Gerne!«

Isabell füllte die Weingläser noch einmal auf und folgte Taylor ins Wohnzimmer. Der Kamin war schon fast ausgegangen. Die Holzscheite glühten nur noch. Aber trotzdem war der Anblick immer noch schön.

»Hast du dich eigentlich schon für einen Wagen entschieden?«

»Nein, noch nicht wirklich, obwohl die Stringray mir wirklich gut gefallen hat letzte Woche.«

»Aber das ist zu deinem Austin Healey schon ein ganz schöner Unterschied. Die Stringray ist etwas größer und schon sehr sportlich.«

»Ich weiß, aber der Unterschied muss auch sein, weil an den Healey kommt eh kein anderer Wagen heran.«

»Hast du ein Foto von dem Austin? Ich schau mich mal um, vielleicht habe ich ja Glück und finde was in die Richtung.«

Dankend holte Isabell das Fotoalbum mit den Bildern von ihren Austin Healey aus dem Schrank. Trottelig, wie Isabell war, ließ sie das Buch auf den Boden fallen. Taylor bückte sich sofort und hob das Album auf. Dabei kam seine geschriebene Nachricht an Isabell zum Vorschein. Taylor nahm sie in die Hand und musterte die Nachricht genau. Isabell war das so peinlich. Als wenn sie ein irrer Teenie wäre, der gerade erwischt wurde, wie sie ihrem heimlichen Schwarm nachstellt.

Dann unterbrach Taylor das peinliche Schweigen.

»Na, da hast du echt ganze Arbeit geleistet! Von der Nachricht ist ja wirklich nicht mehr viel übrig.«

»Ich bin halt manchmal etwas trottelig. Es tut mir echt leid. Ich hätte mich sonst auf jeden Fall gemeldet. Das musst du mir glauben.«

»Das sagst du nur, weil du hoffst, dass ich noch auf den zweiten Nachtisch bleibe, oder?«

»Nein. Ich meine Ja!«

Isabell war total durch den Wind.

»Ich meine nein. Das sage ich nicht, weil ich irgendwas will, sondern weil ich es so meine!«

Man sah Taylor an, dass er sein Vorhaben, Isabell in Verlegenheit zu bringen, amüsiert verfolgte. Dann sprach Isabell leiser: »Aber ja, ich würde sehr gerne den zweiten Nachtisch haben.«

Taylor lächelte. »Du bist so süß, wenn du dich um Kopf und Kragen redest.«

Taylor nahm Isabell das Weinglas aus der Hand und stellte es zusammen mit seinem auf den Kaminsims.

Dann umfasste er Isabells Hüften von beiden Seiten und zog sie ganz nah an sich heran und küsste sie ganz sanft auf die Stirn, dann auf die Nase, dann auf die Wange, dann auf den Mund.

»Sollen wir hoch gehen?«, flüsterte Isabell.

»Aber du wolltest doch vor dem Kamin den Nachtisch haben, oder nicht?«

Isabell schmunzelte. »Ganz ehrlich ist es mir ganz egal, wo ich meinen Nachtisch bekomme, Hauptsache, ich bekomme ihn, und zwar jetzt, denn länger zu warten schaffe ich einfach nicht mehr.«

»Wie könnte ich dieser Aufforderung widerstehen?«

Während Taylor sie erneut küsste, beugte er sich etwas zu Isabell herunter. Ohne dass seine Lippen ihre verließen, drehte sich Taylor zur Seite, damit er mit seinem linken Arm unter ihre Oberschenkel greifen konnte, während sein rechter Arm eine Schlinge um ihre Hüfte bildete. Dann zog er Isabell mit einer gekonnten Armbewegung zu sich hoch, so dass sich Isabell plötzlich in seinem starken Arm wiederfand. Isabell umklammerte seine breiten Schultern, den Blick fest mit seinem verbunden.

»Bereit?«

»Ja. Bereit!«, versicherte Isabell Taylor.

Isabell navigierte Taylor Richtung Schlafzimmer.

Dort angekommen setzte Taylor Isabell behutsam auf dem Bett ab. Taylor stellte sich ans Fußende des Bettes und begann, sich langsam das Hemd aufzuknöpfen. Isabells Puls schoss in die Höhe. Für sie war es fast schon eine Qual, ihn vor sich stehen zu sehen, wie immer mehr von seinem nackten Oberkörper sichtbar wurde, und ihn nicht berühren zu können in diesem Moment. Taylor schien genau zu wissen, was und wie er es tun musste. Isabells Unterleib zog sich wieder zusammen voller Vorfreude. Als Taylor beim letzten Knopf seines Hemdes angekommen war, hielt sie es nicht mehr aus und rutschte auf ihren Knien weiter nach vorne an die Bettkante, bis Taylor wieder für sie in greifbarer Nähe war. Das nun komplett offene Hemd streifte Isabell von seinem Oberkörper ab. Isabell schaute sich Taylors muskulösen Oberkörper genau an und begann, ihn vorsichtig zu streicheln und sanft zu liebkosen. Taylor unterbrach Isabell nach einem Moment, in dem er sie an sich heranzog und anfing, ihren Hals zu küssen. Ohne damit aufzuhören, bewegten sich seine Hände nach unten, bis sie das Ende ihres Kleides erreicht hatten. Ganz langsam glitten Taylors weiche Hände unter Isabells Kleid. Leicht und gleichmäßig schob Taylor das Kleid von Isabell Stück für Stück nach oben, ohne den Kontakt zu Isabells Haut zu verlieren. Isabell spürte immer mehr Luft auf ihrem Körper, der komplett mit Gänsehaut überdeckt war. Als Taylor oberhalb ihrer Brüste angekommen war, zog er das Kleid über ihren Kopf, so dass sie nur noch in ihrer schwarzen Spitzenunterwäsche vor ihm auf dem Bett kniete.

Die Hände auf ihrer Hüfte liegend, sah er Isabell an. »Du bist so schön, Isabell!«

So überwältigt von diesem Zuspruch dieses atemberaubenden Mannes, konnte Isabell nicht mehr warten. Genug des knisternden Vorspiels. Sie wollte ihn spüren. Jetzt! Sofort. Ohne noch mehr Zeit vergehen zulassen, begann Isabell, Taylor so wild und entschlossen zu küssen, dass er genau verstand, wie sehr sie ihn jetzt wollte. Taylor verstand und umfasste mit beiden Händen Isabells Pobacken und hob sie hoch zu sich. Isabell hielt sich mit den Armen an seiner Schulter fest und ihre Beine umklammerten seine Hüfte. Isabell sicher und fest an sich gedrückt, machte Taylor einen Satz auf das Bett, so dass Isabell nun breitbeinig unter ihm lag. Während sie sich weiter küssten, fing Isabell an, Taylor langsam die Hose zu öffnen und samt seiner Shorts auszuziehen. Als das geschafft war und Taylor endlich nackt war, beugte er sich über Isabell und begann, seine Küsse an ihrem Hals fortzusetzen, aber nur um einen Anfang zu finden und sich langsam an ihrem Körper entlang runterzuarbeiten. An ihren Brüsten angekommen, öffnete Taylor langsam ihren BH. Nachdem er eine ganze Weile ihr Brüste liebkost hatte, setzte er seinen Weg weiter fort. Isabell konnte nicht mehr bei sich halten und stieß mehrere leichte Seufzer hervor. Für Taylor war es das Signal, weiterzumachen. So befreite er Isabell auch von ihrem Spitzenslip und machte mit seinem Mund weiter. Isabell war im Himmel. Wie lange hatte sie so eine Berührung vermisst. Wieder stöhnte Isabell auf, jetzt lauter und öfter. Sie wollte ihn. Sie wollte ihn ganz spüren. In sich spüren! Mit einer festen Handbewegung an Taylors Schulter signalisierte sie ihm, dass er zu ihr hochkommen sollte. Taylor folgte Isabells Wunsch. Taylor schaute Isabell tief in die Augen. Eine Hand an ihrem Gesicht, die andere an ihrer Pobacke, wartete er auf ein weiteres Zeichen. Isabell nickte zustimmend. Den Blick voneinander nicht verlierend, drang Taylor in sie ein. Jetzt konnte auch Taylor nicht mehr leise sein und fing an zu stöhnen. Mit viel Zeit zwischen den einzelnen Stößen drang er immer wieder in sie ein. Isabell konnte nicht glauben, wie gut sich der Sex mit Taylor anfühlte. Taylors Glied war perfekt und füllte sie komplett aus.

Gefühlt eine wundervolle Ewigkeit voller Glück, wurden die Stöße immer schneller und heftiger, bis Isabell laut aufschrie voller Ekstase und Taylor ihr dicht danach folgte.

Taylor sackte in Isabells Armen zusammen. Beide rangen nach Luft, während sie sich glücklich und lächelnd anschauten.

»Danke«, sagte Isabell noch etwas atemlos.

»Danke dir!«, antwortete Taylor etwas verwundert.

»Bedankt hat sich bei mir auch noch nie jemand nach dem Sex.«

»Dann bin ich jetzt die Erste! Das war fantastisch!«

»Du bist fantastisch … und wundervoll. Du weißt gar nicht wie wundervoll!«

Taylor gab Isabell einen Kuss auf die Stirn, dann schlossen beide erschöpft die Augen. Nackt verschlungen ineinander, schliefen beide nach einiger Zeit ein. Sie mussten für heute kein weiteres Wort sagen. Sie wussten, was der andere empfand.

KAPITEL 18

Die letzten drei Monate fühlten sich an wie ein Traum für Isabell. Sie schwebte ganz oben auf Wolke sieben. Sie war so glücklich wie schon lange nicht mehr. Taylor trug sie förmlich auf Händen. Sie verbrachten jede freie Minute miteinander. Isabell begleitete Taylor zu vielen Ausstellungen und Oldtimeran- und verkäufen. Sie hatten Spaß, sie lachten gemeinsam, alberten herum und sie liebten sich bei jeder Gelegenheit. Ein wundervoller Traum, der niemals enden sollte.

Isabell spürte eine zarte Berührung in ihrem Gesicht. Behutsam streichelte Taylor Isabell über ihre Wange, bis sie ihre Augen langsam öffnete und ihn ansah.

Beide lächelten sich an, als wenn sie nur darauf gewartet hatten, sich endlich wieder in die Augen blicken zu können.

»Sag nicht, du musst schon los, Taylor?«
»Leider ja!«
»Aber die Sonne ist noch nicht einmal aufgegangen.«

»Ich weiß, aber ich muss ja auch noch ein ganzes Stück zum Flughafen fahren, weil meine Herzdame sich ein Haus mitten im Nirgendwo gekauft hat.«

Isabell richtete sich im Bett auf und schlang die Arme um Taylors Hals, so dass er unmissverständlich zu verstehen bekam, dass sie nicht dran dachte, ihn gehen zu lassen.

»Nur allzu gerne würde ich bei dir bleiben. Aber ich muss los, meine Liebe. Wir sehen uns in zwei Wochen wieder.«

»Zwei Wochen sind eine Ewigkeit!!!« Isabell schaute Taylor mit großen Augen an und formte ihre Lippen zu einem Schmollmund.

»Ja, sind es. Ich würde dich auch lieber mitnehmen, aber du musst auch arbeiten, um deine Kollektion endlich fertig zu bekommen.«

»Du hast ja Recht«, gab Isabell nur widerwillig zu.

»Willst du nicht noch etwas frühstücken?«

»Nein, danke. Ich habe schon einen Kaffee getrunken. Etwas zu essen hol ich mir am Flughafen. Bleib du mal schön im Bett und schlaf noch ein wenig weiter, meine Schlafmütze.«

Taylor legte seine Hände auf Isabells Wangen und küsste sie zärtlich mehrmals auf den Mund. Isabell erwiderte seine Küsse. Irgendwann riss sich Taylor dann schweren Herzens los, gab Isabell noch einen letzten Kuss auf die Stirn und stand vom Bett auf.

»Ich werde dich vermissen. Warte auf mich, ich bin in ein paar Tagen wieder bei dir.«

»Das will ich auch hoffen!!«

Isabell hörte, wie Taylor die Treppe herunterging, die Tür öffnete und sie wieder ins Schloss fallen ließ. Dabei rief er noch: »Zwei Wochen! Vermiss dich.«

Dann hörte Isabell den lauten Motor von Taylors Gran Torino in der Dunkelheit aufheulen und ihn vom Grundstück fahren. Isabell lauschte den Motorengeräuschen, so lange sie konnte, bis diese in der Ferne verstummten und die Stille der Dunkelheit wieder da war. Isabell schloss die Augen und schlief in Gedanken an Taylor noch einmal fest ein. Dabei murmelte sie ganz leise vor sich hin: »Ich vermiss dich schon jetzt.«

Langsam fielen die ersten Sonnenstrahlen durch das Fenster und Isabell stieg nur widerwillig aus dem Bett. Sie zog sich ihren Bademantel an, der auf dem Sessel neben ihrem Bett lag und ging in die Küche, um sich erst einmal mit Kaffee zu versorgen.

Nachdenklich schaute Isabell auf die große Wanduhr neben dem Kühlschrank und nippte dabei an ihrem frisch gebrühten Kaffee.

»Wo ist Taylor wohl jetzt?«, dachte Isabell. Dabei fing sie an zu lächeln. Dass sie sich nach Nick wieder verlieben würde und das so heftig, damit hatte sie nicht gerechnet.

»Taylor hat mir der Himmel geschickt. Wie soll ich nur zwei Wochen ohne ihn überstehen?«

Isabell schaute hoch zur Decke. In Gedanken warf sie einen Blick in ihr Arbeitszimmer und auf die ganze Arbeit, die nur auf sie wartete. In den letzten drei Monaten hatte Isabell nicht wirklich viel gemacht. Ihr Fokus lag einfach zu sehr auf Taylor. Lediglich ein paar Entwürfe hatte Isabell aufs Papier gebracht.

»Taylor hatte Recht! Ich muss meine Kollektion endlich fertigbekommen. Schließlich ist es eine Winterkollektion, die eigentlich bereits jetzt in den Läden zu finden sein müsste.«

Voller Tatendrang und mit dem festen Entschluss, dieses Vorhaben umzusetzen, jetzt, wo keine Ablenkung da war, trank Isabell noch ihren Kaffee aus, ging dann unter die Dusche, zog sich an, machte die Musik so laut es ging an und fing an, sich noch einmal die letzten Entwürfe auf ihrem Skizzenblock anzuschauen. Dann nahm sie ihre Zeichenstifte und begann, hier und da noch einmal Hand anzulegen und die Skizzen zu verändern und zu verfeinern. Das Endergebnis konnte sich sehen lassen. Isabell hatte zwei sehr entzückende Strickkleider und zwei knielange Röcke für Mädchen, sowie vier hübsche und gleichzeitig robuste Winterhosen für Jungs fertig aufs Papier gebracht. Sechs Pullis und vier verschiedene Jacken für Mädchen und Jungs sollten noch folgen.

Isabells Magen knurrte und Isabell schaute auf die Uhr.

»Was, wir haben schon vier Uhr?«

Den nächsten Blick warf Isabell auf ihr Handy. Etwas enttäuscht stellte Isabell fest, dass sie noch keine Nachricht von Taylor bekommen hatte. Isabell beschloss, eine kurze Unterbrechung einzulegen und in die Küche zu gehen, um sich um ihr Frühstück, Mittag- und Abendessen zu kümmern. Während Isabell sich ein Glas Weißwein einschenkte, passend zu ihren Nudeln mit Pesto, vibrierte ihr Handy.

16:35
»Ich hoffe, du vermisst mich schon. ☺
Bin endlich gut gelandet nach knapp 10 Stunden Flug. Ich ruf dich morgen in Ruhe an. Schmatzer«

Beim Lesen der Nachricht grinste Isabell wie ein kleines Kind, das gerade einen riesigen Lutscher bekommen hat.

16:36
»Hallo Taylor. Ich kann bereits jetzt kaum das Ende der zwei Wochen erwarten!! Ich freu mich auf deinen Anruf.«

Es verging kein Tag, an dem Isabell und Taylor sich nicht mehrmals schrieben. Es war ganz egal, dass sich beide auf verschiedenen Kontinenten befanden und die Zeitverschiebung doch mehrere Stunden betrug.

Dadurch, dass sich Eve mit Conner und Cathleen am Strand Spaniens vergnügte und die drei auch erst in neun Tagen wiederkommen wollten, hatte Isabell wirklich gar keine Ablenkung oder Ausrede, nicht an ihrer Kollektion zu arbeiten. Aber es fiel Isabell auch überhaupt nicht schwer. Sie steckte voller Energie und Inspiration, so dass alle Entwürfe nach wenigen Tagen fertig waren. Nach den zwei Wochen hatte Isabell sogar bereits über die Hälfte der Muster genäht. Isabell war stolz auf ihre Leistung. Sie hatte nicht gedacht, dass sie so viel schafft in der kurzen Zeit und selber so zufrieden sein würde mit ihren Entwürfen und Mustern. Jetzt konnte Isabell den Termin mit der großen Schneiderei in drei Wochen beruhigt auf sich zukommen lassen. Die Schneiderei sollte ihre kreierten Kleidungsstücke in größerer Stückzahl produzieren. Dass sie diese Kollektion noch in die Läden bringen würde für diesen Winter, hatte sich Isabell bereits abgeschminkt. Dafür war sie einfach viel zu spät dran. Ihr neuer Plan war es, die Kollektion über ihre eigene Webseite und Amazon zu verkaufen. Mit der nächsten Kollektion würde sie dann rechtzeitig an den Einzelhandel herantreten.

Isabell schaute auf die Uhr. Es war schon kurz nach drei. Isabell zuckte nervös zusammen und fluchte.

»Scheiße, so spät schon? Oh nein, nein, nein!«

Isabell ließ alles im Arbeitszimmer stehen und liegen und sprang unter die Dusche. In Windeseile rasierte und wusch sie sich. Danach schlüpfte sie in ein lockeres Kleid und steckte sich die noch nassen Haare mit einer Spange zusammen. Ein leichtes Make-Up musste reichen auf die Schnelle. Für Perfektion war keine Zeit mehr. Isabell war einfach mal wieder viel zu spät dran, weil sie auch heute die Uhr nicht im Blick gehalten hatte. Und das ausgerechnet heute, wenn Taylor wieder zurück nach England, zurück zu ihr kam.

Taylors Flieger sollte nach der Auskunft um 17:25 Uhr landen und Isabell wollte Taylor unbedingt am Flughafen überraschen. Zwei Wochen lang hatte sie ihn so sehr vermisst, dass sie es kaum erwarten konnte, ihn wieder in die Arme schließen zu können.

Taylor fuhr immer bis zum Flughafen in Blackpool. Von hier aus ging es mit einer Privatmaschine, einem kleinen Propellerflugzeug, nach London Heathrow und dann weiter per Direktflug nach Los Angeles. Etwas dekadent, aber sehr zeitsparend. So war Taylor fast zweieinhalb Stunden schneller am Flughafen in London.

Isabell wusste, dass Taylor unter keinen Umständen seinen Gran Torino am Flughafen in Blackpool zurücklassen würde. Da sie aber nicht direkt wieder auf dem Rückweg vom Flughafen von ihm getrennt sein wollte, fuhr Isabell mit dem Zug bis zum Flughafen. Isabell hasste die öffentlichen Verkehrsmittel und gerade den Zug, der in jedem kleinen Örtchen anhielt. Aber dieses Opfer erbrachte sie gerne für ihren Taylor.

Als Taylor endlich nach der Landung in die kleine Halle eintrat, spürte Isabell die Schmetterlinge in ihrem Bauch wild umherfliegen. Wie in Zeitlupe kam Taylor immer näher in ihre Richtung. Da war er! Und wie er da war. Taylor strahlte eine so starke Anziehungskraft auf Isabell und wahrscheinlich auf alle anderen weiblichen Bewohner dieser Erde aus, dass Isabell immer noch nicht glauben konnte, dass dieser Mann sich für sie entschieden hat. Dass dieser Mann SIE wollte!

Taylor hatte eine verwaschene Jeanshose mit weißen Turnschuhen und dazu ein weißes T-Shirt und eine Jeansjacke an. Die feinen Konturen seines muskulösen Oberkörpers waren prägnant durch das T-Shirt zu erkennen. Seinen riesigen Reiserucksack trug er ganz locker über seine linke Schulter geworfen. Seine Haare waren in den letzten Monaten ein ganzes Stück länger geworden. Das sah verdammt sexy aus, stellte Isabell fest. Als Taylor Isabell sah, fingen seine Augen an zu leuchten und Taylor zeigte ihr sein strahlendes Lächeln. Noch bevor er vor ihr stand, ließ er seine Tasche auf den Boden fallen, um Isabell ungehindert in seine Arme schließen zu können. Er zog sie fest an sich und hob sie ein ganzes Stück hoch, so dass Isabell den Boden unter den Füßen nicht mehr spüren konnte.

»Hi! Was machst du denn hier?«

»Ich wollte dich überraschen!«

»Das hast du auf jeden Fall geschafft.«

Taylor küsste Isabell und ließ sie langsam wieder zu Boden gleiten.

»Ich kann dir gar nicht sagen, wie sehr ich dich vermisst habe!«

»Also ein kleines bisschen habe ich dich auch vermisst«, antwortete Isabell und deutete mit ihrem Daumen und Zeigefinger die Größe eines Fingerhutes an. Um auf Isabells Neckerei einzugehen, spielte Taylor den Empörten und erhob etwas seine Stimme bei seiner Antwort.

»WAS!!! Ein kleines bisschen nur? Na warte!«

Taylor hob Isabell erneut hoch mit beiden Armen, warf sie über seine linke Schulter und klopfte ihr liebevoll auf den Hintern.

»Na gut, na gut!«, rief Isabell etwas verzweifelt.

»Vielleicht habe ich dich mehr als nur ein kleines bisschen vermisst.«

Taylor hatte Erbarmen und ließ Isabell wieder runter.

Isabell schaute Taylor tief in die Augen und sagte: »Ich konnte es nicht mehr abwarten, dass du endlich wieder bei mir bist!«

»Das glaube ich dir jetzt schon eher.«

»Sollen wir los?«, fragte Isabell hoffnungsvoll und biss sich dabei auf die Lippe.

Taylor konnte ahnen, was Isabell mit dieser Geste ihm sagen wollte. Ihm ging es nicht anders.

»Aber klar! Zu dir?«

»Wenn ich ehrlich sein darf, bin ich mir nicht sicher, ob ich die Stunde Fahrt noch bis zu mir aushalte.«

»Mrs. Johnson. Ich bin entsetzt!«

Taylor umklammerte Isabells Hand, nahm den Reiserucksack in die andere und führte sie in Richtung Parkplatz.

»Also zu mir heute?«

»Deine Junggesellenbude ist zwar nicht so schön wie mein Haus, aber ich denke, für das, was wir vorhaben, wird es schon reichen!«

Taylor lachte und gab Isabell einen Schmatzer auf die Wange.

»Fährst du hinter mir her?«

»Ich bin ohne Auto hier!«

Taylor schaute Isabell verblüfft an.

»Du bist mit dem Zug gekommen? Wow!«

»Ich wollte halt auch auf der Rückfahrt bei dir sein!«

Taylor grinste und schüttelte amüsiert und gleichzeitig begeistert den Kopf.

Am Wagen angekommen warf Taylor seinen Rucksack in den Kofferraum und öffnete Isabell die Wagentür, wartete, bis sie eingestiegen war und schloss sie anschließend wieder.

Kaum waren sie losgefahren, legte Taylor seine rechte Hand auf Isabells linkes Bein und streichelte es liebevoll. Isabells Herz fing immer schneller an zu schlagen. Sie spürte, wie Taylors Hand immer höher zwischen ihre Beine glitt. Angekommen, schob Taylor geschickt mit seinen Fingern Isabells Höschen etwas zur Seite, damit seine Finger weiter in sie gleiten konnten. Isabell fing laut an zu stöhnen.

»Was machst du?«

»Ich zeige dir nur, dass du mich mehr vermisst hast als nur ein kleines bisschen.«

»Oh ja. Das habe ich«, ächzte Isabell.

Isabell war so feucht und verspürte so viel Lust, dass sie Taylor befahl, sofort ranzufahren.

Taylor zog seine Finger aus Isabell, bremste scharf ab und lenkte den Wagen auf den Seitenstreifen der Landstraße. Während Isabell sich ihr Höschen unter dem Rock von den Beinen streifte, öffnete Taylor seine Jeanshose und zog sie etwas nach unten, ohne seinen Blick von Isabell abzuwenden.

Dann zog Taylor Isabell vom Beifahrersitz zu sich herüber auf seinen Schoß. Sofort spürte Isabell Taylors harte Erektion. Dann, ganz langsam, ließ Isabell ihn in sich eindringen.

»… und wie ich dich vermisst …«, stöhnte Isabell.

»Niemals mehr als ich dich«, erwiderte Taylor.

Taylor liebkoste Isabells Hals bestimmend und Isabell fing an, sich auf Taylors Schoß hoch und runter zu bewegen. Voller Lust griffen seine Hände nach Isabells Hüfte. Isabells Bewegungen wurden immer schneller und kräftiger. Taylor half ihr dabei, indem er sie an ihrer Hüfte immer wieder an sich hochzog und dann wieder herunterdrückte. Es dauerte nicht lange bis beide ihren Höhepunkt erreicht hatten und Isabell auf Taylors Schoß zusammensackte.

»Definitiv mehr als nur ein kleines bisschen!«, keuchten beide fast zeitgleich hervor.

Noch nach Luft schnappend, schauten sich beide an und mussten laut loslachen.

»Na komm, meine Hübsche. Ich bring uns nach Hause.«

Kaum bei Taylor angekommen, ließen sich beide nebeneinander ins Bett fallen und es dauerte nur wenige Minuten, bis beide, glücklich darüber, den anderen wieder im Arm halten zu können, einschliefen.

Nach einer erholsamen Nacht mit viel Schlaf öffnete Isabell die Augen. Taylor lag ihr direkt mit dem Gesicht gegenüber und beobachtete sie.

»Was machst du da?«, wollte Isabell neugierig wissen.

»Ich beobachte dich!«

»Wieso?«

»Ich habe dich vermisst und du bist einfach zu süß, wenn du schläfst«, sagte Taylor mit einem verschmitzten Schmunzeln.

»Du bist schon etwas gestört, mein Lieber.«

Taylor zog die Augenbrauen hoch und antwortete: »Echt blöd, dass dir das erst jetzt auffällt. Jetzt habe ich dich schon in meinen Bann gezogen und es ist zu spät, um wieder von mir loszukommen.«

»Wer sagt, dass es nicht genau andersherum ist und ich dich verzaubert habe?«

»Ich gebe zu, das hast du wirklich.«

Taylor küsste Isabell mit viel Gefühl, so dass sie wusste, dass die nächste Runde beginnen sollte.

Isabell lag mit dem Kopf auf Taylors Brust und Taylor hielt sie mit seinem rechten Arm fest an sich gedrückt. Ohne ein Wort zu sagen, lagen beide einige Zeit einfach nur so da. Taylor streichelte Isabell immer wieder sanft über den nackten Arm und den Rücken. Isabell genoss jede einzelne Berührung, auch wenn sie noch so leicht war. Isabell spürte eine große Ruhe in sich. Taylor war nett, aber nicht zu nett, aufmerksam, konnte kochen, sah gut aus und brachte sie zum Lachen. Und im Bett kam es auch zu keinerlei Klagen. Isabell musste lächeln und das blieb von Taylor nicht unbemerkt.

»Woran denkst du?«

Isabell hob den Kopf leicht und schaute Taylor an. Dabei versuchte sie, ganz ernst zu schauen, was ihr aber nicht wirklich gelang.

»Isabell, warum lächelst du?«

»Ich lächle doch gar nicht. Oder siehst du mich lächeln?«

»Ich sehe nur, dass du gerade ganz schön bescheuert aussiehst!«

Noch nicht ganz ausgesprochen, kitzelte Taylor Isabell überall. Isabell konnte nur mit lautstarkem Lachen antworten und versuchte, sich gleichzeitig vergeblich aus seinen Fängen zu befreien.

»Taylor. Hör auf. Ich kann nicht mehr. Bitte, bitte, bitte … Stopp!«

»Ergibst du dich?«, fragte Taylor mittlerweile auf Isabell sitzend.

»Ja. Versprochen.«

»Und warum haben wir gelächelt?«

Isabell konnte ein breites Grinsen nicht zurückhalten und Taylor wurde langsam ungeduldig. Er umklammerte Isabells Handgelenke mit seinen Händen und drückte sie zurück aufs Bett, rechts und links neben Isabells Kopf. Taylor schaute Isabell tief in die Augen.

»Widerstand zwecklos! Warum hast du gelächelt? Und das war mehr als ein kleines Lächeln.«

Isabell suchte nach den passenden Worten, um zu erklären, was sie fühlte.

»Ich weiß nicht, was noch passieren wird und was die Zukunft für uns bereit hält, Taylor, aber seit wirklich langer Zeit fühle ich mich …« Isabell hielt kurz inne, »Ich spüre eine innere Ruhe, ich fühl mich wohl mit dir und einfach nur glücklich.«

»Isabell, ich empfinde genau das Gleiche. Du bringst mich zum Lachen. Wenn ich nicht bei dir bin, denke ich fast pausenlos an dich. Das hat nach Megan keine Frau mehr geschafft. Ich bin auch sehr glücklich, Isabell!«

Als wenn Taylor ihre ausgesprochenen Gefühle besiegeln wollte, küsste er Isabell fest auf den Mund.

Mittlerweile war es schon später Nachmittag geworden. Taylor war unter der Dusche verschwunden und Isabell stand mit einer Tasse Kaffee in einem von Taylors T-Shirts in der kleinen Wohnung und schaute sich um. Isabell war erst das zweite Mal in Taylors Wohnung. Für gewöhnlich hielten sich beide bei Isabell oder unterwegs auf. So hatte Isabell sich die Wohnung noch nie richtig angeschaut. An der schmalen Theke am Ende der kleinen Küchenzeile hatten Isabell und Taylor bisher nur einmal gefrühstückt. Allerdings sah die kleine Küchenzeile neben der winzigen Zweiercouch mit Beistelltisch schon fast riesig aus. Das Schlafzimmer hatte dafür genügend Platz für ein schönes großes Bett auf der einen Seite und auf der anderen Seite ein großes Regal, in dem ein kleiner Fernseher und ganz viele Bücher und Zeitschriften standen. Isabell bemerkte, dass die meisten Bücher und Zeitschriften von Autos handelten. Aber ganz versteckt in der rechten Seite des Regales entdeckte Isabell plötzlich eine Reihe von französischen Gedichtbänden. Isabell kannte sogar einige der Dichter. Sie hatte in den letzten Monaten ein Faible für französische Gedichte entwickelt. Nachdem sie selber immer öfter Gedichte schrieb seit dem Tod von Nick, las sie auch hin und wieder alte Gedichte in Englisch oder Französisch. Ihr Französisch war zwar ein wenig eingerostet nach der Schule, aber nach kleinen Anfangsschwierigkeiten konnte sie die Gedichte zwar nicht Wort für Wort übersetzen, aber ihre Bedeutung verstehen.

Isabell zuckte zusammen, als Taylor sie von hinten in seine Arme nahm. Sie war so vertieft in die Gedichte, dass Isabell ihn gar nicht hat ins Schlafzimmer kommen hören. Seine Haare und sein nackter Oberkörper waren noch ganz nass von der Dusche.

»Na, meine Hübsche, was machst du?«

»Ich schau mir gerade deine recht beeindruckende Sammlung an Gedichtbänden an. Du hast ja einen richtigen Schatz hier stehen. Ich wusste gar nicht, dass du dich auch so für Gedichte interessierst.«

»Da muss ich dich leider enttäuschen. Das tu ich auch nicht wirklich!«

Taylor nahm das Buch aus Isabells Hand und stellte es vorsichtig zurück in das Regal.

»Diese Sammlung gehörte Megan«, sein Blick wurde nachdenklich.

»Ich habe es nicht übers Herz gebracht, die Bücher wegzugeben. Sie hat diese Gedichte geliebt. Die meisten der Bücher hat

170

sie auf Flohmärkten erstanden. Alle paar Wochen kam sie mit einem neuen Buch nach Hause. Ich versteh noch nicht mal, worum es in den Gedichten geht. Mein Französisch ist sehr schlecht bis gar nicht vorhanden!«

Isabell drehte sich schuldig zu Taylor um.

»Das tut mir leid, Taylor. Ich wusste nicht, dass die Gedichte Megan gehörten. Sonst hätte ich diese Wunde nicht aufgerissen.«

»Das macht nichts, Isabell. Woher solltest du es auch wissen?«

Isabell schaute sich das Regal und das Zimmer noch einmal an. Megan und Taylor hatten eine anscheinend so liebevolle Beziehung geführt und trotzdem konnte Isabell nirgendwo ein Foto von Megan entdecken. Irgendwie empfand Isabell diese Tatsache als störend.

Taylor merkte, dass Isabell grübelte und fragte nach.

»Alles ok? Ich wollte dich nicht verletzen.«

»Sei nicht albern. Das hast du nicht. Aber ich habe mich gerade gefragt, dass ich gar nicht weiß, wie Megan aussah. Du hast hier nirgendwo ein Foto von ihr stehen. Ich habe zumindest keins gesehen.«

»Du hast vollkommen Recht …» Taylor unterbrach seinen Satz und nahm einen Gedichtband aus dem Regal. »Ich will sie nicht die ganze Zeit sehen. Ich habe ihr Bild in meinem Kopf und in meinem Herz. Ich sehe es jederzeit an, wenn ich es will. Und das ist genau der Punkt. Ein Foto würde mich zwingen, sie immer zu sehen. Ich möchte nicht von den Geistern der Vergangenheit verfolgt werden. Verstehst du, was ich meine?«

»Ja. Ich verstehe, was du meinst. Egal, ob die Erinnerungen gut oder schlecht sind, aber man erinnert sich mit einem Foto immer automatisch, wenn man es sieht.«

»Darf ich dir ein Foto von Megan zeigen?«

»Gerne.«

Taylor öffnete das Buch und zum Vorschein kam ein Foto, dass eine lachende und wunderhübsche Frau mitten im Leben zeigte. Megan war sitzend auf einer Decke am Strand zu sehen.

»Wahrscheinlich ein Urlaubsfoto«, dachte Isabell. Sie hatte lange, glatte, dunkelbraune Haare mit einem dünnen Pony. Ihre

Haut sah von der Sonne leicht gebräunt aus. Sie lehnte mit den Armen nach hinten auf die Decke gestützt, die Beine angewinkelt nach vorne. Sie hatte eine kurze Jeans und ein lockeres weißes Sommeroberteil an.

»Sie sieht glücklich aus und sie war wirklich hübsch, Taylor!«

»Danke. Das war sie.«

Taylor legte das Foto etwas gedankenverloren zurück und stellte das Buch wieder an seinen Platz.

Dann legte Taylor seine Arme um Isabells Hüften und sah sie an.

»Weißt du, wer noch hübsch ist?«

Isabell versuchte zu lächeln, schaffte es aber nicht und wich Taylors Blick aus. Taylor schob seine Hand unter Isabells Kinn und hob es vorsichtig an, so dass Isabell ihn wieder anschauen musste.

»Isabell, du bist wunderschön. Megan gehört zu mir. Aber sie ist meine Vergangenheit und ich hoffe inständig, dass du meine Zukunft bist.«

Jetzt lächelte Isabell wieder. Sie spürte, dass Taylor die Worte so meinte, wie er sie sagte. Sie kamen von Herzen.

»Was hältst du davon, wenn du jetzt auch unter die Dusche gehst und wir dann etwas leckeres Essen gehen. Heute bleiben wir dann hier und morgen fahren wir wieder zu dir nach Kendal?«

Isabell nickte zustimmend und ging in Richtung Bad. Um die Stimmung wieder etwas aufzulockern, streifte sich Isabell provokant ihren weißen Schlüpfer über die Hüften und ließ ihn zu Boden fallen. Ohne sich umzudrehen, folgte kurz danach das T-Shirt, so dass Taylor nur noch ihre aufreizende nackte Rückseite sah, wie sie im Bad verschwand. Sie spürte Taylors Blicke auf ihrer nackten Haut und hoffte, so schon Appetit auf mehr zu machen.

Taylor hatte in Blackpool ein nettes Lokal herausgesucht.

Ein kleines italienisches Restaurant, bei dem es alles außer Pizza gab. Bei einer guten Flasche Rotwein, reichlich Antipasti, einer Portion Saltimbocca für Isabell und einer ordentlichen Portion Pasta für Taylor genossen sie den Abend.

Isabell berichtete von ihren Entwürfen und was sie in den zwei Wochen alles geschafft hatte. Taylor hörte Isabell die ganze Zeit aufmerksam zu und war gespannt, die Ergebnisse am nächsten Tag selber sehen zu können. Taylor selbst berichtete an diesem Abend nicht viel über die Zeit in Los Angeles. Es war eine anstrengende Zeit mit sehr viel Arbeit gewesen.

Kapitel 19

Nachdem sich Taylor und Isabell einige Tage Zweisamkeit ge-
gönnt hatten, musste Taylor für einen größeren Verkauf von drei
Oldtimern über ein langes Wochenende nach London. Anstatt
Taylor zu begleiten, wollte Isabell die Tage lieber nutzen, um sich
wieder intensiv um ihre Kollektion zu kümmern. Es war noch
viel zu tun und Isabell wollte schließlich fertig werden.

Im Gegensatz zur Kollektion stand der Name ihres Labels
schnell fest. Nach einer gedanklichen Spielerei mit den Vornamen ihrer Eltern, Brian und Alice, entstand der Name BRA-
LICE. Isabell war mit dem Ergebnis überglücklich, da ihr Label
so einen ganz besonderen Namen mit tiefer Bedeutung bekam.

Trotz der vielen Arbeit, die noch vor Isabell lag, hatte sie einen
Abend fest für Eve und Cathleen reserviert. Die beiden wollten
vorbeikommen, nachdem sie über drei Wochen im Urlaub waren.
Isabell und Eve hatten sich nie länger als zwei Wochen nicht gesehen, seitdem die beiden Freundinnen waren. Also musste ganz
dringend mal wieder ein richtiger Mädelsabend her, bei dem die
Freundinnen mal wieder richtig quatschen konnten. Eve hatte Isabell in den letzten Monaten kaum gesehen, weil Isabell fast jede
freie Minute mit Taylor verbrachte. Aber Eve war durch die be-

vorstehende Hochzeit mit Conner auch sehr eingespannt und sie freute sich einfach nur für Isabell. Sie hoffte so sehr, dass Taylor sie endlich wieder ins Leben zurückbrachte. Und so wie es aussah, schaffte er es auch. Eve erkannte, wie glücklich ihre Freundin war.

Nach einem anstrengenden Wochenende, unter anderem, weil der Abend mit Eve recht feucht-fröhlich verlief und Isabell zusätzlich viel gearbeitet hatte, war sie ganz schön erledigt. An Schlaf und Ausruhen war aber nicht zu denken, da Taylor abends vorbeikommen wollte. Isabell freute sich einfach nur auf ihn. Hierfür nahm sie gerne ein kleines Schlafdefizit in Kauf.

Taylor hatte aus dem Ort etwas zu essen mitgebracht. Die Auswahl war nicht besonders groß, aber die wenigen Restaurants und Imbisse waren alle sehr gut. Taylors Wahl fiel auf etwas Chinesisches. Bei einer Liebeskomödie und einem Glas Wein aßen Taylor und Isabell ihre gebratenen Nudeln mit Ente süßsauer gemütlich auf der Couch.

An dem Abend bemerkte Isabell, dass Taylors Handy ungewöhnlich oft ging. Beim ersten Mal schaute er noch drauf, wer der Anrufer war, ging aber nicht dran. Bei den nächsten Malen schaute er noch nicht mal mehr auf das Handy. Das kam Isabell schon etwas seltsam vor. Taylor war zwar genauso liebevoll wie sonst zu ihr, aber dennoch nahm sie eine leichte Veränderung wahr. Taylor wirkte sehr ruhig. Normalerweise konnte er es nicht lassen, während einer Liebeskomödie immer mal wieder abfällige Bemerkungen über die Schauspieler, den Drehort oder die Story zu machen und diese ins Lächerliche zu ziehen. Aber heute schaute er einfach nur den Film, ohne irgendwelche Kommentare abzugeben. Isabell wusste nicht, ob sie ihn darauf ansprechen sollte. Sie entschied sich dagegen. Vielleicht hat der Verkauf der Oldtimer nicht so geklappt wie geplant. Er brauchte wahrscheinlich nur einmal ein paar Stunden Ruhe.

Taylor schüttelte Isabell leicht an der Schulter und versuchte, sie vorsichtig aufzuwecken.

»Komm, Isabell. Lass uns ins Bett gehen.«

Isabell öffnete nur widerwillig die Augen.

»Bin ich eingeschlafen?«

»Wir sind beide eingeschlafen«, lächelte Taylor Isabell an.

»Komm!«

Isabell streckte ihre Hand nach Taylor aus.

Taylor lächelte erneut und beugte sich zu Isabell herunter. Isabell legte ihre Hände um seinen Hals und Schultern und Taylor hob sie behutsam hoch. Weiter im Halbschlaf kuschelte sie sich an ihn auf dem Weg ins Schlafzimmer. Dort angekommen, half Taylor Isabell aus ihren Anziehsachen. Nur noch mit ihrer Unterwäsche bekleidet, lag Isabell auf ihrer Seite des Bettes, die Bettdecke bis unter ihr Kinn gezogen.

Taylor verschwand noch im Bad und gesellte sich wenig später zu ihr auf die andere Seite des Bettes. Er schaute in Isabells Richtung und war überrascht, dass sie noch nicht schlief.

»Du bist ja noch wach?«

Isabell schaute Taylor mit weit aufgerissenen Augen an. »Mir ist kalt.«

»Kalt?«

»Ja. Mich hat jemand einfach fast nackt ins Bett gelegt und ist dann verschwunden.«

»Aber du hast doch eine Bettdecke, unter der es schön warm sein müsste.«

»Nein. Das ist leider eine falsche Annahme.«

»Und was machen wir da?«

»Ich habe keine Ahnung.«

Taylor hob seine Decke hoch und sagte auffordernd: »Na, dann komm mit unter meine. Hier ist es schön warm.«

Isabell ließ sich nicht zweimal bitten und in null Komma nichts lag sie in Taylors Arm, auf seiner Brust, unter seiner Decke. Taylor streichelte sie zärtlich am Rücken und hielt sie fest an seine Brust gepresst.

Dann nahm sich Isabell ein Herz.

»Taylor, ist alles OK mit dir?«

»Ja. Wieso sollte nicht alles OK sein?«

»Du hast den ganzen Abend so abwesend und still gewirkt. So kenn ich dich gar nicht.«

Taylor suchte den Augenkontakt zu Isabell.

»Es tut mir leid. Es ist alles OK. Ich musste mir nur ein paar Gedanken machen um eine Sache.«

»Willst du mir sagen, um welche Sache es geht?«

»Heute nicht meine Liebe … Heute nicht!«

»Wie du willst.« Isabell schaute nachdenklich und wusste nicht so recht, was sie von dieser Antwort halten sollte.

»Isabell?« Taylor schaute Isabell an und wartete einen Moment, bis er das Gefühl hatte, dass Isabell ihm auch wirklich zuhörte.

»Du und ich …wir sind OK. Mehr als OK. Ich werde es dir erzählen. Aber nicht heute.«

Isabell nickte. Für diesen Moment reichte Isabell diese Antwort.

»OK, Taylor. Erzähl es mir, wann du bereit bist.«

Taylor gab Isabell einen Kuss auf den Mund. Kurz danach schliefen beide Arm in Arm ein.

Als Isabell am nächsten Tag aufwachte, war der Platz neben ihr im Bett bereits leer. Isabell überlegte grübelnd, wo Taylor steckte. Auch wenn er manchmal früher als Isabell wach war, so blieb er doch immer noch im Bett liegen und wartete, bis sie wach wurde. Isabell entschied sich, aufzustehen und nach Taylor zu schauen. Vielleicht machte er ja schon Frühstück. Isabell ging ins Bad, nahm sich ihren langen roten Bademantel vom Haken hinter der Badzimmertür und zog ihn auf den Weg nach unten an.

Isabell entdeckte Taylor in der Küche. Sie hielt auf der Treppe inne und musterte ihn, wie er vor dem Küchenfenster stand. Er nippte an seinem Kaffee und schaute gedankenverloren aus dem Fenster in die Ferne. Irgendwas beschäftigte ihn. Das konnte sie spüren. Aber was war denn nur los? Gestern hatte er ja zugegeben, dass er sich Gedanken über etwas machte. Aber worüber nur und warum wollte er nicht mit ihr sprechen? Seitdem er von seiner letzten Reise wiedergekommen war, wirkte er verändert. Er schaute öfters auf sein Handy und verschwand zum Telefonieren. Das kannte Isabell nicht. Wenn sie Zeit miteinander verbrachten, galt seine volle Aufmerksamkeit immer ihr. Er schaute sie zwar immer noch mit demselben durchdringenden Blick an und er liebte sie immer noch mit einer Leidenschaft wie in der ersten Nacht, aber trotzdem bemerkte Isabell eine gewisse Ernsthaftigkeit an Taylor. Was war nur los? Es musste etwas sehr Ernstes sein. Aber was nur?

Isabell ging die Treppe zu Taylor hinunter.

»Morgen Taylor, ich habe dich neben mir vermisst.«

Taylor drehte sich zu Isabell und begrüßte sie mit einem Kuss auf den Mund.

»Morgen, meine Hübsche.«

In Taylors Stimme lag Traurigkeit. Irgendwas war vorgefallen, das konnte Isabell fühlen. Nachdem Taylor nicht mehr sagte, entschloss Isabell, ihn erneut zu befragen.

»Ich weiß, du hast gesagt, dass du nicht drüber sprechen möchtest, aber … Bitte! Was ist los? Ich spüre, dass etwas passiert sein muss.«

Taylor zögerte mit einer Antwort.

»Bitte Taylor!«, flehte Isabell und trat näher an ihn heran. Taylor zögerte immer noch, bis er schließlich antwortete.

»Ich muss in die USA, Isabell.«

»Was? Wann? Aber du bist doch erst seit einer Woche wieder hier! Wieso musst du wieder los?«

»Es geht nicht anders. Ich muss. Bitte frag nicht näher nach.«

»Taylor! Was soll das? Bitte sag mir, was los ist!«

Doch Taylor holte nur tief Luft und schüttelte den Kopf.

Isabell verstand nicht, warum Taylor ihr nicht mehr sagen wollte. Warum wollte er nicht mit ihr reden? Nun wurde Isabell leicht panisch. Sie begriff nicht, was gerade passierte. Es fühlte sich aber auf einmal alles nach Abschied an.

»Bitte Taylor. Bitte sag, was los ist.«

»Ich kann nicht, Isabell! Ich erkläre dir alles, wenn ich wieder da bin.«

Taylor stellte die Kaffeetasse auf den Küchentisch und nahm mit der anderen Hand seine Autoschlüssel. Er ging in Richtung Tür. Isabell folgte ihm.

»Du musst jetzt los? Sofort?«

»Ja. Es tut mir leid.«

Ohne ein weiteres Wort der Erklärung drehte sich Taylor zu Isabell um, schloss die Augen und küsste sie auf die Stirn. Dann streichelte er ihr über die Wange und verabschiedete sich mit den Worten: »Ich würde nicht gehen, wenn ich nicht müsste. Bitte Isabell, vertrau mir! Ich werde dir alles erklären.«

Isabell war fassungs- und regungslos. Der Boden wurde ihr gerade von dem Mann weggezogen, der die letzten Wochen alles für sie war. Sie wollte ihn nicht gehen lassen, aber aufhalten konnte sie ihn auch nicht, und so verschwand Taylor durch die Haustür. Isabell hörte, wie die Motorgeräusche des Gran Torino langsam immer leiser wurden, bis sie wieder ganz verschwanden.

Isabell befand sich in einer Schockstarre, gepaart mit panischer Fassungslosigkeit. Es dauerte einige Minuten, bis sie sich überhaupt wieder bewegen konnte. Sie setzte sich auf die ersten Stufen der Treppe und schaute auf die Haustür, dann auf die Kaffeetasse von Taylor und dann wieder auf die Haustür. Sie spürte einen tiefen Schmerz in ihrer Brust und die Tränen fingen prompt an, sich einen Weg über ihre Wangen zu suchen. So saß Isabell eine ganze Zeit lang einfach nur da.

Als Isabell langsam wieder zu sich kam, überlegte sie lange, was sie tun sollte. Es war schon ein paar Stunden her, seitdem Taylor sie einfach so verlassen hatte. Dann entschied sie sich, Taylor eine Nachricht zu schreiben. Er saß bestimmt schon im Flieger und würde die Nachricht bei der Landung lesen, aber sie wollte ihren Gefühlen Luft machen und einfach nur verstehen, was da passiert war und warum er sie verlassen hatte.

14:00
»Taylor. Ich kann nicht verstehen, warum du heute ohne eine Erklärung gefahren bist. Es fühlt sich an, als wenn du mich verlassen hättest! Waren die letzten Wochen nur ein Traum, nur ein wundervoller Traum, aus dem ich nun auf-

wachen muss und feststelle, dass mein fremder Retter doch nur ein Fremder ist? Bitte Taylor. Melde dich bei mir und sag mir, was los ist.«

Nur wenige Minuten später klingelte Isabells Handy. Sie schaute auf das Display. Taylors Nummer wurde angezeigt. Isabell stockte das Herz. Sie hatte nicht mit seinem Anruf gerechnet. Sie atmete tief ein und aus, dann hob sie ab.

»Taylor?«

»Ja.«

»Ich dachte, du bist im Flieger?«

»Noch nicht. Aber das Boarding hat schon begonnen. Ich habe nicht viel Zeit.«

»Sag mir bitte, was los ist.«

»Isabell. Ich will dich nicht verletzen. Es tut mir leid, wenn ich das getan habe. Die letzten Monate waren für mich genauso wundervoll. Aber …«, Taylor stoppte.

»Aber was?«, forderte Isabell.

»Aber ich muss jetzt in die Realität zurück!«

»Was heißt das, Taylor?«

»Isabell, ich wollte es dir persönlich sagen und niemals am Telefon. Das musst du mir bitte glauben!«

Isabell war ganz ruhig und sagte kein Wort. Sie wartete darauf, dass Taylor endlich weitersprach.

»Ich habe ein Kind.«

»Was?« Mehr brachte Isabell nicht raus.

»Ja. Eine Tochter. Sie ist fünf. Ich muss dringend zu ihr.«

Isabell lief mit dem Handy am Ohr in ihrem Wohnzimmer auf und ab. Sie wusste nicht, wie sie mit dieser Nachricht umgehen sollte.

»Du bist Vater? Wieso hast du mir das nicht gesagt? Taylor, warum nicht?«

»Ich wusste nicht, wie ich dir erklären sollte, dass ich ein Kind habe. Warum sie nicht bei mir lebt. Warum ich sie nicht jede Minute bei mir haben will. Ich habe mich geschämt. Ich wollte erst wissen, wie die Geschichte weitergehen wird mit uns. Mit dir, mit mir … vielleicht mit uns.«

»Geschämt? Weitergehen? Taylor, ich verstehe nicht was du meinst.«

»Du hast dir so sehr Kinder gewünscht die letzten Jahre und wurdest vom Schicksal so hart bestraft, dass ich es nicht als fair dir gegenüber empfand. Ich wusste nicht, wie ich es dir und wann ich es dir sagen sollte.«

Isabell wusste nicht, wie sie Taylors Erklärungsversuche einschätzen sollte. Sie war von seiner Unehrlichkeit gekränkt und verletzt.

Mit trauriger und leiser Stimme sagte sie: »Weißt du was, Taylor!? Ich glaube, dass du es mir aus einem anderen Grund nicht gesagt hast, dass du eine Tochter hast. Ich denke, dass du mir nichts von ihr erzählt hast, weil du nie mit mir eine Zukunft geplant hast und du nicht dasselbe wie ich empfindest! Ich glaube, du wolltest deiner sogenannten Realität einfach nur entschwinden und eine schöne Zeit haben!«

Mit diesen Worten beendete Isabell das Telefonat wütend und schmiss ihr Telefon quer durch den Raum, bis es am anderen Ende des Wohnzimmers an die Wand prallte und zu Boden fiel. Die Tränen schossen ihr in die Augen und sie konnte sie nicht mehr zurückhalten. Mit einem Dolch in der Brust brach sie zusammen auf den Wohnzimmerboden.

Taylor versuchte Isabell nicht zu erreichen. Ihr Telefon, das ziemlich demoliert aussah, ging zwar noch, aber es klingelte die nächsten Stunden nicht mehr. Kein Anruf oder Nachricht von Taylor.

KAPITEL 20

Isabell wurde von einem lauten Knall geweckt.

Als sie realisierte, wo sie war, wurde ihr klar, dass die letzten Stunden kein Alptraum waren. Sie war weinend und erschöpft auf der Couch eingeschlafen und hatte dabei die Fernbedienung auf den Boden gestoßen.

Dann erinnerte Isabell sich. Taylor war fort. Er war in den USA bei seinem Kind. Er hatte sie verlassen. Er war weg!

Es war tiefe Nacht und Isabell beschloss, ins Bett zu gehen und dort weiterzuschlafen, wenn sie überhaupt jetzt Ruhe fand. Isabell hatte sich in ihr Bett gelegt und schaute auf die leere Bettseite, auf der noch vor kurzem Taylor gelegen hatte. Jetzt war er fort und Isabell verstand immer noch nicht, wie es dazu kommen konnte.

»Warum hat er mir nicht gesagt, dass er ein Kind hat? Wieso nicht?«, murmelte Isabell vor sich hin.

Ihr Handy fest umklammert in ihrer Hand schlief Isabell bald wieder ein. Zu anstrengend waren die Geschehnisse des Tages.

Gerade wieder eingeschlafen, wurde Isabell durch ihr Handy geweckt. Es vibrierte und Isabell zuckte erschrocken zusammen.

Sofort riss sie die Augen auf und sah auf ihrem Handy das Benachrichtigungslicht leuchten.

05:46
»Isabell.
Ich habe die letzten Stunden viel Zeit gehabt nachzudenken.
Ich weiß, dass ich Dich durch mein Handeln verletzt habe. Deine Worte haben ebenfalls sehr weh getan und ich spüre eine tiefe Zerrissenheit. Ich verstehe Deinen Zorn. Aber wenn Du mich als Fremden bezeichnest und Du mir unterstellst, dass ich es nicht ernst meine mit uns, dann schmerzt dies sehr.
Ich bin kein Fremder für Dich. Das weißt Du!
Hör auf dein Herz. Was sagt es Dir? Meine Gefühle sind echt. Echter könnten sie nicht sein. Nach Deinem Unfall konnte ich nur noch an Dich denken und seitdem wir uns getroffen haben, verging kein Tag, an dem ich lieber ohne Dich gewesen wäre. Ich glaube, ich hatte einfach nur Angst vor der Realität. Genauso wie Du hatte ich Angst aufzuwachen. Aufzuwachen aus dem schönsten Traum, den ich je hatte. Verzeih mir bitte, dass ich Dir nicht alles gesagt habe.
Ich wusste einfach nicht wie und wollte den richtigen Moment abwarten. Und das vorhin am Telefon war er definitiv nicht! Ich hoffe, dass Du mir verzeihen kannst und wir einen Weg für uns finden.«

Isabell las die Nachricht viermal, dabei musste sie wieder anfangen zu weinen. Die Vorwürfe, die sie ihm gemacht hatte, haben auch ihn verletzt. Sie wusste, dass unendlicher Ärger und tiefsitzende Unsicherheit die Worte am Telefon zu Taylor ausgesprochen hatten. Unsicherheit, die sich in den letzten Jahren langsam tief in ihr aufgebaut hatten. Der Ärger auf Taylor verflog schneller, als er gekommen war und Isabell verspürte plötzlich nur noch Angst. Angst, Taylor verlieren zu können.

»Was, wenn sich Taylor nun von mir abwenden wird? Was, wenn er denkt, dass ich ihm nicht mehr verzeihe? Was, wenn er denkt, dass ich seine Tochter nicht akzeptierten werde? Aber er hat mich schließlich angelogen. Vertrauen und Ehrlichkeit sind für mich das Wichtigste und das weiß Taylor!!«

Gedanken über Gedanken flogen durch Isabells Kopf.

»Was ist, wenn Taylor zu dem Schluss kommt, dass es keinen Weg für uns gibt? …«

Isabell sprang entschlossen von ihrem Bett auf.

»Nein! Das darf nicht passieren. Das wird nicht passieren!«

Isabell nahm ihr Handy in die Hand und wählte Taylors Nummer.

»Dies ist die Mailbox von Taylor Clark. Bitte hinterlassen Sie mir eine Nachricht.«

Isabell legte auf, überlegte und schaute dabei ihr Handy an.

Ohne auf die Uhr zu schauen oder Taylor per SMS zu antworten, stand Isabell auf und lief in ihr Arbeitszimmer. Dort holte sie ihren Koffer und eilte zurück ins Schlafzimmer. Sie machte ihn auf und verstaute die nötigsten Dinge in ihm. Ihr Entschluss stand fest. Sie wollte zu Taylor und sie wollte nicht warten. Sie wollte ihn persönlich sehen und ihn ebenfalls um Verzeihung bitten. In Isabells Koffer flogen ihr Kulturbeutel, Unterwäsche, drei Paar Socken, eine Jeans, zwei Pullover, drei Oberteile und zwei Strickjacken. Dann zog sie sich schnell noch eine andere Hose sowie ein T-Shirt an und schmiss sich eine Hand voll Wasser ins Gesicht, um wach zu werden. Ihre große Handtasche war noch komplett gepackt. Sie brauchte nur noch ihren Reisepass, der schnell ebenfalls in der Handtasche landete. Mit Handtasche und Koffer bewaffnet, stürmte Isabell fast schon aus dem Haus. Die Lichter schaltete sie schnell noch aus, dann flog die Tür schon ins Schloss. Isabell stieg in ihren Audi und fuhr in Richtung Flughafen los. Während der Fahrt buchte Isabell den nächsten Flieger nach Los Angeles. Er musste dort sein. Seine Flüge gingen immer nach Los Angeles und sein Geschäftssitz war dort.

Isabell hatte Glück. Der nächste Flieger ging schon in drei Stunden. Sie nutze die Zeit am Flughafen, um Eve noch anzurufen und sie über Taylors Beichte, seine überstürzte Abreise, ihren Streit, seine Nachricht und Isabells nun verrückte und sehr unüberlegte Kurzschlussreaktion zu informieren.

»Isabell, bist du verrückt?«, tönte es von der anderen Seite der Leitung.

»Du kannst ihm doch nicht einfach hinterher fliegen. Was ist, wenn er erst einmal seine Ruhe haben will? Lass ihm ein wenig Zeit! Du kannst ihn doch später einfach anrufen.«

»Nein. Ich muss ihn persönlich sehen und das richtigstellen. Ich weiß nicht, wann er wiederkommt. Ob er überhaupt wiederkommen wird. Ich muss zu ihm!«

Der Lautsprecher ertönte.

»Liebe Passagiere. Wir beginnen nun das Borden bei dem Flug AF6756 nach Los Angeles. Bitte halten Sie Ihr Flugticket und Reisepass bereit.«

»Eve. Ich muss jetzt langsam los. Mein Flieger geht jetzt.«

»Oh Mann, Isabell … Tu mir bitte den Gefallen und pass auf dich auf und sei vorsichtig. Ruf mich an, sobald du da bist.«

»Mach ich! Versprochen. Bitte gib Cathleen einen Kuss und liebe Grüße an Conner.«

»Hab dich lieb.«

»Ich dich auch.«

Isabell legte auf und reihte sich in die Schlange zum Boarding ein.

Kapitel 21

Isabell hatte den ganzen Flug kaum ein Auge zumachen können. Sie hatte zwar das große Glück, am Fenster zu sitzen, während der Platz neben ihr nicht besetzt war, doch trotzdem kam Isabell nicht richtig zur Ruhe. Sie versuchte, sich die Zeit zu vertreiben, indem sie in ihrem noch am Flughafen gekauften Buch las oder einen Film schaute. Aber ihre Gedanken kreisten immer nur um Taylor.

Wie ging es ihm? Was machte er wohl gerade? Hatte er sie schon versucht zu erreichen und wunderte er sich, dass sie das Handy ausgeschaltet hat?

Nach fast sechs Stunden brachte dann endlich die Durchsage der Stewardess mit der piepsigen Stimme die Erlösung.

»Meine Damen und Herren, wir bitten Sie, Ihre Plätze einzunehmen, Ihre Tische hochzuklappen und Ihre Lehnen wieder senkrecht zu stellen. Wir beginnen nun mit dem Landeanflug auf den Internationalen Flughafen von Los Angeles.«

»Endlich«, rutschte Isabell versehentlich etwas lauter als geplant über die Lippen.

Der ältere Herr zwei Sitze neben Isabell schaute sie an und konnte sich ein Lächeln nicht verkneifen.

»Na, Sie haben es aber wohl sehr eilig, junge Dame?«

»Ha. Junge Dame! Das passt nicht mehr wirklich.«

»Im Gegensatz zu mir sind Sie eine sehr, sehr junge Dame. Der Mann, der auf Sie wartet, kann sich glücklich schätzen.«

Isabell lächelte zurück und antwortete in einem ernsten Ton: »Ich hoffe, dass er das tut!«

»Wenn er Sie liebt, dann tut er es. Egal, was war.«

»Wir werden sehen! Ich hoffe, Sie haben recht!«

Isabell lächelte dankend, drehte dann aber ihren Blick in Richtung Fenster und beobachtete den langsam näherkommenden Boden, auf dem das Leben wie in Zeitlupe immer deutlicher zu erkennen war. Häuser, Straßen und fahrende Autos schienen auf einmal nicht mehr so weit entfernt. Dann setzte das Flugzeug am Boden auf. Kurz nach der Landung ertönte wieder die Stimme der Stewardess.

»Willkommen in Los Angeles. Wir hoffen, Sie hatten eine angenehme Reise mit Air France und freuen uns bereits heute auf den nächsten Flug mit Ihnen. Bitte bleiben Sie weiter angeschnallt, bis wir unsere endgültige Parkposition erreicht haben. Wir wünschen Ihnen einen schönen Aufenthalt oder eine gute Weiterreise.«

Noch während der Durchsage griff Isabell nach ihrem Handy und schaltete den Flugmodus aus und schaute gespannt auf das Display. Aber außer dass sich die Uhrzeit automatisch umstellte auf 12:10 Uhr und die typischen SMS über die Roaminggebühren erschienen, passierte nichts. Keine Nachricht, kein entgangener Anruf auf der Mailbox …Einfach nichts!

Isabell holte tief Luft und versuchte, ihre Enttäuschung auszuatmen. Doch das klappte nicht wirklich. Sie hatte mit irgendeiner Nachricht gerechnet von Taylor.

Isabell stand am Gepäckband und fluchte vor sich hin. »Wieso habe ich nicht einfach nur Handgepäck mitgenommen? Wieso musste ich einen Koffer nehmen? Wieso?«

Der alte Mann aus dem Flugzeug stand auf der anderen Seite des Bandes. Als er seinen Koffer vom Band hob und in Richtung Ausgang gehen wollte, warf er Isabell noch einmal einen freundlichen Blick zu. Seine Lippen bewegten sich und Isabell meinte, ein »Viel Glück« gesehen zu haben. Isabell hob kurz die Hand zum Abschied und nickte ihm freundlich zu. Als ihr Koffer endlich kam, standen lediglich noch zwei andere Personen am Gepäckband, die ebenfalls genervt aussahen. Isabell schnappte sich ihren Koffer und nachdem sie nach einer weiteren Stunde endlich durch die Sicherheitskontrolle war, beschloss sie, mit dem Taxi erst einmal ins Hotel zu fahren, um sich kurz auszuruhen und einen Plan zu machen, wie es weitergeht. Noch vom Flughafen in London aus hatte Isabell ein Hotelzimmer in Santa Monica in einem Vier-Sterne-Hotel gebucht. Es war nicht unbedingt das Günstigste, aber dafür lag es sehr schön zentral in Santa Monica. Außerdem war das Hotel im Vergleich zu den Kosten für den Flug ein echtes Schnäppchen.

Im Hotel angekommen, bestätigte sich der erhoffte positive Eindruck. Das Personal am Empfang war sehr freundlich und das Hotel sah auch in echt sehr schön aus. Ein Page brachte Isabell zu ihrem Zimmer und trug aufmerksamerweise ihren Koffer. Nachdem Isabell dem Pagen noch ein Trinkgeld gab, verließ er ihr Zimmer und schloss die Tür hinter sich. Nach einer kurzen Begutachtung des Zimmers wollte Isabell nur noch eins, eine Dusche und etwas Frisches zum Anziehen. Sie schloss ihr Handy an das Ladekabel an und holte ihre Kulturtasche aus dem Koffer und ging direkt ins Bad. Nachdem Isabell die Dusche nach 20 Minuten wieder abstellte, hörte sie ihr Telefon klingeln. Komplett nackt lief sie in Windeseile zu ihrem Handy. Doch leider zu spät. Der Anrufer hatte aufgelegt. Isabell schaute aufs Display. Vier Nachrichten und zwei verpasste Anrufe.

»Eve«, murmelte Isabell und verdrehte die Augen dabei. Isabell entschloss, sich erst einmal richtig abzutrocknen und sich einen Kaffee aufs Zimmer kommen zu lassen.

»Ok, dann wollen wir mal«, sagte Isabell und nahm ihr Handy in die eine Hand und den Cappuccino in die andere. Eingewickelt in ihren Bademantel, hatte es sich Isabell bequem auf dem Bett gemacht.

Sie löschte die beiden entgangenen Anrufe, genauso wie die Sprachnachrichten von Eve und widmete ihre Aufmerksam direkt den Nachrichten.

09:30
»Hi Liebes. Bist Du gut gelandet? Wie geht es Dir? Bussi Eve«

11:30
»Isabell. Melde Dich doch bitte kurz. Ich will nur wissen, ob alles Ok ist bei Dir.«

11:40
»Wieso gehst du nicht ans Handy. Jetzt habe ich dich schon zweimal angerufen!!!«

Isabell entschloss sich, ihrer sehr ungeduldigen und leicht nervösen Freundin zu antworten. Schließlich wollte Isabell verhindern, dass Eve sich auch noch in den Flieger nach Los Angeles setzte.

11:59
»Eve! Ich war einfach unter der Dusche und habe deshalb nicht sofort geantwortet.«

12:01
»Isabell, na Gott sei Dank. Bin so beruhigt, von Dir zu hören. Geht es dir gut?«

12:03
»Mir geht es gut, Eve. Es sei denn, ich werde dauernd mit Nachrichten bombardiert.«

12:05
»Sorry. Ich habe mir halt Sorgen gemacht. Du fliegst doch nicht so gerne und in der Situation dann auch noch ... Aber schön, dass es dir gut geht. Melde dich einfach, wenn du Taylor getroffen hast.«

12:06
»Mach ich. Danke!«

Isabell legte das Handy zur Seite und nahm einen tiefen Schluck aus ihrer Tasse. Dann vibrierte ihr Handy wieder.

»Oh Mann, Eve«, prustete Isabell los und nahm ihr Handy wieder in die Hand. Doch die Nachricht war nicht von Eve!

12:07
»Bitte entschuldige, dass ich mich in den letzten Stunden nicht gemeldet habe. Ich brauchte ein paar Stunden Zeit, um meine Gedanken zu ordnen. Lass uns heute Abend oder besser gesagt bei Dir morgen früh telefonieren. Ich bin heute den ganzen Tag unterwegs. Ich vermisse Dich, Isabell. Ich will ein Leben mit Dir. Mit Dir und meiner Tochter zusammen in England.«

Der Stein, der Isabell in diesem Moment von ihrem Herzen fiel, hätte eigentlich das ganze Hotel erschüttern müssen. Sie war so erleichtert, als sie die Worte las. Taylor wollte ein Leben mit ihr. Mit ihr und seiner Tochter. Er wollte sie nicht verlassen und er würde wieder zu ihr nach England kommen.

Isabell verlor keine Zeit und antwortete Taylor sofort.

12:08
»Taylor! Meine Reaktion tut mir leid. Verzeih, dass ich dir Vorwürfe gemacht habe. Du glaubst nicht, wie erleichtert ich bin, dass Du mich nicht verlässt und wieder zu mir zurückkommst.«

12:09
»Hast Du daran gezweifelt?«

12:10
»Ich hatte Angst. Angst, Dich zu verlieren.«

12:11
**»Es tut mir leid. Bitte zweifle nicht mehr. Ich komm zurück.
Und wenn wir uns das nächste Mal sehen, habe ich eine Überraschung für Dich. Ich freu mich darauf, später Deine Stimme
zu hören.«**

12:12
**»Ich habe auch eine Überraschung. Die bekommst Du aber
früher. ☺ Ich freu mich auch.«**

12:13
»Ich bin gespannt.«

12:14
»Das kannst du auch sein!«

Isabell hatte sich unter der Dusche Gedanken gemacht, wie und
wo sie Taylor am besten finden könnte, ohne ihm verraten zu
müssen, dass sie in Los Angeles war. Schließlich sollte es wie angekündigt eine Überraschung sein! Sie hatte eigentlich gehofft,
dass sie ihn in seinem Laden bzw. der kleinen Geschäftsstelle trä-
fe. Aber Taylor hatte ja geschrieben, er wäre den ganzen Tag unterwegs. Isabell beschloss, trotzdem hinzufahren. Er hatte schließlich ja auch in der Geschäftsstelle einen Verkäufer sitzen, der in
Taylors Abwesenheit den Verkauf direkt hier vor Ort übernahm.
Und Isabell meinte, sich erinnern zu können, dass die beiden auch
seit zwei oder drei Monaten Unterstützung für die Schreibsa-
chen im Sekretariat hatten, durch ein junges Mädchen Anfang
zwanzig. Einer von beiden würde schon wissen, wo Taylor steckt.

Taylors Geschäftsstelle befand sich in Long Beach, das hatte sie
dank Google sehr schnell herausfinden können. Das war mit dem
Taxi noch gute vierzig Minuten Fahrt entfernt von ihrem Hotel. Der Rezeptionist bestellte ein Taxi für sie und es dauerte nur

wenige Minuten, bis es vor dem Hotel eintraf. Isabell setzte sich auf die Rückbank und teilte dem Fahrer ihr Ziel mit.

Isabell war nicht das erste Mal in Los Angeles. Mit 16 Jahren war sie mit ihrem Vater hier. Sie verbrachten wundervolle zwei Wochen mit tollen Erinnerungen. Das war ihr letzter gemeinsamer Urlaub vor seinem Tod. Seitdem hatte Isabell trotz der schönen Erinnerungen keinen weiteren Urlaub hier verbracht. Da Nick beruflich immer viel reisen musste, verbrachten er und Isabell ihre Urlaube eher zu Hause oder innerhalb Englands. Isabell konnte Nick nur ein einziges Mal zu einer Reise nach Europa überreden. Das war ihre Hochzeitsreise, die sie in Süditalien verbrachten. Aber auch Isabell war kein großer Freund von langen Flügen. Jetzt aber war sie froh, den Flug gemacht zu haben und erinnerte sich an die Zeit mit ihrem Vater, während sie aus dem offenen Fenster des Taxis nach draußen schaute und die Umgebung und das Treiben auf der Straße beobachtete.

Der Taxifahrer bog in eine Seitenstraße ein und hielt nach hundert Metern vor einem Tor. Isabell bezahlte den Taxifahrer und stieg aus. Das Tor stand offen und im ersten Moment sah Isabell lediglich einen heruntergekommenen Hof, der leer stand. Kein einziges Auto oder Gebäude zu sehen! Isabell war sich nicht sicher, ob der Taxifahrer sie bei der richtigen Adresse abgesetzt hatte. Isabell schaute auf die abgespeicherte Adresse in ihrem Handy und glich die Hausnummer auf der Toreinfahrt mit der in ihrem Handy ab. Auf der Toreinfahrt stand die Nummer 60.

»Idiot«, sagte Isabell laut. »Ich muss zu Nummer 360! Na super!«

Erleichtert darüber, dass dies die falsche Adresse und Taylor kein Betrüger war, nahm Isabell den Fußmarsch auf sich. Ein paar Minuten konnte sie bei dem schönen sonnigen Wetter gerne gehen. Dennoch war Isabell erleichtert, als sie der Hausnummer 360 immer näher kam.

»Na das sieht doch schon viel besser aus«, dachte Isabell, als sie das schöne, große, weiße Tor erblickte. Das Tor war ebenfalls offen und Isabell trat auf den Hof. Auf dem Hof standen geschätzt 20 sehr schicke Oldtimer. Alle standen geschützt unter gut platzierten Carports auf dem ganzen Hof verteilt. Auf der linken Seite des Hofes war ein Gebäude. Isabell beschloss, direkt hineinzugehen, bevor sie sich die wundervollen Autos anschaute. Das Gebäude wirkte im ersten Moment etwas verlassen. Die Front des Gebäudes war komplett aus Glas und der riesige Vorraum war fast völlig leer. Lediglich ein Ford Mustang und ein alter Mercedes standen in der Halle. Am Ende des Vorraums waren zwei bis drei Büros zu erkennen.

»Hallo?«, rief Isabell.

Gefühlt im gleichen Moment tauchte ein großer junger Mann auf, der auf Isabell zueilte.

Mit ausgestreckter Hand zur Begrüßung kam er auf Isabell zu. Er lächelte und wirkte sehr sympathisch, trotz der langen zurückgegelten blonden Haare. Durch seine frisierten Haare, seine von der Sonne gut gebräunten Haut und seine sich abzeichnenden Muskeln unter seinen enganliegenden Anziehsachen sah er aus wie ein typischer kalifornischer Surfer.

»Hi. Mein Name ist Rob. Was kann ich für Sie tun?«

Isabell schüttelte Rob die Hand und stellte sich ebenfalls vor.

»Mein Name ist Isabell. Ich bin auf der Suche nach Taylor.«

»Oh, das tut mir leid. Taylor ist heute leider nicht hier. Ich glaube auch nicht, dass er noch einmal reinkommt. Aber ich bin mir sicher, dass ich Ihnen auch helfen kann.«

Isabell lächelte verlegen und wusste nicht genau, was und wieviel sie Rob erzählen sollte, oder auch wollte.

»Mmhh, Rob. Das ist etwas kompliziert. Ich bin wirklich auf der Suche nach Taylor. Ich bin gerade aus England gekommen und …«

»Oh Mann. Sie sind Isabell? Der Grund, warum ich Taylor nicht mehr allzu oft zu Gesicht bekomme?«, fiel Rob Isabell ins Wort und Isabell schaute verlegen. »Ja, ich denke, dass ich einen gewissen Teil dazu beigetragen habe.«

»Es freut mich so, sie kennenzulernen.« Rob überrumpelte Isabell, als er sie in den Arm nahm und fest an sich drückte.

»Taylor hat gar nicht erzählt, dass seine Geschäftspartnerin aus England vorbeikommen will. Ich ruf ihn direkt mal an und sag, dass du hier bist.«

Gerade hatte sich Isabell noch über die übertriebene, aber doch sehr herzliche Begrüßung von Rob gefreut und jetzt wusste sie nicht, was sie zu dem Begriff Geschäftspartnerin sagen sollte. Hatte Taylor von ihr immer nur als eine Geschäftspartnerin erzählt????

Isabell hing an dem Begriff so fest, dass sie gar nicht bemerkte, dass Rob in der Zwischenzeit bereits sein Handy aus der Hosentasche geholt, eine Nummer gewählt hatte und auf das Abnehmen auf der anderen Seite des Handys wartete.

»Nicht«, rief Isabell. Aber da war es schon zu spät.

»Hi Taylor. Du wirst nicht glauben, wer hier ist?«

Isabell machte mit ihren Händen wilde Bewegungen und versuchte Rob verschiedene Zeichen zu geben, dass er nicht verraten soll, dass sie da war. Es sollte eine Überraschung sein. Zum Glück verstand Rob die Gesten noch rechtzeitig, bevor er Isabell verraten hatte.

»Taylor. Ich habe endlich einen Interessenten für den Mercedes-Benz 250 im Laden. Aber er will 3000 Pfund unter unserem Angebot kaufen. Ich denke, wir sollten das Angebot in Erwägung ziehen. Den Wagen bekommen wir einfach nicht weg und das ist der erste Interessent seit Wochen für den Wagen. Was meinst du?«

Isabell war erleichtert und sagte leise: »Danke.«

»Ok Taylor, ich werde es versuchen.«

»Wo ist er?«, fragte Isabell flüsternd.

Rob nickte wieder.

»Ich sag dir später Bescheid. Wo steckst du denn? Kommst du heute nochmal rein?«

»Ah ok. Dann sehen wir uns morgen, Taylor. Viel Spaß!«

Rob beendete das Telefonat und atmete auf.

»Das war richtig knapp. Sorry, ich wusste nicht, dass du ihn überraschen willst.«

»Und ich habe nicht schnell genug geschaltet. Bitte entschuldige, Rob.«

»Ist ja nochmal gutgegangen.«

»Und wo ist Taylor?«

»Am besten kommst du morgen wieder. Er wollte morgen gegen zehn hier sein.«

»Ich würde ihn schon gerne heute besuchen, wenn er irgendwo in der Nähe ist.«

»So richtig in der Nähe kann man nicht sagen. Er ist mit seiner Tochter Phoebe am Strand in Santa Monica.«

»Phoebe?«, fragte Isabell nach.

»Ja, Phoebe!«

»Das ist ein schöner Name …«

Isabell überlegte, ob sie beide überraschen sollte oder Taylor erst einmal alleine.

»Alles ok, Isabell? Kennst du dich hier aus?«

»Ja, danke. Ich habe nur kurz nachgedacht, aber ich komm schon klar. Ich wohne selber in Santa Monica. Ich fahr jetzt einfach zurück. Vielleicht gehe ich gleich nochmal an den Strand und halte Ausschau. Wenn ich Glück habe, sehe ich die beiden und wenn nicht, komme ich einfach morgen wieder vorbei.«

»Ja, dann vielleicht bis morgen, Isabell, und es hat mich jetzt schon sehr gefreut.«

»Mich auch, Rob. Danke für deine Hilfe.«

Isabell gab Rob die Hand zum Abschied in der Hoffnung, einer erneuten Umarmung aus dem Weg zu gehen. Leider vergebens! Rob war so nett und rief für Isabell noch ein neues Taxi, das sie zurückbringen sollte. In der Zeit, in der sie auf das Taxi wartete, schaute sich Isabell noch in einen Moment die Autos auf dem Hof an.

Während der Fahrt überlegte sich Isabell, was sie machen sollte. Zum Hotel und morgen wieder ins Geschäft oder doch zum Strand und Taylor suchen.

Sie hatte gehofft, Taylor erst einmal alleine sehen zu können. Sie wollte nicht, dass die Kleine direkt mit ihr konfrontiert wurde. Taylor sollte mit ihr erst einmal ganz in Ruhe sprechen und Isabell wusste nicht, ob das schon passiert war. Das Kennenlernen zwischen Isabell und Phoebe sollte frei und ungezwungen stattfinden. Isabell entschied sich, zum Strand zu fahren, sich aber im Hintergrund zu halten und erst einmal zu schauen, ob sie die beiden überhaupt entdecken würde. Dann wollte sie je nach Situation entscheiden, was sie macht.

Isabell ließ sich von dem Taxifahrer zum Santa Monica Pier bringen und beschloss, die Promenade bis Venice Beach zu laufen. Immer einen Blick auf den Strand und das Meer gerichtet, auf der Suche nach Taylor und einem fünfjährigen Mädchen, lief Isabell durch die warme Nachmittagssonne.

Isabell hatte das Ende der Promenade fast schon erreicht und entschloss sich, umzudrehen und weiter vorne am Strand zurückzulaufen. Dann schreckte Isabell auf, als sie eine zarte Mädchenstimme ein wenig entfernt hörte, die nach ihrem Vater rief.

Isabell drehte sich um und suchte nach dem Mädchen und ihrem Vater. Die Sonne blendete und Isabell hielt sich zum Schutz die rechte Hand über die Augen. Dann hörte sie wieder die Stimme des Mädchens »Dad» und Isabell erblickte die Kleine ganz vorne am Meer. Sie kam gerade aus dem Wasser und lief auf einen Mann am Strand zu, der auf einer Decke saß.

»Mir ist kalt. Mir ist kalt. Ich brauche mein Handtuch. Schnell!!«

Der Mann streckte dem Mädchen ein ausgebreitetes Handtuch entgegen, sodass die Kleine, in seinen Armen angekommen, direkt von dem Handtuch eingewickelt wurde. Für einen Moment dachte Isabell, sie hätte Taylor erkannt und ihn und Phoebe gefunden, aber das konnten sie nicht sein. Das waren drei Personen, die Isabell in der Entfernung sah.

Gepackt von neuem Mut, entschloss sich Isabell, noch fünf Minuten weiterzugehen und dann erst umzudrehen.

»Ah. Was machst du?«, hörte Isabell eine Frauenstimme rufen. Sie suchte den Strand ab und ihr Blick fiel zurück auf die drei Personen am Wasser. Isabell schaute sich das Spektakel an. Das kleine Mädchen saß inzwischen alleine mit ihrem rosafarbenen Handtuch am Strand. Der Mann war aufgestanden und lief hinter der Frau her, die versuchte, vor ihm wegzulaufen und somit seinen Wasserspritzattacken zu entkommen. Vergebens! Als der Mann sich umdrehte, konnte Isabell ihn das erste Mal richtig erkennen und sie traute ihren Augen nicht. ES WAR TAYLOR! Isabell schüttelte den Kopf und rieb sich die Augen.

»So ein Quatsch. Das ist doch nicht Taylor, Isabell.«

Isabell war der festen Überzeugung, dass ihre Augen ihr einen Streich spielen mussten und der Jetlag sich langsam bemerkbar machte. Isabell wollte weitergehen, als die Stimme des Mädchens ertönte.

»Schneller, Papa. Schneller.«

»Ich dachte, du bist auf meiner Seite, Phoebe. Was soll das denn?«, rief die Frau immer noch durch das niedrige Wasser laufend.

Als Isabell bewusst wurde, dass es Taylor war, der sich in Anwesenheit seiner Tochter mit einer Frau amüsierte, spürte sie ein scharfes Messer in ihrer Brust, das sich ganz langsam versuchte, durch ihr Herz zu bohren.

»DIESES SCHWEIN. Ich bin wirklich nur die Geschäftspartnerin aus England, mit der er sich die Zeit vertreibt.«

Isabell schossen die Tränen in die Augen und ihr wurde speiübel. Dann wurde Isabell schwindelig und ihr wurde schwarz vor Augen. Im letzten Moment konnte sie sich auf eine Bank auf der anderen Seite der Promenade retten. Sie setzte sich hin und trank einen tiefen Schluck aus ihrer Wasserflasche, die sie kurz zuvor an einem Strandkiosk gekauft hatte. Nach ein paar tiefen Atemzügen suchte sie wieder nach der kleinen, glücklichen Familie.

Isabell konnte es nicht fassen. Sie musste es laut sagen. »DAS WAR TAYLOR! DAS WAR PHOEBE! Aber wer war die Frau bei ihnen?« Isabell überlegte angestrengt. Wie ein plötzlich auftretender Blitzschlag wusste Isabell auf einmal, wer die Frau war! Sie war sich sicher! Sie hatte ihr Foto gesehen.

»Das ist Megan«, sagte Isabell verstört.

»MEGAN LEBT?? MEGAN LEBT! MEGAN IST NICHT TOT! Er hat mit allem gelogen. Mit allem, was er mir je gesagt hat!«

Isabell wusste nicht mehr, wo oben oder unten war. Ihre Welt brach gerade zusammen. Wie konnte das Universum, das Schicksal und was es sonst noch so gab, sie so verletzen? Hatte sie nicht schon genug mitgemacht in den letzten Jahren? Hatte sie nicht ein wenig Glück verdient?

»Wieso?«, stieß Isabell aus sich heraus. Dabei war es ihr egal, ob die anderen Passanten sich umdrehten nach ihr. Isabell wollte dieses Bild von Taylor, Megan und Phoebe so schnell es geht loswerden und nur noch nach Hause. Nach Hause nach England. Ohne Umwege lief Isabell in ihr Hotel, packte ihre Sachen zusammen, checkte aus und fuhr wieder zum Flughafen. Die drei Stunden Wartezeit, bis die nächsten Flieger gingen, verbrachte Isabell stillschweigend vor dem Gate auf den Sitzplätzen im Wartebereich.

Sie stand unter Schock. Das konnte man ihr ansehen. Ihr Kopf war leer, ihr Herz gebrochen. Isabell wollte nur noch in den Flieger und vergessen. Vergessen, was sie gesehen hatte. Die letzten Monate vergessen. Taylor vergessen. Dann zog sie ihr Handy aus der Handtasche und begann zu schreiben.

19:06
»Eve. Ich steige gleich in den Flieger zurück nach London. Taylor hat mich belogen. Ich war nur ein Zeitvertreib in England für ihn. Er hat hier in Los Angeles seine Familie.
Ich werde mein Handy jetzt ausschalten und nach Hause kommen. Ich brauche erst einmal meine Ruhe. Zeit für mich ganz alleine! Bitte versteh das. Ich melde mich in ein paar Tagen.«

Dann schaltete Isabell ihr Handy aus und steckte es wieder in ihre Tasche.

KAPITEL 22

»Miss. Ich glaube, Sie haben genug«, sagte der Steward besorgt zu Isabell, als sie einen weiteren Drink bestellte.

Leicht angetrunken und verärgert, antwortete Isabell: »Wissen Sie, ich bin eigentlich eine nette, junge Frau. Zuerst ist mein Mann gestorben, der, wie ich später rausgefunden habe, bereits mit einer neuen Dame liiert war und mich verlassen wollte. Nach einer langen Trauerphase dachte ich doch jetzt tatsächlich, dass ich den Hauptgewinn gezogen hätte und meinen Seelenverwandten getroffen habe. Aber wissen Sie was, da habe ich mich wohl geirrt. In dem Spiel war ich die andere Frau und ich wusste es noch nicht mal. Ich habe vor ... »Isabell schaute auf ihre Uhr. »... vor sechs Stunden den Guten mit seiner totgeglaubten Frau, zusammen mit seinem verschwiegenen Kind, als glückliche Familie am Strand von Santa Monica spielen sehen. Ich glaube, ich habe noch lange nicht genug getrunken!«

Total entsetzt von dieser unerwarteten Geschichte stellte der Steward Isabell noch zwei Kurze auf ihren Tisch mit den Worten: »Danach sollten Sie aber versuchen zu schlafen, Miss!«

Isabell nickte dem Steward dankend zu und trank die beiden kleinen Schnapsflaschen hintereinander aus. Danach versuchte sie, den Rat zu schlafen umzusetzen.

Isabell wurde von starken Kopfschmerzen geweckt. Sie packte sich mit der rechten Hand an die Stirn und versuchte, sich mit so wenigen Bewegungen wie möglich wieder aufrecht in ihren Sitz zu setzen. Ihr ging es furchtbar. Ein starkes Unwohlsein in der Magengegend, die starken Kopfschmerzen und dann kamen noch Rückenschmerzen hinzu. Woher die ersten zwei Symptome kamen, wusste Isabell ganz genau und die Rückenschmerzen waren höchstwahrscheinlich die Folge von dem unkomfortablen Sitz und ihrer unglücklichen Haltung der letzten paar Stunden. Isabell nahm eine Kopfschmerztablette aus der Handtasche und trank in einem Zug eine kleine Flasche Wasser aus, die ihr anscheinend der Steward schon hingestellt hatte. Sie hatte noch eine Stunde Flugzeit vor sich und Isabell wollte nur noch nach Hause. Keinen hören und keinen sehen. Einfach nach Hause und sich verkriechen.

Der Weg nach Hause dauerte viel zu lang für Isabells Geschmack. Der lange Flug und dann noch die längere Autofahrt zurück nach Kendal waren für Isabell körperlich, aber auch seelisch anstrengend. In den letzten Monaten war sie diese Strecke eigentlich immer nur mit Taylor gefahren und somit blieb es nicht aus, dass Isabell permanent an ihn denken musste. Auch wenn es weh tat, versuchte sie stark zu sein. Sie wusste, wenn sie ihren Gefühlen jetzt freien Lauf lassen würde, würde sie zusammenbrechen und wohl erstmal nicht wieder aufstehen. Sie wollte die Tatsache, dass Taylor sie belogen, betrogen und hintergangen hatte, so lange wie nur möglich verdrängen und sich dadurch beschützen.

Mit letzter Kraft schloss Isabell die Haustür hinter sich. Ihren Koffer, ihre Handtasche, Schlüssel und Jacke ließ sie einfach auf den Boden im Flur fallen. Dann schleppte sich Isabell die Treppe hoch und ging in ihr Schlafzimmer, zog sich ihre Sachen bis auf die Unterwäsche aus, krabbelte ins Bett und zog ihre Bettdecke bis zur Nasenspitze hoch. Bevor Isabells Augen zufielen, ging ihr letzter Blick Richtung ihres Weckers auf ihrem Nachttisch. Es war Dienstag neun Uhr am Abend.

Isabell hatte ihr Schlafzimmer verdunkelt, sodass sich kein einziger Lichtstrahl ins Zimmer verirren konnte.

So konnte Isabell nur mit Blick auf den Wecker erkennen, ob es gerade Tag oder Nacht war. Die Tage vergingen und das einzige, was Isabell in dieser Zeit gemacht hatte, war im Bett zu liegen. Kurze Toilettengänge und das Nötigste an Nahrungsaufnahme unterbrachen ihre langen Schlafphasen. Isabell war innerlich gebrochen. Sie hatte keine Lust mehr, sich der Welt da draußen zu stellen. Diese ungerechte, böse Welt, die ihr anscheinend nur das Schlechteste wünschte. Was hatte sie wem getan, dass sie von Geburt an vom Schicksal immer wieder so hart bestraft wurde? Der Tod ihrer Mutter, der Tod ihres Vaters, die Kinder, die sie nicht bekommen durfte, die Untreue und der Verlust ihres Mannes und jetzt der Verrat und die erneute, schmerzliche Untreue von Taylor. Isabell konnte nicht mehr. Das Leben hatte ihr zu oft schon Glück gezeigt, ihr Sicherheit und Geborgenheit vorgespielt, um es ihr dann auf schmerzliche Weise wieder zu entreißen.

Es war Freitag kurz nach zehn am Vormittag, als Isabell beschloss, unter die Dusche zu gehen in der Hoffnung, dass warmes Wasser und Seife sie zumindest wieder wie einen Menschen aussehen lassen würden.

Das Handy hatte Isabell die ganzen Tage nicht einmal eingeschaltet. Sie wusste, wenn sie es einschalten würde, müsste sie sich der Realität stellen. Taylor hatte sich bestimmt schon mehr als nur einmal gemeldet und versucht, mit ihr in Kontakt zu treten. Eve war sicherlich auch krank vor Sorge. Sie würde Isabell als erstes anrufen oder schreiben.

Die Dusche tat gut! Gedankenverloren stand Isabell vor ihrem Kleiderschrank und nahm sich die bequemsten Anziehsachen heraus, die sie auf den ersten Blick finden konnte. Isabell steckte ihre nassen Haare lieblos zusammen, zog sich eine ihrer weiten Jeans und dazu ein weites Oberteil an.

Plötzlich wurde Isabell von einem Knall aus ihren Gedanken gerissen. Isabell erschrak und zuckte zusammen.

»Was war das?«, dachte Isabell ängstlich.

Dann hörte sie wieder ein Geräusch, das sich so anhörte wie eine der Schranktüren in ihrer Küche.

»Oh mein Gott. Hier ist jemand im Haus!«

Isabell schnappte sich ihr Handy vom Nachttisch und versuchte, es einzuschalten. Doch das Handy tat keinen Mucks. Keine Chance! Isabell hatte den Akku nicht aufgeladen in den letzten Tagen.

»Mist.«

Isabell überlegte, was sie tun sollte, dann beschloss sie, nachzuschauen. Sie bewaffnete sich mit ihrer Nachttischlampe und ging ganz langsam die Treppe hinunter ins Erdgeschoss. Ihr wachsamer Blick suchte alles ab. Dann erneut ein Geräusch! Eindeutig aus der Küche. Isabell hob die Lampe in ihren Händen leicht an und setzte einen Schritt nach den nächsten vor sich und bewegte sich in Richtung der Geräusche in die Küche.

»EVE?!« Isabell atmete auf und ließ die Lampe zu Boden sinken.

»Was machst du denn hier? Ich hätte dich fast erschlagen mit der Lampe. Ich dachte, du bist ein Einbrecher!«

»Hi«, brachte Eve gerade so heraus, etwas erschrocken von Isabells Auftreten.

»Ich wollte nur nach dir sehen, Isabell. Du warst gerade unter der Dusche und ich dachte, ich mach dir Frühstück.«

»Du machst mich fertig, Eve.«

Dann stellte Isabell die Lampe auf den Tisch und die Tränen schossen ihr in die Augen. Eve ging auf ihre beste Freundin zu und nahm sie wortlos in die Arme, um ihr Trost zugeben. Der Schmerz, den Isabell in sich die letzten Tage gut behütet vergraben hatte, kam nun zum Vorschein.

Isabell war dankbar, dass ihre Freundin wie so oft nicht auf sie gehört hatte und doch zu ihr gekommen war, um nach ihr zu sehen. Es vergingen einige Minuten, in denen die beiden einfach nur Arm in Arm in der Küche standen und Isabell alle ihre Tränen rauslassen konnte. Als Eve das Gefühl hatte, dass Isabell sich langsam wieder gefangen hatte, fragte sie vorsichtig: »Sollen wir erst einmal in Ruhe etwas essen und einen Kaffee trinken? Du fühlst dich so an und siehst auch so aus, als wenn du seit Tagen nichts gegessen hast.«

Isabell wischte sich die Tränen aus dem Gesicht und nickte ihrer Freundin zustimmend zu. Nachdem beide ein paar Eier mit Brot wortlos gegessen und den zweiten Becher Kaffee getrunken hatten, fragte Eve Isabell vorsichtig, was passiert war.

»Ich versteh es selber nicht, Eve.«

»Komm Isabell, erzähl es mir.«

Isabell überlegte, wo und wie sie anfangen sollte.

»Taylor hat mich belogen. Er hat nicht nur ein Kind, sondern auch eine Frau.«

»Das kann ich nicht glauben, Isabell. Wie kommst du denn nur darauf? Hast du ihn gesehen?«

»Ja. Ich habe sie gesehen. Am Strand! Eine kleine glückliche Familie.«

»Aber vielleicht war es nur eine Freundin?«

»Eve, es war Megan!«

Eve schaute verunsichert.

»Megan, seine tote Frau?«

»Genau die! Megan ist nicht tot. Das hat er wahrscheinlich nur gesagt, damit ich mich ihm verbunden fühle, weil wir beide unsere Ehepartner verloren haben.«

»Was? Nein! Das kann doch nicht sein.«

»Sie war es. Ich habe sie schon einmal auf einem Foto gesehen, das Taylor mir gezeigt hat. Ich war einfach nur ein nettes Abenteuer für ihn hier in England. Weit weg von seiner Familie.«

»Aber warum hat er dir dann von seiner Tochter erzählt? Dass er ihr alles sagen will und mit Euch ein Leben zusammen plant?«

Isabell lief erneut eine Träne über die Wange und sie versuchte, die Fassung dieses Mal zu bewahren.

»Ich weiß es nicht.«

»Hast du mit ihm seitdem gesprochen?«

»Nein. Ich habe mein Handy ausgeschaltet, nachdem ich dir die Nachricht vom Flughafen geschrieben habe.«

»Ok, das erklärt seine Nachrichten an mich.«

»An dich?« Isabell schaute verdutzt und wartete auf eine Erklärung von Eve.

»Du hast mit ihm Kontakt gehabt?«

»Ja. Er hat sich Sorgen gemacht. Er hatte dir mehrere Nachrichten und Anrufe auf der Mailbox hinterlassen. Ihr wolltet telefonieren und dann hatte sein Geschäftspartner Rob ihm berichtet, dass du in Los Angeles bist. Als er dich nirgendwo finden oder erreichen konnte, dachte Taylor, dir wäre etwas zugestoßen. Du warst plötzlich wie von Erdboden verschluckt für ihn.«

»Das war ja auch so beabsichtigt! Hast du ihm geantwortet?«

»Ja, habe ich!«

»Was hat er gefragt? Was hast du ihm gesagt?«

»Er verstand nicht, wo du warst und was passiert ist. Sein Mitarbeiter hatte ihm gesagt, dass du im Geschäft warst und ihn überraschen wolltest. Er hat dann den ganzen nächsten Tag im Geschäft auf dich gewartet, nachdem du nicht ans Handy gegangen bist.«

»Und was hast du ihm geschrieben?«

»Seine Nachricht klang total verzweifelt und ich wusste ja nicht, was vorgefallen war. Ich habe ihm nur geschrieben, dass du ihn überraschen wolltest nach eurem Streit und seiner überstürzten Abreise in die USA.«

»Noch was?«

»Ich habe nur noch erwähnt, dass du nach nur wenigen Stunden in Los Angeles wieder zurückgeflogen bist und du mir noch vom Flughafen geschrieben hast, dass du erst einmal alleine sein willst und dass er irgendwie richtig Scheiße gebaut haben muss.«

»Scheiße ist gar kein Ausdruck.«

»Ich wusste ja nicht, was er getan hat, Isabell.«

»Ich weiß.«

»Vielleicht schreibst du ihm trotzdem gleich.«

»Wieso sollte ich?«

»Weil er in ein paar Tagen zurückkommt und er dann bestimmt auf deiner Matte steht. Ich habe ihm vorhin geschrieben, dass ich bei dir bin und du noch lebst.«

»Ich will ihn nicht sehen und nicht hören!«

»Dann schreib ihm das!«

»Mach ich«, seufzte Isabell.

»Eve?«

»Ja?«

»Ich bin dir dankbar, dass du gekommen bist. Aber bist du mir böse, wenn ich dich jetzt wieder rausschmeiße?«

»Nein. Quatsch! Ich wollte nur kurz nach dir sehen.«

»Danke!«

Isabell brachte ihre Freundin noch zur Tür und verabschiedete sich herzlich von ihr.

»Melde dich bitte, Isabell, wenn du reden willst.«

»Danke. Das mach ich.«

»Denkst du an unseren Termin übernächste Woche? Ich weiß, dass es das Letzte ist, was du machen willst, aber ich kann die Anprobe nicht verschieben.«

»Die Anprobe deines Hochzeitskleids! Natürlich bin ich da. Ich bin ja schließlich deine Trauzeugin!«

Isabell versuchte, es so ehrlich wie möglich zu sagen, aber innerlich lief ihr ein eiskalter Schauer über ihre verletzte Seele. Das war wirklich das Letzte, was sie jetzt machen wollte. Sich Hochzeitskleider und Brautjungfernkleider anzuschauen und auszusuchen.

Isabell saß vor ihrem nun aufgeladenen Handy und zögerte noch, es einzuschalten. Sie wusste, dass sie sich Taylor stellen musste, um mit ihm abschließen zu können. Aber anrufen? Nein, seine Stimme hören würde sie nicht schaffen. Aber sie musste ihm sagen, dass sie alles wusste, dass er für sie gestorben ist und dass er es nicht wagen sollte, sich jemals in ihre Nähe zu begeben. Dann atmete Isabell tief ein und aus und drückte auf den

Einschaltknopf an ihrem Handy. Während ihr Handy langsam den Betrieb aufnahm, beschloss Isabell, sich noch einen Wein zu holen, um den nach und nach ertönenden Nachrichtensignalen zu entgehen.

Als sie mit ihrem Glas Wein wieder ins Wohnzimmer zurückkehrte und auf ihr Handy schaute, erschreckte sie kurz. Ihr Handy zeigte ihr fünfundzwanzig Anrufe in Abwesenheit an, fünfzehn Mailbox-Nachrichten, zehn SMS und eine E-Mail. Die meisten waren von Taylor. Eves Anrufe und Nachrichten löschte Isabell sofort. Sie wusste ja, was drinstehen würde! Bei Taylors war sie sich nicht sicher, was sie tun wollte. Lesen oder löschen? Lesen oder löschen? Was nur? Dann entschloss sich Isabell, die Nachrichten zu lesen und die Mailbox zu ignorieren, aber erst einmal nicht zu löschen.

Montag 18:32
»Hi Isabell. Ich bin noch unterwegs, aber ich melde mich gegen acht heute Abend bei Dir. Dann haben wir endlich Ruhe, um miteinander zu sprechen. Ich freu mich, Deine Stimme zu hören.«

Montag 20:11
»Wo steckst Du? Ich erreiche nur Deine Mailbox.«

Montag 23:06
»Alles gut, Isabell? Wo bist Du? Langsam mache ich mir Sorgen. Melde dich bitte. Ich habe schon mehrmals angerufen.«

Dienstag 6:04
»Ich konnte die ganze Nacht kaum schlafen. Dein Handy ist immer noch aus. Melde Dich bitte.

Dienstag 10:02
**»Oh mein Gott. Du bist in Los Angeles? ☺
Wo bist Du denn?«**

Es folgten noch mehr Nachrichten von Taylor, die Isabell aber nicht öffnen wollte. Sie klickte alle Nachrichten von Taylor an und drückte auf Löschen und die Nachrichten waren verschwunden.

Isabell wusste, dass es nur eine Frage der Zeit war, bis sich Taylor wieder melden würde. Aber das würde nichts mehr ändern, nur die ganze Sache für Isabell schmerzhafter machen. Ihr Entschluss stand fest. Es musste aufhören, und zwar jetzt. Sie musste einen Schlussstrich ziehen! Isabell wollte Taylor nicht mehr sehen, nicht hören und keine Nachrichten mehr von ihm bekommen und lesen. Isabell nahm ihr Handy in die Hand und fing an zu schreiben.

11:46
»Taylor.
Wenn ich Dir nur einen Funken bedeutet haben sollte, dann lass mich bitte in Ruhe. Ich werde keinen Deiner Anrufe entgegennehmen. Ich werde Dir auf keine Nachricht mehr antworten. Ich werde Dir meine Haustür nicht öffnen, wenn Du vor ihr stehen solltest. Ich habe mein Herz an Dich verloren und Du hast es gebrochen!!!!! Ich dachte, Du wärst der Mann, auf den ich mein ganzes Leben gewartet habe. Meine verlorene Hälfte. Meine Chance auf wahres, für immer anhaltendes Glück im Leben. Doch Du warst wieder nur ein neuer Nick. Ich kann es nicht verstehen und ich will es auch gar nicht. Ich bin Dir für ewig dankbar, dass Du mich in jener Nacht gerettet hast. Aber das, was ich als magisches Zeichen gesehen habe, war nur ein Zufall. Ich will Dich einfach nur vergessen und Dich aus meinem Herzen verbannen. Bitte sei so fair und gib mir die Möglichkeit, zur Ruhe zu kommen.
Lebe wohl! Isabell«

Isabell las sich die Nachricht mehrmals durch. Als sie auf Absenden drückte, versetzte es ihr einen Stoß ins Herz. Als nächstes löschte Isabell seinen Kontakt, um ganz sicher zu gehen, dass sie nicht in Versuchung kam, ihm zu schreiben. Dann nahm sich Isabell die angefangene Flasche Weißwein aus der Küche und ging damit wieder hoch in ihr Bett. Sie beschloss, dass der Tag nicht besser war als die letzten Tage und sie ihn nur mit Alkohol ertragen konnte.

KAPITEL 23

Taylor kam Isabells Wunsch nach, zumindest die ersten Tage. Dann schrieb er ein paar Mal und rief auch an. Isabell reagierte auf keinen seiner Anrufe. Die Nachrichten löschte Isabell sofort, ohne sie zu lesen. Sie versuchte, ihre Gedanken weg von Taylor zu bekommen. Aber es gelang ihr meistens nur für wenige Minuten, bis sie wieder wegdriftete und tief versunken in ihrer eigenen Welt war.

Eve trat aus der Umkleidekabine in ihrem Hochzeitskleid und schritt langsam in die Mitte des Raumes auf das dort platzierte Podest zu. Um das Podest war ein Halbkreis von Spiegeln aufgestellt, so dass die Braut ihr Kleid von allen Seiten betrachten konnte. So stand Eve in einem Traum von einem enganliegenden Hochzeitskleid aus weißer Spitze auf dem Podest und drehte sich in alle Richtungen, den Blick fest in den Spiegel gerichtet, um ja alles von dem Kleid sehen zu können. Dann blieb Eve mit dem Rücken zu Isabell zugewandt stehen.

»Was meinst du? Ist es nicht wundervoll?«

Als die gehoffte Reaktion von Isabell ausblieb, drehte sich Eve zu Isabell um. Isabell war lediglich körperlich anwesend und schaute aus dem Fenster.

»Ich glaube, ich nehme doch ein kurzes schwarzes Brautkleid und lass mir vorher noch die Beine tätowieren. Was meinst Du, Isabell?«

Isabell schaute weiter aus dem Fenster. Sie hatte nur Wortfetzen aufgenommen von dem, was Eve gesagt hatte.

»Ja. Find ich gut«, sagte Isabell nach einer kleinen Pause und nickte zustimmend.

»Isabell? Was genau, Isabell? Das schwarze Kleid oder die Tätowierung?«

Isabell fühlte sich zu recht ertappt und hielt sich als Zeichen der Scham beide Hände vor das Gesicht.

»Es tut mir leid.«

Isabell richtete ihren Blick zu Eve und begann zu weinen. Eve eilte von dem Podest zu ihrer Freundin.

»Sehe ich denn so schlimm aus?«, fragte Eve mit einem Lächeln und nahm dabei ihre Freundin in den Arm.

»Es tut mir wirklich leid, Eve. Du siehst wunderschön aus! Wirklich wunderschön!«

Eve setzte sich mit ihrem Brautkleid zu Isabell auf die Couch und legte ihre Hände tröstend auf ihre.

»Wo warst du gerade? Bei Taylor?«

»Wo sonst?«

»Ach Isabell! Es sind doch jetzt schon einige Tage vergangen, seitdem du das letzte Mal was von ihm gehört hast, oder?«

»Ja. Eine Woche, um genau zu sein.«

»Hast du denn inzwischen irgendwann auf seine Anrufe oder Nachrichten reagiert?«

»Nein.«

»Isabell. Vielleicht wäre es gut für dich, wenn du mal mit ihm von Angesicht zu Angesicht sprichst. Sonst wirst du seinen Schatten nie los!«

»Das schaff ich nicht. Nur der Gedanke, ihn zu sehen, ihm gegenüber stehen zu müssen, nach dem, was er getan hat, das würde ich nicht schaffen.«

»Wie du meinst. Dann tu es nicht.«

Eve stellte sich wieder auf das Podest, streckte die Arme aus und drehte sich.

»Und was meinst du? Wird mich Conner in diesem Kleid heiraten?«

»Das würde ich auf keinen Fall anziehen. Du siehst furchtbar aus.«

Isabell konnte sich ein Grinsen nicht verkneifen trotz des Wassers, das sich in ihren Augen bildete. Eve musste über Isabells Versuch, einen Witz in dieser Situation zu machen, herzlich lachen.

»Warte erst einmal ab, wie dein Brautjungfernkleid aussieht. Das sieht furchtbar aus!«

Jetzt konnte auch Isabell nicht mehr an sich halten. Das tat Isabell so gut, auch wenn die Ablenkung nur für einen kleinen Moment anhalten sollte. Als sich beide wieder etwas beruhigt hatten, traute sich auch die Verkäuferin des Geschäftes wieder näher zu kommen. Die kleine Frau mittleren Alters trat mit einem Schleier über den Arm gelegt und einem Diadem in der Hand neben Eve auf das Podest.

»Ich habe Ihnen einmal zwei unterschiedliche Dinge als Kopfschmuck mitgebracht. Ich stecke Ihnen erst einmal den Schleier an. In Ordnung?«

Eve grinste Isabell an und nickte dann der Verkäuferin zu. Eve ging leicht in die Knie, damit die Verkäuferin es einfacher hatte, den Schleier richtig zu positionieren. Eve schaute zuerst in den Spiegel und dann drehte sie sich zu Isabell.

»Und?«, schaute Eve Isabell fragend an.

Isabell runzelte die Stirn.

»Irgendwie passt ein Schleier nicht zu dir, Eve. Versuch das Diadem!«

Eve ging wieder leicht in die Knie und die Verkäuferin tauschte den Schleier gegen das Diadem aus. Eve blickte in den Spiegel und verharrte ein paar Sekunden, bis sie sich freudestrahlend zu Isabell umdrehte.

»Das ist es. Das ist mein Kleid und das Diadem ist perfekt dazu? Oder?«

»Du siehst bezaubernd aus, Eve. Wie eine Prinzessin! Conner wird dich auf jeden Fall heiraten!«

Nachdem Eve sich wieder umgezogen hatte, war Isabell an der Reihe. Eve hatte ihr ebenfalls ein sehr figurbetontes, langes Kleid in hellblauer Seide ausgesucht. Als Isabell aus der Umkleide trat, war sie erleichtert, dass Eve Geschmack gezeigt und ihr ein traumhaftes Kleid ausgesucht hatte. Eve schüttelte allerdings sofort den Kopf, als sie Isabell sah.

»Das geht leider gar nicht.«

»Was? Wieso geht das nicht? Das sieht doch gut aus!«

»Ja, eben. Du wirst mir total die Schau stehlen, meine Liebe!«, lächelte Eve Isabell an.

»Ich verspreche dir, ich nehme noch zwei Kilo zu und halte mich im Hintergrund! Deal?«

»Vier Kilo mindestens!«

Isabell bedankte sich bei Eve und zog das gute Stück wieder in der Umkleide aus, damit die Verkäuferin es vorsichtig verpacken und beiseite hängen konnte.

»So Isabell. Ich habe mein Brautkleid, du dein Brautjungfernkleid. Ich würde sagen, dass wir darauf anstoßen müssen!«

»Ach, ich weiß nicht!«, zögerte Isabell. Ihr war schließlich gar nicht nach Feiern zu Mute.

»Keine Widerrede! Ich bin die Braut und ich möchte mit dir jetzt auf unsere Kleider anstoßen. Also?«

Eve streckte Isabell ihren Arm zum Einhaken hin.

Isabell überlegte einen Moment, gab sich dann aber geschlagen und hakte sich bei ihrer Freundin ein.

»OK. Aber nur ein Gläschen!«

»Jawohl.«

Aus einem Glas wurden am Ende zwei Flaschen Prosecco und ein riesiger Schädel Kopfschmerzen. Isabell saß mit Eve am Frühstückstisch in Eves Wohnung. Beide hielten sich den Kopf und spülten zusätzlich zu dem schwarzen Kaffee jeder eine Schmerztablette mit Wasser herunter. Isabell sah Eve etwas verärgert an.

»Ein Glas?«

»Ich habe dir den Prosecco nicht heimlich eingeflößt. Du hast den ganz alleine getrunken, meine allerliebste Isabell.«

»Ich bin mir da nicht so sicher!!«

Isabell nahm einen tiefen Schluck von dem schwarzen, starken Kaffee in der Hoffnung, dass er sofort wirken würde. Die gewünschte Wirkung blieb allerdings aus.

Dann schaute Isabell Eve an und bedankte sich bei ihr.

»Wofür bedankst du dich? Für die Kopfschmerzen?«

»Klar. Die habe ich so vermisst! Nein, ich meine für die Ablenkung gestern. Die habe ich gebraucht.«

»Gerne. Du vermisst ihn sehr, oder?«

»So, dass es mir fast das Herz zerreißt.«

»Dann ruf ihn an. Lass ihn sich erklären, Isabell.«

»Aber er hat eine Frau und ein Kind. Er hat mich belogen. Genauso wie Nick. Ich war wieder nicht die Einzige. Ich bin einem Mann nie genug.«

»Ach Isabell. Ich will Taylor auf keinen Fall in seiner Tat verteidigen, aber vielleicht wollte er sie verlassen für dich.«

»Eve! Das ist doch noch viel schlimmer. Ich wäre wie Cloe. Ich wäre die andere, die eine Familie zerstört. Und hinzu kommt, dass ich ihm nicht mehr vertrauen kann.«

»Hör dir doch erst einmal an, was er will.«

»Er hat mir nicht gesagt, dass er ein Kind hat. OK. Aber dass er mir vorgegaukelt hat, dass seine Frau tot ist. Tot, bei einem Unfall gestorben! Nein. Egal, was er zu sagen hat, ich will es nicht hören!«

»Wenn du ihm nicht vergeben kannst, dann musst du ihn vergessen!«

»Sag mir nur wie?«

»Du musst einen Weg finden, und zwar deinen Weg!«

Kapitel 24

Isabell hatte sich fertig frisiert. Ihre Haare waren nach oben gesteckt und eine glitzernde Haarspange hielt ihre Locken fest. Das aufgetragene Make-Up war leicht und trotzdem wunderschön. Es betonte ihre Augen und Wangenknochen. Isabell stand von ihrem Frisierstuhl auf und schaute Eve an.

»Wow! Du siehst wahnsinnig toll aus.«

»Na und du erst! Jeder kann sich glücklich schätzen, uns abzubekommen. Zwei Traumfrauen!«

»Eve, bist du bereit?«

»Ja, das bin ich« Eve lächelte.

»Ich fühle mich seltsam glücklich. Vergessen sind auf einmal die letzten Wochen voller Traurigkeit. Glück liegt in der Luft und kann nicht abwarten, bis die Hochzeit jetzt endlich losgeht. Ich bin glücklich, diesen Tag mit dir erleben zu können, meine Schwester.«

»Ich auch, meine Schwester!«

Beide nahmen sich in den Arm und drückten sich fest.

»So, ich glaube wir müssen«, sagte Isabell, nachdem es an der Tür klopfte.

Als beide sich in Richtung Tür drehten, um loszugehen, blieb Eve plötzlich stehen.

»Irgendwas fehlt noch, Isabell.«

»Ach Quatsch! Du siehst wunderschön aus, da fehlt nichts mehr.«

»Nicht bei mir. Bei dir fehlt noch was!« Eve schaute sich Isabell noch einmal genau an.

»Was fehlt denn noch?«, fragte Isabell langsam etwas ungeduldig, da sie wusste, dass die Hochzeitsgäste warten und vor allem ein nervöser Bräutigam.

»Mmhh» Eve überlegte angestrengt.

»Die Kette, Isabell. Die Kette!«

Isabell schaute erschrocken. Wie konnte sie nur die Kette vergessen? Eve huschte zum Nachttisch, auf dem eine kleine Tüte stand, und zog eine Kette heraus.

»Komm, ich lege sie dir um.«

Isabell schaute nochmal in den Spiegel und betrachtete ihren fast vergessenen Halsschmuck. Es war die Kette ihrer Mutter, die sie für einen speziellen Anlass aufgehoben hatte. Und einen spezielleren Anlass als eine Hochzeit gibt es ja wohl nicht. Die dünne silberne Kette war nicht außergewöhnlich, aber von hohem sentimentalem Wert für Isabell und ein schöner Hingucker. Zwei in sich verschlungenen Herzen, verziert mit feinen Perlen und glitzernde Diamanten bildeten den Anhänger der Kette.

»Jetzt können wir«, stellte Eve fest und öffnete die Tür des Brautzimmers.

Da sich das Brautzimmer an der Seite der Kirche befand, mussten beide ein Stück um das Gebäude herumgehen. Peter wartete mit Cathleen an der Hand bereits an der Eingangstür zur Kirche auf die Braut und die Brautjungfer. Cathleen strahlte, als sie Eve und Isabell endlich sehen konnte.

»Oh. Ihr seht so schön aus!«

»Ein Traum!«, stimmte Peter leise mit halb offenem Mund zu.

»Und ihr erst«, antworteten Isabell und Eve fast gleichzeitig.

»Cathleen, du sieht so aus, als wenn du heute heiraten würdest. Eine kleine Prinzessin.«

Cathleen guckte verlegen zu ihrem Blumenkörbchen herunter.

»Danke Mama, danke Tante Issi.«

Dann ertönte das imposante Orgelspiel in der Kirche. Das war das Zeichen, dass es nun endlich losging.

Eve bückte sich zu ihrer Tochter und gab ihr einen Kuss auf die Stirn.

»Cathleen. Es geht los. Einfach wie in der Probe bis vorne bis zum Altar laufen und dann an die Seite stellen. Ok?«

»Ja. Alles klar, Mama. Wie in der Probe.«

Im gleichen Moment, als Cathleen anfing, loszulaufen, wurden die großen Flügeltüren der Kirche geöffnet. Doch alleine war Cathleen plötzlich nicht mehr. Ein anderes Mädchen ungefähr im gleichen Alter nahm Cathleen an die Hand. Sie war genauso hübsch gekleidet wie Cathleen, aber Isabell erkannte das Mädchen nicht. Dann streckte Peter seinen rechten Unterarm aus, damit sich die Braut einhaken konnte. Peter hatte sich als Brautführer angeboten, worüber sich alle sehr gefreut hatten. Es hätte keinen besseren für diese Rolle geben können. Dann passierte etwas Komisches. Anstatt dass Eve sich bei Peter einhakte, folgte Eve Cathleen und Peter hielt Isabell den Arm zur Begleitung hin. Isabell war verwirrt. Sie verstand nicht, was in diesem Moment passierte. Dann schaute sie an sich herunter und bemerkte, dass sie und nicht Eve das Hochzeitskleid trug. Sie war die Braut! Sie würde jetzt heiraten. Wie konnte das sein? Hatte sie eine Panikattacke und vergessen, was in den letzten Wochen und Monaten passiert war? Eve sollte heiraten und nicht sie. Isabell wurde langsam panisch.

»Peter, was ist hier los? Eve ist die Braut. Eve heiratet heute! Hol Eve schnell aus der Kirche zurück. Wir müssen die Kleider tauschen!«

Peter streichelte Isabell beruhigend über den Arm. »Isabell. Du hast nur kalte Füße. Das ist ganz normal. Atme einfach ein paar Mal tief ein und aus.«

Um Isabell zu animieren, seinen Ratschlag zu befolgen, machte Peter es Isabell vor und atmete mehrmals hintereinander tief durch die Nase ein und durch den Mund wieder aus. Isabell konzentrierte sich auf ihre Atmung und wurde langsam ruhiger. Als Peter merkte, dass Isabell sich wieder gefangen hatte, begann er, loszugehen und Isabell ließ sich widerstandslos von ihrem besten Freund führen. Isabell fühlte sich nicht gut. Schwindel und Übelkeit breiteten sich langsam in ihr aus. Wie in Trance folgte Isabell Peter in die Kirche. Sie verstand einfach nicht, was hier gerade vor sich ging. Sie musste einen Schlaganfall haben oder gehabt haben. Schritt für Schritt kam sie dem Altar immer näher. Sie schaute nicht nach links oder rechts. Ihr Blick war fixiert auf den Altar. Sie wollte lediglich den Bräutigam sehen. Doch dieser stand noch mit dem Rücken zum Gang. Ihr Herz pochte und war kurz davor, in ihrer Brust zu zerspringen. Dann drehte er sich endlich um. Es war Taylor. Der sie überglücklich anstrahlte. Beide schauten sich an, als wenn sich beide in diesem Moment tief in die Seele blicken könnten und wussten, dass es nur noch Taylor für Isabell und Isabell für Taylor gab. Isabell war von diesem Gefühl so überwältig, dass sie anfangen musste zu weinen. Taylor ging ihr einen Schritt entgegen und streichelte ihr die Tränen aus dem Gesicht.

»Du bist die EINE für mich. Heiratest du mich jetzt endlich?«

Bevor Isabell antworten konnte, spürte Isabell, wie ihre Beine immer weicher wurden und sie den Halt verlor. Taylor kam Isabell direkt zur Hilfe und versuchte, ihren bevorstehenden Sturz aufzuhalten. Taylor schaffte es und Isabell fand sich in Taylors Armen wieder. Isabell versuchte, die Augen offen zu halten, aber es gelang ihr einfach nicht und Isabell wurde schwarz vor Augen.

Isabells Brustkorb schnürte sich zu und sie begann, nach Luft zu schnappen. Blitzartig öffnete Isabell ihre Augen und stieß laut Taylors Namen hervor. Isabell versuchte zu verstehen, wo sie war. Sie hatte total die Orientierung verloren. Ihr Blick pendelte wild von oben nach unten, von rechts nach links. Es dauerte, bis Isabell wieder richtig zu sich kam. Sie saß in einem großen, weißen Himmelbett. Neben ihr lag Cathleen, die auch langsam die Augen öffnete und Isabell verstört anschaute.

»Was ist denn los, Tante Issi?«

Es war Hochzeitstag. Aber es war definitiv die Hochzeit von Eve und Conner! Taylor war fort, aber irgendwas tief in Isabell wünschte sich anscheinend immer noch ein Happy End. Doch das war unmöglich. Isabell versuchte durchzuatmen und sich langsam wieder zu beruhigen von diesem Traum.

»Alles gut, meine Kleine. Bitte entschuldige, dass ich dich geweckt habe. Ich habe nur schlecht geträumt!«

Isabell nahm Cathleen in die Arme, die sich unaufgefordert an Isabells Brust kuschelte.

Nur wenige Minuten später klopfte es kurz an die Verbindungstür des Zimmers. Ohne eine Antwort abzuwarten, wurde die Tür geöffnet und Eve kam reingestürmt.

»Aufwachen!!«, rief Eve laut, bevor sie sich voller Vorfreude auf den anstehenden Tag auf das Bett zu ihrer Tochter und ihrer besten Freundin warf.

»Ich heirate heute. Los, meine Damen. Aufstehen. Es gibt noch viel zu tun!«

Isabell schaute auf den Wecker. Es war gerade kurz vor acht früh morgens. Die Trauung sollte um zwei Uhr losgehen.

»Eve. Wir haben gerade mal acht Uhr morgens. Wir haben noch sechs Stunden, bis du in der Kirche sein musst.«

»Du meinst, wir haben nur noch sechs Stunden! Wir haben noch so viel zu tun. Duschen, Rasieren, Haare, Make-Up, Kleid und und und … Los, aufstehen!«

»So, meine Liebe, bevor wir dich in die Zwangsjacke stecken müssen und Conner heute jemand anderes heiraten muss, weil die Braut leider nicht mehr auffindbar ist, bestellen wir jetzt erst einmal das Frühstück aufs Zimmer. In der Zeit kannst du schon mal unter die Dusche gehen und dort tun, was du tun musst. Dann frühstücken wir in Ruhe und als nächstes machen wir dich und uns fertig für deinen großen Tag! Einverstanden?«

»Zwangsjacke?«, fragte Eve entsetzt.

»Ja, Zwangsjacke!«, wiederholte Isabell ernst.

»Dann nehme ich lieber das Frühstück. Ihr bestellt und ich gehe duschen.«

»So machen wir es.«

So schnell wie Eve ins Zimmer eingefallen war, so schnell war sie auch wieder aus dem Zimmer und unter die Dusche verschwunden.

Damit Eve und Conner sich in der letzten Nacht vor der Hochzeit nicht zu sehen bekamen, hatten Eve und Isabell zusammen mit Cathleen in zwei Doppelzimmern mit Verbindungstür in einem Fünf-Sterne-Hotel in der Nähe der Kirche eingecheckt. In diesem kleinen, aber wirklich sehr liebevoll gestalteten Hotel würden Eve und Conner auch später ihre Hochzeitsnacht verbringen. Die Kirche war von hier aus in ca. fünf Gehminuten zu erreichen. So konnten sich Isabell, Cathleen und Eve ganz in Ruhe im Hotel fertigmachen und später schnell zur Kirche gelangen. Eve hatte sich eine geschlossene Kutsche gewünscht, um auch bei schlechtem Wetter trocken in der Kirche anzukommen. Das Hotel wie auch die Kirche hatte eine wunderschöne Aussicht. Beide lagen außerhalb der kleinen Stadt Ribchester. Überall, wo man hinschaute, waren grüne Wiesen und Felder zu sehen. Das Hotel und die Kirche lagen zudem direkt an dem zauberhaften Fluss Ribble. Eve und Conner hatten sich für die Trauung für die St Wilfrid's Church in Ribchester entschieden. Hier hatten Eves Eltern sich bereits das Ja-Wort gegeben. Die St Wilfrid's Church ist eine kleine bezaubernde Kirche, gebaut aus hellen und dunklen Steinen. Anders als typische Kirchen war es kein richtiger Kirchturm, der die Kirche auszeichnet, sondern eine Art Festungsturm, der an eine kleine Burg erinnerte. Die anschließende Hochzeitsfeier fand nicht weit entfernt auf einem alten Anwesen statt, das an ein kleines Märchenschloss erinnerte. Eve und Conner hatten großes Glück gehabt. Keine Location passte zu ihren Vorstellungen und dann fanden sie dieses traumhafte Fleckchen Land. Der Besitzer hatte sich erst in diesem Jahr entschieden, einen Teil des Anwesens für genau solche Festlichkeiten zu vermieten. Sie hätten nichts Besseres finden können.

Als Eve eine halbe Stunde später mit Handtuchturban und Bademantel wieder zurück ins Zimmer kam, hatte der Room-Service ein fantastisches Frühstück im Zimmer hergerichtet, an dem Cathleen und Isabell sich bereits fleißig bedienten.

»Ich heirate heute«, rief Eve wieder.

Cathleen und Isabell schauten sich an und verdrehten beide die Augen.

»Sagt Mama das jetzt die ganze Zeit?«, fragte Cathleen Isabell.

»Ich befürchte schon!«, antwortete Isabell mit einem Grinsen.

»Ihr beiden könnt mir heute gar nichts. Ich heirate und ich darf so fröhlich und glücklich sein, wie ich will. Ihr könnt nichts dagegen tun.«

Eve biss herzhaft in das vom Tisch genommene Croissant und setzte sich zwischen Isabell und Eve.

Eve wurde im Laufe des Vormittags immer unruhiger und zur Freude über die anstehende Hochzeit schlich sich ein wenig Nervosität ein. Nach dem zweiten Glas Champagner wurden die kalten Füße aber langsam wieder wärmer. Die große Wanduhr im Zimmer zeigte bereits 13:40 Uhr an, als es an der Tür klopfte. Peter stand vor der Tür, um Cathleen abzuholen und Bescheid zu geben, dass die Kutsche unten bereitstand.

»Es geht also jetzt los?«, fragte Eve Isabell.

»Ja, es geht jetzt los. Bist du bereit?«

Eve leerte noch ihr Glas Champagner mit einem großen Schluck und atmete tief ein und aus.

»Ja. Ich bin bereit.«

Isabell stand schon an der Tür und wollte diese gerade öffnen, als Eve sie aufhielt.

»Irgendwas fehlt noch, Isabell.«

»Ach Quatsch! Du siehst wunderschön aus, da fehlt nichts mehr.«

»Nicht bei mir. Bei dir fehlt noch was!«

Isabell schluckte. War das nicht genau der gleiche Dialog aus ihrem Traum? Isabell fragte vorsichtig, was fehlen würde.

»Mmhh» Eve überlegte angestrengt.

»Die Kette deiner Mutter, Isabell. Die wolltest du doch tragen, oder doch nicht?«

Isabell schaute erschrocken direkt an sich hinunter, um sicherzugehen, dass sie nicht das Hochzeitskleid anhatte. Zu ihrer Beruhigung hatte sie ihr Brautjungfernkleid an und Eve, genauso wie es sein sollte, das Hochzeitkleid. Wahrscheinlich hatte sie die Kette einfach nur unbewusst vergessen, weil sie genau davon geträumt hatte.

»Oh, du hast Recht. Meine Kette!«

Bevor Eve noch zur Tüte auf dem Nachtisch gehen konnte, machte Isabell einen Satz und schnappte sich die Tüte, nahm die Kette heraus und legte sie sich selber um den Hals.

»So jetzt müssen wir aber wirklich los, Eve!«, stellte Isabell ungeduldig klar.

»Ok, ok! Aber eins noch, Isabell.«

»Was denn, Eve?«

»Isabell. Du bist meine Schwester. Ich heirate zwar heute, aber das wird unser Tag.«

»Das wird er. Deine Hochzeit werden wir beide nie vergessen!«

An der Kirche angekommen, war Isabell irgendwie erleichtert, als sie nicht Peter mit Cathleen sah, sondern den Brautvater und die Brautmutter zusammen mit Cathleen. Man sah dem Brautvater ebenfalls das Herzklopfen an. Gleich würde er seine einzige Tochter an seinen zukünftigen Schwiegersohn übergeben.

Die Trauung war wundervoll. Romantisch und dabei an der ein oder anderen Stelle unbewusst lustig. Genau wie es zu Eve und Conner passte.

Während der Trauung standen die beiden direkt unterhalb des Pfarrers. Isabell stand seitlich links neben der Braut und Conners Trauzeuge auf seiner rechten Seite. So konnte Isabell die gesamte Hochzeitsgesellschaft überblicken. Als Conner an der Reihe war, sein Treuegelöbnis vorzutragen, nahm Isabell im Augenwinkel einen Mann war, der sich weit hinten in einer der Kirchenbänke unruhig bewegte und für einen Bruchteil einer Sekunde war Isabell festen Glaubens, dass das Taylor sein musste. Möglichst unauffällig lenkte Isabell ihren Blick in die hinteren Bänke der

Kirche und suchte diese intensiv nach Taylor ab. Allerdings ohne Erfolg, und so verwarf Isabell den Gedanken schnell wieder.

»Wieso sollte er ausgerechnet heute auf der Hochzeit von Eve auftauchen? Er hatte sich bei mir in den letzten vier Wochen nicht mehr gemeldet und es anscheinend endlich verstanden, dass es keine gemeinsame Zukunft für uns gibt.«

Isabell dachte, ihr würde es bessergehen, wenn er aus ihrem Leben verschwindet, aber seitdem gar kein Lebenszeichen mehr von ihm kam, fühlte sich ihr Herz auch nicht leichter an.

Mit dem Satz »Hiermit erkläre ich Sie zu Ehemann und Ehefrau« war Isabell wieder zurück aus ihren Gedanken geholt.

Eve und Conner küssten sich und die gesamte Kirche applaudierte lautstark. Cathleen lief auf die beiden zu. Beide beugten sich zu ihr herunter und umarmten sie. Dann nahm Conner Cathleen auf den Arm. Zu dritt verließen sie strahlend die Kirche.

KAPITEL 25

Nach der Tischrede von Conners Trauzeugen bekam Isabell das Mikrofon in die Hand gedrückt.

Isabell stand von ihrem Stuhl auf und faltete einen Zettel auf, den sie aus ihrer Handtasche zog. Sie schaute einmal durch die Hochzeitsgesellschaft und in die erwartungsvollen Gesichter. Dann schaute sie Eve und Conner an und begann vorzulesen.

ZWEI HERZEN

Zwei Herzen waren einsam und allein
Zwei Herzen haben die Liebe gesucht
Zwei Herzen haben diese gefunden
Zwei Herzen haben sich gefunden
Zwei Herzen haben sich ineinander verliebt
Zwei Herzen sind nicht länger allein
Zwei Herzen sind zu einem Herz
verschmolzen
Ein Herz, ab heute für die Ewigkeit

Als Isabell weitersprach, hatten beide Freundinnen bereits Tränen in den Augen. Isabell versuchte sich aber zusammenzureißen, um die letzten Worte noch vortragen zu können. Als Beruhigung faltete sie den Zettel wieder zusammen und sprach weiter.

»Liebe Eve und lieber Conner, wir feiern heute eure Liebe, euer nun gemeinsames Leben. Eve und Cathleen sind meine Familie. In dieser Familie begrüße ich dich jetzt ebenfalls, Conner. Ich wünsche euch beiden, oder besser gesagt euch dreien all das Glück dieser Welt. Sollen die hellen Tage die dunklen überwiegen und euch reich beschenken. Ich liebe euch!«

Die gesamte Hochzeitsgesellschaft klatschte nach Isabells Rede und Conner und Eve standen beide auf und umarmten sie herzlich, berührt von ihrer Rede.

Nach Kaffee, Kuchen und reichlich Champagner saß Isabell alleine am Brauttisch und schaute gedankenverloren auf die tanzende Hochzeitsgesellschaft. Es wurde gerade das Lied SHE von Elvis Costello gespielt. Eins der schönsten Liebeslieder, die Isabell kannte und welches auf jeden Fall auf ihrer Top-Ten-Liste stand. Isabells Herz wurde immer trauriger und mit jedem Wort des Liedes schwerer.

»Wieso, Taylor? Warum war das nicht echt zwischen uns? Ich versteh es einfach nicht. Wie konnte ich mich so irren in ihm?«

Isabell wurde aus ihren Gedanken gerissen, als sie bemerkte, dass Eve ihr von der Tanzfläche aus Zeichen versuchte zu geben. Isabell schüttelte lächelnd den Kopf und winkte ab. Jetzt zu tanzen kam ihr gar nicht in den Sinn. Dann bemerkte Isabell ein kleines Mädchen, das neben Eve stand. Eve bückte sich zu ihr herunter und flüsterte ihr etwas ins Ohr. Das Mädchen nickte zustimmend und setzte sich in Bewegung. Eve tanzte weiter und schaute dabei Isabell mit einem beruhigenden Lächeln an. Isabell verstand allerdings nicht, warum, erwiderte es aber.

»Was hat sie nur vor?«, flüsterte Isabell.

Dann fiel ihr Blick wieder auf das kleine Mädchen, das sich den Weg über die Tanzfläche bahnte und schnurstracks auf Isabell zu kam. Isabell wunderte sich, obwohl das Mädchen so hübsch in ihrem silberfarbenen Tüllkleid aussah, hatte sie die Kleine den ganzen Tag noch nicht wahrgenommen. Sie kam immer näher und lächelte Isabell bereits aus der Ferne an. Isabell wusste nicht, was es war, aber irgendwie kam dieses Mädchen Isabell sehr bekannt vor. Aber ihr wollte einfach nicht einfallen, woher sie die Kleine kannte.

»Bist du Isabell?«, fragte das Mädchen und lächelte dabei Isabell weiter an.

»Ja, das bin ich«, antwortete Isabell verdutzt.

»Woher kennst du meinen Namen?«

»Eve hat ihn mir verraten.«

»So, so. Eve hat ihn dir verraten?«

»Ja, das hat sie.«

»Aber warum hast du sie nach meinem Namen gefragt?«

Das Mädchen grinste und antwortete ganz souverän für seine geschätzten sechs Jahre: »Mein Papa würde gerne mit der schönsten Frau in diesem Raum tanzen und er hat sich nicht getraut, dich zu fragen.«

»Dein Papa meinte bestimmt nicht mich, meine Kleine. Hier gibt es so viele hübsche Frauen.«

»Ich bin mir ganz sicher, dass er dich gemeint hat! Er sagte, mit dir oder mit keiner anderen will er tanzen.«

»Mit mir? Und du bist dir ganz sicher?«

Das Mädchen nickte. »Ja, das bin ich. Ich soll nicht aufgeben, bis du ja gesagt hast.«

»Da hast du aber einen sturen Papa!«

Isabell rutschte ein kleines Lachen über die Lippen und sie merkte, dass es sich gut anfühlte. Sie fing an zu überlegen. Vielleicht tat ihr ein bisschen Ablenkung gut, auch wenn sie eigentlich nur ihre Ruhe haben wollte. Dann gab sie sich einen Ruck und stand auf.

»Na gut, meine Kleine. Dann zeig mir mal, wo dein Papa ist.«

Das Mädchen nahm Isabells Hand und führte sie von dem Tisch weg in Richtung Tanzfläche.

»Sag mal, wie heißt du denn, meine Kleine? Meinen Namen kennst du ja schon.«

»Mein Name ist Phoebe.«

Isabell blieb geschockt stehen. Sie bekam keine Luft mehr. Die Hand von dem Mädchen immer noch fest umklammert, hob sich Isabells Blick schlagartig. Sie suchte den ganzen Raum ab, fand aber nicht, wonach sie suchte. Aber wonach suchte sie? Nein, das konnte doch gar nicht sein. Isabell schaute wieder zu dem Mädchen und kniete sich zu ihr.

»Phoebe, ich muss dir jetzt eine Frage stellen.«

Phoebe nickte.

»Wie heißt dein Papa?«

»Mein Papa heißt Taylor. Taylor Clark!«

Isabell schüttelte den Kopf.

»Das kann nicht sein, Phoebe. Was machst du hier? Wo ist dein Papa und wo ist deine Mutter?«

Phoebe schaute Isabell mit einem Mal sehr traurig an.

»Meine Mama lebt nicht mehr«, sagte Phoebe leise.

»Meine Mama hatte einen schlimmen Unfall, als ich noch ein Baby war.«

Als Isabell in die traurigen Augen des Mädchens sah, wusste sie, dass es die Wahrheit war. Ihre Mutter war tot und nicht am Leben, wie sie irrtümlich vermutet hatte. Die Frage tat Isabell in jenen Moment unendlich leid. Sie nahm Phoebe in den Arm und drückte sie fest an sich.

»Das tut mir leid, Phoebe. Ich wollte dir nicht weh tun. Meine Mama ist auch gestorben, als ich auf die Welt gekommen bin.«

Phoebe löste sich ein wenig aus der Umarmung und sagte nur: »Ich weiß, das tut mir auch leid.«

Isabell verstand die Welt nicht mehr. Seine Frau war also wirklich tot, aber die Frau am Strand sah Megan zum Verwechseln ähnlich.

»Tut mir leid, meine Kleine, dass ich gefragt habe. Aber dann wohnst du doch mit deinem Papa und seiner hübschen Freundin in Los Angeles?«

Phoebe fing an, laut zu lachen.

»WAS? Seine Freundin? Mein Papa hat keine Freundin. Also ich dachte, du wärst seine Freundin.«

»Du warst doch vor ein paar Wochen am Strand mit deinem Papa und seiner Freundin.«

Phoebe überlegte. Nach einem Moment antwortete sie: »Meinst du vielleicht Tante Vicky? Das ist die Schwester von meiner Mama!«

Isabell überlegte und ließ die Szene, die sie gesehen hatte, noch einmal vor ihrem geistigen Auge abspielen. Er hatte mit der Frau rumgealbert und sie fest an sich gedrückt. Dann gab er ihr einen Kuss auf die Wange, dann kam das kleine Mädchen wieder auf beide zugelaufen und beide hoben die Kleine hoch und drückten sie.

»Deine Tante?«, stotterte Isabell vor sich hin. Langsam dämmerte Isabell, was passiert war und was sie gesehen hatte. Sie hatte die letzten Wochen umsonst gelitten. Sie hatte Taylor Unrecht getan. Sie war schuld an der gesamten Situation. Taylor hatte nichts getan. Aber auch absolut gar nichts!!!

Angespannt und gleichzeitig aufgeregt schaute Isabell Phoebe an und fragte dann ganz langsam ruhig: »Phoebe, wo ist dein Vater? Wo ist er?«

»Hier.«

Isabell hörte Taylors vertraute Stimme hinter sich aus dem Nichts auftauchen. Isabell bekam Gänsehaut und wie von der Angst gelähmt, konnte sie sich nicht bewegen.

»Willst du dich nicht umdrehen zu mir?«

Isabell wusste nicht, wie ihr geschah. Ihr Herz hatte seine normale Funktion längst aufgegeben und ihr Puls war quasi nicht mehr existent.

»Bitte, Isabell. Dreh dich zu mir und schau mich an.«

Isabell versuchte, die Macht über ihren Körper wieder zurückzubekommen und langsam gelang es ihr. Sie stand auf und drehte sich um. Da stand er. Da stand Taylor in einem ganz klassischen schwarzen Anzug mit einem weißen Hemd und einem Einstecktuch in der linken Brusttasche. Der Mann, den sie die letzten Wochen so sehr vermisst hatte. Der Mann, dem sie so Unrecht getan hatte.

Isabell schaute Taylor an und wusste nicht, was sie sagen sollte. Ihr wurde heiß und kalt, in ihrem Kopf drehte sich alles, ihr Herz pochte wie verrückt. Sie starrte Taylor einfach nur an.

»Isabell? Alles in Ordnung mit dir?«, fragte Taylor ein wenig unsicher und kam einen Schritt auf Isabell zu. »Bitte entschuldige, dass ich Phoebe vorgeschickt habe, aber du hattest mir unmissverständlich gemacht, dass du mich nicht mehr sehen willst. Ich dachte, wenn ich Phoebe mitbringe, siehst du, wie ernst es mir mit dir ist.«

Isabell wusste immer noch nicht, was sie sagen sollte.

In diesem Moment wurde ihr klar, dass sie nicht in Taylor verliebt war, sondern in liebte. Ihn aus tiefstem Herzen liebte. Alle Zweifel, alle Mauern, die sie sich in den letzten Wochen aufgebaut hatte, waren verschwunden. Sie war sich sicher. Taylor wird der Mann an ihrer Seite sein und dieses bezaubernde Mädchen ihre Tochter.

»Isabell. Bitte! Ich weiß, ich hätte von Anfang an ...«

Isabell legte Taylor ihren Zeigefinger auf die Lippen, um ihn zu signalisieren, dass er kein Wort mehr sagen musste. Sie hatte verstanden.

»Taylor. ICH BITTE DICH um Verzeihung. Ich war in Los Angelos am Strand, um dich zu suchen. Als ich dich mit Phoebe und dieser Frau sah, nahm ich an, dass ich wieder hintergangen worden bin. Dass mein Herz wieder betrogen und hinters Licht geführt wurde.«

Vereinzelte Tränen fingen an, Isabell über die Wangen zu laufen, doch sie versuchte, weiterzusprechen.

»Mein Herz ist gebrochen in diesem Moment. Ich habe auf keinen deiner Anrufe oder SMS-Nachrichten reagiert, weil ich mich schützen wollte. Schützen wollte, dass mir wieder Lügen aufgetischt werden, die ich wieder glaube, um die Wahrheit nicht zu sehen.« Isabell nahm Taylors Hände in ihre.

»Bitte verzeih mir, Taylor«, flehte Isabell.

Taylor schaute verwirrt in Isabells Gesicht, um zu verstehen, was sie meinte.

»Isabell, ich versteh nicht, wovon du sprichst. Von welcher Frau und von welcher Situation sprichst du? Ich dachte, du konntest mir einfach nicht verzeihen, dass ich dir nichts von Phoebe erzählt habe.«

Jetzt schaltete sich Phoebe ein und sagte immer noch amüsiert: »Sie dachte, Tante Vicky ist meine Mama!«

»Was? Vicky?« Taylor schaute fragend Isabell an. Isabell nickte nur beschämt.

»Du hast mich mit Phoebe und Vicky gesehen?« Isabell nickte erneut.

»Und du dachtest, dass … das Megan ist? Meine tote Frau Megan??«

Jetzt befand sich zurecht Isabell in Erklärungsnot.

»Die Frau sah genauso aus wie Megan. Ich konnte doch nicht ahnen, dass sie eine Schwester hat, die ihr so ähnlich sieht. Du hast nie von einer Schwester erzählt, Taylor. Woher hätte ich das wissen sollen? Es tut mir so leid!«

Taylor verstand langsam, warum Isabell sich abgeschirmt hatte. Er verstand aber auch, was Isabell ihm anscheinend zutraute. Taylor war aufgebracht und gleichermaßen verletzt.

»Isabell, wie kannst du nur nach allem glauben, dass ich zu so etwas fähig wäre? Eine tote Frau erfinden …, Phoebe, Ohren zuhalten, …« Taylor wartete, bis Phoebe dies tat und redete dann weiter: »… um dich ins Bett zu kriegen!«

»Es tut mir leid, Taylor. In der Tiefe meines Herzens wusste ich, dass es nicht sein kann. Aber zu meiner Verteidigung, du warst auch nicht ehrlich mit Phoebe und meine Vergangenheit hat mich gezeichnet. Es tut mir leid.«

»Aber Papa. Du sagst doch selbst immer, dass Tante Vicky genauso aussieht wie Mama?«

Taylor versuchte, sich wieder zu fangen und antwortete seiner Tochter.

»Ja, meine Kleine. Das stimmt auch. Vicky und Megan sehen sich sehr ähnlich. Nur ich sehe nicht Megan, wenn ich Vicky ansehe. Mein Herz sieht eine ganze andere Frau.«

Taylor trat näher an Isabell und löste seine Hände aus ihrem Griff und umfasste ihr Gesicht ganz sanft.

»Isabell!! Megan ist meine Vergangenheit und DU, ganz allein DU und meine Tochter seid meine Zukunft. Ich liebe DICH und ich möchte mit Phoebe bei dir bleiben. Deshalb musste ich fort. Vicky wollte Phoebe nicht verlieren und wollte alles tun, damit sie bei ihr bleiben kann. Sie hatte tagelang mit Anwälten gedroht, die mir das Sorgerecht entziehen sollten. Deshalb war ich so komisch, deshalb musste ich fort. Nach einer langen Auseinandersetzung konnte ich Vicky zur Vernunft bringen und alles mit ihr klären. Und dann hast du mich verlassen. Ich dachte, ich hätte dich verloren und ich wusste nicht, warum.«

»Es tut mir leid, Taylor. Ich liebe dich und ich will nicht mehr ohne dich sein.«

Isabell war über seine Worte so glücklich. Sie konnte es nicht fassen, dass nun endlich das Leiden ein Ende hatte und sie ihre verloren geglaubte Liebe wieder hatte und Taylor bei ihr war und auch blieb. Sie küssten sich, um die gesagten Worte zu besiegeln. Nach einem Moment zog Phoebe Isabell und Taylor an den Armen.

»Und was ist mit mir?«

Beide schauten Phoebe an und gingen gleichzeitig auf die Knie.

»Ich habe dich lieb, meine Kleine«, sagte Taylor stolz.

Isabell streichelte Phoebe liebevoll über den Kopf.

»Ich danke dir vielmals, Phoebe, dass du mich zu deinem Papa gebracht hast. Wir werden uns sicher gut verstehen.«

»Ich glaube auch, Bell«, grinste Phoebe.

»Gibt es jetzt Kuchen?«, fragte Phoebe voller Vorfreude.

Dann erklang die Stimme der Braut. Eve kam langsam auf die drei zu.

»Natürlich gibt es Kuchen. So viel, wie du willst. Schließlich ist das eine Hochzeit, auf der jetzt gefeiert wird.«

Taylor gratulierte Eve herzlich zur Hochzeit und bedankte sich bei ihr für die Möglichkeit, Isabell zu sehen.

»Du hast es gewusst, Eve?«

»Was heißt gewusst. Ich wusste, dass Taylor heute kommt. Er hat mich angefleht, ihm eine Möglichkeit zu geben, mit dir sprechen zu können. Ich dachte, eine bessere Gelegenheit als unsere Hochzeit gäbe es nicht. Ihr solltet euch sehen und miteinander reden. Wie auch immer das Ende aussehen würde. Über das Ergebnis der Geschichte bin ich aber selber sehr verwundert, aber auch wirklich sehr, sehr erleichtert!! Die Schwester war es also, Isabell!?«

Dankend nahm Isabell Eve in den Arm.

»Danke! Danke. Tausend Dank!«

Eve streckte ihre Hand nach Phoebe aus.

»Komm, Phoebe, ich stell dir meine Tochter Cathleen vor. Ihr werdet euch bestimmt mögen.«

Phoebe packte zu und folgte Eve.

»Wolltest du nicht mit mir tanzen?«

»Ja, das wollte ich. Bereit?«

»Ja, bereit.«

Isabell hakte sich in Taylors angewinkelten Arm ein und folgte ihm auf die Tanzfläche.

Kapitel 26

Seit mittlerweile einem Monat lebten Taylor und Phoebe bei Isabell. Am Abend wollten Eve, Conner, Cathleen, Peter und die Kinder zum Grillen vorbeikommen. Isabell und Phoebe deckten gerade gemeinsam den Tisch draußen im Garten, als Taylor ihr plötzlich die Augen zuhielt.

»Was machst du? Was ist los?«

»Wir haben noch eine Überraschung für dich.«

»Ach, Taylor. Ich hatte doch gesagt, ich will nichts.«

»Da habe ich dir wohl nicht zugehört.«

Phoebe nahm Isabell an die Hand und führte sie langsam Richtung Garage. Taylor lief schräg hinter ihr her und hielt ihr immer noch die Augen zu.

»Versprich mir, dass du nicht guckst.«

»Taylor, sind wir nicht etwas zu alt für solche Spielchen?«

»Alt? Wer ist hier alt? Also ich mit Sicherheit nicht. Bist du alt, Phoebe?«

Phoebe schüttelte den Kopf und rief empört: »Ich werde nie alt werden! Bitte, Bell. Lass die Augen zu.«

Etwas widerwillig wehrte sich Isabell nicht und ließ Taylor und Phoebe den Spaß.

»Na gut, aber nur, wenn ihr aufhört, mich Bell zu nennen.«

»Keine Chance«, antwortete Phoebe lachend.

»So, bereit für deine Überraschung?«

»Ja. Bin ich.«

»Na gut, dann öffne deine Augen«, flüsterte Taylor Isabell ins Ohr und ließ langsam seine Hände sinken.

Isabell traute ihren Augen nicht. Das konnte nicht sein, was sie dort sah.

»Ist das … NEIN, das kann nicht sein. Ist das MEIN Auto? MEIN Austin Healey?«

Es entstanden unkoordinierte Blickwechsel zwischen Isabell und Taylor und Isabell und ihrem vermissten Austin Healey. Da stand er. Als wenn es die Nacht mit dem Unfall gar nicht gegeben hätte. Er glänzte in einem atemraubenden Silber und es war kein einziger Kratzer zu sehen.

»Es ist dein Wagen, Bell! Happy Birthday!«

»Wie? Es ist mein Wagen? Ich versteh die Welt nicht mehr.«

In Sorge, dass Taylor Isabell verschrecken könnte wie ein scheues Reh, näherte er sich ganz behutsam mit kleinen, aufeinander folgenden Schritten, bis er Isabell erreicht hatte. Dann nahm er sie fest in den Arm.

»Ich habe mich nach dem Unfall auf die Suche nach deinem Wagen gemacht. Dann hatte ich über meine Kontakte gehört, dass ein ramponierter Austin Healey in einer Werkstatt in Nähe von Blackpool zum Verkauf stand. Leider kam ich zu spät, der Wagen war schon verkauft. Dann habe ich versucht, deine Kontaktdaten zu bekommen oder zumindest die des Käufers. Aber der Typ in der Werkstatt ließ sich nicht überzeugen. Es hat ein paar Wochen gedauert, bis ich den Austin wiedergefunden hatte. Der neue Besitzer hatte noch nicht angefangen, ihn zu reparieren und war ganz froh, dass ihm jemand den Wagen wieder abnehmen wollte. Er hatte sich etwas übernommen mit der Reparatur, wie er berichtete. Also habe ich ihn gekauft und restauriert.«

Isabell sprang Taylor um den Hals vor Freude, sodass er kaum Stand halten konnte.

»Du bist verrückt. Du bist so verrückt.«

»Der Unfall, diese Nacht … das war alles Schicksal. Und dieser Wagen soll uns immer daran erinnern, dass er uns zusammengeführt hat.«

»Oh Taylor. Du bist soooo … verrückt und so süß«, lachte Isabell und schlang die Arme noch fester um Taylor.

»Aber ich kann doch nicht ein so teures Geschenk annehmen.«

Taylor sah Isabell tief in die Augen und drückte seine Lippen auf ihre.

»Und wie du diesen Wagen annehmen kannst. Ich habe ihn für dich gekauft und die letzten Monate mit meinen eigenen Händen restauriert. Lass den Wagen bitte ein Symbol für unser Schicksal und unsere Liebe sein.«

Isabell wusste nicht, was sie sagen soll. Sie war einfach nur sprachlos.

»Und was ist mit mir?«, fragte Phoebe, etwas beleidigt mit den Armen auf ihre Hüfte gestützt.

»Auch du, mein kleiner Engel, bist total verrückt. Wie dein Vater!«

Isabell schlang ebenfalls die Arme um Phoebe und drückte sie an ihre Brust.

»Ach ja. Eine Bedingung habe ich noch an dich«, ergänzte Taylor mit ernstem Ton.

»Die da wäre?«

»Fahr den Wagen bitte nur noch bei schönem Wetter. Das ist ein so schöner Oldtimer, der bei Regen nichts, aber auch gar nichts, draußen zu suchen hat. Können wir uns darauf einigen?«

»Aber selbstverständlich«, grinste Isabell übers ganze Gesicht und küsste Taylor erneut.

»Ich liebe dich von ganzem Herzen.«

»Ich liebe dich auch, Bell.«

Es war ein toller Geburtstag, den Isabell mit allen ihren Lieben verbrachte. Die Kinder spielten und tobten gemeinsam, bis sie irgendwann alle in Phoebes Zimmer erschöpft zusammenbrachen. Taylor und Isabell hatten den Dachboden für Phoebe ausbauen lassen, so hatte sie ein wunderschönes eigenes Reich für sich bekommen.

Die Monate verflogen nur so und es sollten die ersten schönen Sommertage im Mai werden. Isabell lag auf der Hollywoodschaukel im Garten mit ihrem Skizzenblock in der Hand. Dieses Jahr wollte sie die Winterkollektion rechtzeitig in die Läden bringen und so hatte sie bereits ein paar Tage zuvor mit ersten Entwürfen angefangen. Die aktuelle Sommerkollektion hatte Isabell noch ausgesetzt. Zu hektisch und zu unkoordiniert war der Start und Verkauf der letzten Kollektion. Die Anziehsachen wurden zwar sehr gut angenommen und verkauft, aber Isabell wollte in die Verkaufsläden und nicht nur übers Internet ihre Designs anbieten. Also versuchte Isabell jetzt immer, getreu dem Motto, wer früh anfängt, ist auch schneller fertig, zu arbeiten.

Auf der Suche nach Inspiration schaute Isabell immer wieder in den Himmel und genoss die warmen Sonnenstrahlen auf ihrer Haut. Ihre Beine lagen auf Taylors Schoß, der gerade etwas auf dem Tablet las. Mit der rechten Hand streichelte er über Isabells Beine und mit seinen Beinen stieß er sich immer wieder sanft vom Boden ab, sodass die Schaukel permanent in leichter Bewegung blieb.

Die Ruhe wurde durch das Rufen von Phoebe und Cathleen unterbrochen, die schon seit einigen Stunden auf dem gegenüber errichtetem Baumhaus spielten. Die beiden waren wie Pech und Schwefel und Isabell und Eve versuchten, so oft wie nur möglich Spielzeit für die beiden einzuräumen. Meistens war Cathleen einfach übers Wochenende zu Besuch.

Fast parallel riefen sie: »Schaut mal, was wir gemacht haben!«

Nachdem Taylor und Isabell sich zuerst anschauten und nicht sofort in Richtung der Mädchen, riefen Cathleen und Phoebe erneut, aber dieses Mal nacheinander etwas energischer: »Onkel Taylor, Isabell!! Schaut mal!«

»Papa, Bell, ihr müsst euch das unbedingt anschauen. Bitte!! Am besten kommt ihr zu uns.«

»Okay, okay wir kommen«, antwortete Taylor und schaute Isabell mit einem Lächeln an.

»Ich glaube, da kommen wir nicht drum herum.«

»Ich befürchte es auch«, lachte Isabell.

»Aber ich komm nur mit, wenn du mir aufhilfst.«

»Aber selbstverständlich, Mrs. Clark. Darf ich bitten?«

Taylor stand vor Isabell und streckte ihr seine Hand entgegen. Isabell ergriff Taylors Hand und ließ sich von ihm hochziehen.

»Noch sind wir nicht verheiratet, Mr. Clark.«

»Aber was jetzt noch nicht ist, wird sich ja hoffentlich bald ändern. Schließlich hast du JA zu meinem Antrag gesagt.«

Taylor nahm die linke Hand von Isabell und zog diese in Richtung ihres Gesichts. Als wenn er Isabell zum Beweis den goldenen Verlobungsring an ihrer Hand noch einmal zeigen wollte. Die Fassung des Ringes sah aus wie ein nach links verzogenes Herz. In der Mitte des Herzens hatten vier kleine Steine Platz gefunden. Er war wunderschön und funkelte bei jedem Lichtstrahl, der auf ihn fiel. Der Ring gehörte Taylors Mutter, die ihm den Ring geschenkt hatte, als er ihr von seinen Plänen erzählt hatte.

»Du weißt, dass ich hübsch aussehen will, wenn wir heiraten. Deshalb warten wir noch ein bisschen.«

»Isabell, du bist so wunderschön und ich glaube nicht, dass du noch hübscher werden kannst.«

Isabell verdrehte zwar die Augen, aber sie wusste, dass Taylor jeden Satz so meinte, den er sagte.

»Ich liebe dich, Taylor. Dich und Phoebe. Es ist so, als wenn es euch immer schon gegeben hätte in meinem Leben. Du und Phoebe, ihr seid das größte Wunder für mich.«

»Nein, Isabell. Das größte Wunder wird noch zu uns kommen!«

Taylor strich Isabell über ihren Bauch und schaute ihr tief in die Augen.

»Nur noch wenige Wochen und wir werden unseren kleinen Jungen im Arm halten können. Ich liebe dich, weil du mich zum glücklichsten Menschen auf der Welt machst. Bald sind wir komplett. Unsere kleine vollkommene Familie.«

Isabell küsste Taylor. Sie war so dankbar für alles.

»IHHHHH«, ertönte die Stimmen von Cathleen und Phoebe.

»Ihr sollt endlich kommen und euch nicht küssen!! Immer dieses Rumgeturtel«, rief Phoebe.

Taylor und Isabell ließen die Kinder nicht länger warten und gingen Hand in Hand in Richtung Baumhaus.

»Er hat begonnen«, sagte Taylor lächelnd.

Isabell schaute Taylor verdutzt an und fragte nach, »Wer hat begonnen?«

»Der Anfang. Der Anfang vom Rest des Lebens. Unseres Lebens!«

DANKSAGUNG

Mein Dank, geht an meinen Ehemann, der mich bei der Erstellung dieses, meines ersten Buches, unterstützt hat. Mit ihm bin ich glücklich verheiratet und hoffe, dass wir noch viele gemeinsame Jahre verbringen dürfen. Ich liebe Dich!

Mein anderer Dank geht an meine Schwester, Familie und Freunde. Ihr habt mich an vielen Stellen meines Buches inspiriert. So kommt doch jeder von Euch an der ein oder anderen Stelle vor.

HERZ FÜR AUTOREN A HEART FOR AUTHORS À L'ÉCOUTE DES AUTEURS MIA ΚΑΡΔΙΑ ΓΙΑ ΣΥ
ÄRTA FÖR FÖRFATTARE UN CORAZÓN POR LOS AUTORES YAZARLARIMIZA GÖNÜL VERELIM
RE PER AUTORI ET HJERTE FOR FORFATTERE EEN HART VOOR SCHRIJVERS TEMOS OS AU
ÖINKÉRT SERCE DLA AUTORÓW EIN HERZ FÜR AUTOREN A HEART FOR AUTHORS À L'ÉC
RAÇÃO BCEЙ ДУШОЙ К АВТОРАМ ETT HJÄRTA FÖR FÖRFATTARE Á LA ESCUCHA DE LOS AU
EURS MIA ΚΑΡΔΙΑ ΓΙΑ ΣΥΓΓΡΑΦΕΙΣ UN CUORE PER AUTORI ET HJERTE FOR FORFATTERE EE
ARLARIMI   ÖINKÉRT SERCE DLA AUTORÓW EIN HERZ
ON SCHR   ÃO BCEЙ ДУШОЙ К АВТОРАМ ETT HJÄRTA

Die Autorin

Dominique Haring wurde 1983 in Remscheid im Bergischen Land geboren.

Nach dem Fachabitur erlernte sie den Beruf zur Versicherungskauffrau und hat sich zur Versicherungsfachwirtin weitergebildet. Derzeit ist sie Teamleiterin und Personalreferentin.

Die Autorin ist verheiratet und lebt mit ihrem Mann und ihrem kleinen Sohn in Düsseldorf. Zu ihren besonderen Fähigkeiten gehören Verantwortungsbewusstsein, Kreativität und Ausdauer.

Ihre Lieblingsbeschäftigungen sind Schreiben, Motorrad- und Skifahren sowie Zeit mit der Familie verbringen.

Bereits seit ihrer Jugend schreibt sie Gedichte, von denen vier in der Novum-Anthologie 2021 erschienen sind.

„Der Anfang vom Rest des Lebens" ist ihr erstes Buch.

novum VERLAG FÜR NEUAUTOREN

Der Verlag

*Wer aufhört
besser zu werden,
hat aufgehört
gut zu sein!*

Basierend auf diesem Motto ist es dem novum Verlag
ein Anliegen neue Manuskripte aufzuspüren, zu ver-
öffentlichen und deren Autoren langfristig zu fördern.
Mittlerweile gilt der 1997 gegründete und mehrfach
prämierte Verlag als Spezialist für Neuautoren in
Deutschland, Österreich und der Schweiz.

**Für jedes neue Manuskript wird innerhalb
weniger Wochen eine kostenfreie, unverbind-
liche Lektorats-Prüfung erstellt.**

Weitere Informationen zum Verlag und
seinen Büchern finden Sie im Internet unter:

www.novumverlag.com